404번지

파란

무덤

조선희 장편소설

404번지

파란 무덤

네오
픽션

차례

파란 무늬의 손 . 9

°활과 공윤후 . 27

금이 변해 . 39

°활과 공윤후 . 159

아침의 코와 세 개의 눈으로 . 173

°활과 공윤후 . 263

그와 그녀와 그것들의 이름 . 267

°활과 공윤후 . 367

작가의 말 . 378

산해음허山海陰虛의 기氣,

초목토석草木土石의 정精이,

옮겨 물들고 섞여 합쳐져서 이매魑魅로 화化하니,

사람도 아니고 귀鬼도 아니고 유幽도 아니고 명明도 아니나

또한 일물一物이다.

—『해동잡록 권6』

파
란
무
늬
의

손

노래를 부르다 보니 어느새 무서움은 사라지고 할아버지는 자신
도 모르게 신이 났다. 야아, 그 노래 한번 멋지다. 정말 잘 부르는데. 도
깨비들은 입을 모아 침이 마르도록 칭찬했다.

—『혹부리 영감』 중에서

싸구려 스카프를 두른 여자의 얼굴은, 꾹 눌러 쓴 챙 모자와 가슴
가득 안고 있는 장미 꽃다발 더미에 묻혀 있었다. 여자는 눈을 가늘
게 뜨고 주변을 둘러보았다. 한여름 정오의 햇볕은 뜨거웠고 빌딩의
유리창들은 달밤에 숨겨진 비수처럼 번쩍였으며 아스팔트는 들끓
는 열기를 내뿜었다. 스카프 안으로 더운 땀이 고였다. 숨이 가빠진
여자는 스카프를 조금 내린 후 도시의 후끈하고 매캐한 공기를 들이
마셨다. 사람들이 흘낏거리자 여자는 재빨리 스카프를 올려 다시 얼
굴을 가렸다. 사람들은 여자의 얼굴을 보지 못했다. 그저 여자가 안
고 있는 파란 장미 꽃다발에 저도 모르게 시선이 갔을 뿐이다.

'있을 수 없는 것'이라는 파란 장미의 꽃말처럼 본래 파란 장미는
없는 것이다. 그러나 이제 유전자 조작으로 인공 재배가 가능해졌

다. 덩달아 꽃말도 '꿈은 이루어진다'로 바뀌었다. 하지만 여자는 파란 장미의 꽃말을 알지 못했다.

"파란 장미는 단가가 좀 센데, 다른 색이랑 섞는 것도 괜찮아요."

"아뇨. 몽땅 파란 장미로 할래요."

여자는 꽃집 주인 여자의 제안을 거절했다. 생애 처음 부려본 사치였다. 여자는 파란 장미의 차갑고 비정상적인 색이 마음에 들었다.

여자의 일그러진 얼굴은 종양으로 뒤덮여 있었다. 세포의 이상증식으로 부풀어 오른 혹, 녹아내린 듯 처진 살덩어리, 표정을 만들 수 없는 입, 짓눌린 눈꺼풀. 여자는 신경섬유종을 앓고 있었다.

언제부터 시작된 증상인지 정확히 기억하지 못했다. 별거 아닐 거야, 그러다 없어지겠지. 여자는 부모가 대수롭지 않게 여기며 했던 말들만 어렴풋이 기억했다. 여자의 아버지는 딸의 얼굴이 굴 껍데기가 다닥다닥 붙은 바위처럼 변하기 전에 뇌출혈로 죽었고, 어머니는 식당 일을 하다가 어느 놈팡이와 눈이 맞아 떠났다.

여자의 주머니에서 휴대전화가 울렸다. 여동생이었다. 여자는 받을까 말까 망설였다. 여동생은 대학에 입학하자마자 여자와 함께 살던 반지하 방에서 나가겠다고 고집을 부렸다. 여자는 말렸다. "세상 천지에 우리 둘뿐인데 왜 따로 살자는 거야? 그럼 집세 부담도 커지잖아." 여자의 여동생이 말했다. "나도 이제 어른이야. 독립해서 내 인생을 살 거라구."

여자는 여동생에게 방을 구해줬다. 대학 등록금도 보태주었다. 사시사철 찬거리와 용돈도 보내주었다. 몸만 빠져나갔을 뿐 대학을 졸업한 지금도 여동생은 여전히 여자에게 기대 살았다.

"취직해야지."

"취직이 말처럼 쉬워?"

"대학 졸업했잖아."

"대학이 벼슬이야? 취직 잘되는 좋은 대학에 간 것도 아닌데."

"그럼 빚까지 져가며 대학엔 왜 갔는데?"

"사람 취급 받으려면 일단 가야 돼. 결혼할 때도 필요하구."

고등학교를 중퇴하고 지금껏 닥치는 대로 밥벌이를 해온 여자의 귀에 여동생의 말은 무책임하게 들렸다.

"그래도 대학을 나왔으니 마음만 먹으면 나보단 나은 직장 구할 수 있잖아?"

"언니보다 나은 직장이라고? 도대체 어떤 직장을 말하는 건지 모르겠네."

"어쨌든 뭔가 일을 해야지. 언제까지……."

"그만 좀 해. 그놈의 잔소리, 징그러워죽겠어. 괜찮은 남자 잡아서 결혼만 잘하면 그까짓 취직 문제는 한 방에 해결된다구."

그러나 여동생은 괜찮은 남자가 어떤 남자인지 알지 못했다. 여동생은 늘 거지 같은 남자들만 골라 사귀었다. 엄밀히 말하면 거지 같은 남자들만 치근거렸는데, 대개는 오래가지 못했다. 또 오래가면 끝은 늘 구질구질해졌다. 여자는 용기를 내어 충고했다.

"그렇게 외모로만 남자를 사귀려 드니까 그렇지. 요즘 남자들, 네가 생각하는 것처럼 단순하지 않아. 외모보다는 내면이……."

여동생은 비웃었다.

"남자를 사귀어나 봤어? 알지도 못하면서 알은척은. 일단 포장이 예뻐야 시선을 끌 수 있어. 포장을 풀어보는 건 그다음이라구."

"하지만 포장 안에 든 게 시시하면 결국……."

"내가 시시하단 말이야?"

"그러니까 내 말은……."

"시끄러워. 어차피 언니 같은 몰골이면 내면이고 나발이고 없어. 그 속에 어떤 아름다운 내면이 들어앉아 있건 그건 눈에 보이는 게 아니니까. 눈에 보이지 않는 것은 무시하기 쉽지만 보이는 건 무시하기 힘들어. 왜냐구? 나만 보는 게 아니라 다른 사람들도 함께 보고 있기 때문이야."

여자는 사람들의 시선을 피해 돌아서며 스카프를 조금 내리고 전화를 받았다.

"여보세요."

여자가 일그러진 발음으로 입을 떼는 순간 짜증 섞인 여동생의 목소리가 속사포처럼 터져 나왔다.

"가만히 집에 처박혀 있으라니까 도대체 어딜 그렇게 싸돌아다니는 거야? 문이 잠겼잖아! 에이 씨, 안 그래도 더워 미치겠는데. 지금 어디야?"

어디냐고? 예전에 내가 청소하던 건물 옥상으로 가고 있어. 거긴 왜 가냐고? 나, 죽을 거야. 근데 무슨 장미 꽃다발이냐고? 여자는 자기 가슴에 안겨 있는 파란 장미 꽃다발을 내려다보며 생각했다. 나를 위해 마련한 거야. 태어나서 꽃 같은 거 한 번도 받아본 적 없고 나 죽었다고 누군가 꽃 같은 거 놓아주지도 않을 테니까.

여자는 머뭇거리다 대답했다.

"응, 잠깐 뭣 좀 사러 나왔어."

"돈 좀 보내달랬더니 씹어? 내가 잘돼야 언니도 어떻게든 풀릴 거 아냐? 코하고 눈, 다시 손봐야 한다고 말했잖아."

"이미 두 번이나 했잖아?"

"마음에 안 드니까 그렇지. 그냥 나한테 투자한다고 생각하라니까 왜 이렇게 말귀를 못 알아들어?"

여자는 말귀를 못 알아들은 게 아니라 돈이 없었다. 여동생을 뒷바라지하면서 먹고사는 것만으로도 빠듯했다. 모아둔 돈이 있었다면 자신의 얼굴이 왜 이 모양이 됐는지 진작 병원에 가봤을 것이다.

그러나 정작 병원에서 얼굴을 고친 건 여동생이었다. 여동생은 여자가 그토록 갈망하는 멀쩡한 얼굴이었지만 고치면 고칠수록 점점 더 어색하게 바뀌고 있었다.

여자는 숨을 삼키며 말했다.

"미안해."

"뭐가 미안하다는 건데? 뭐야? 그러니까 돈을 못 보내주겠다? 진짜 그렇게 나올래? 빨리 들어와. 와서 이야기해."

여동생은 전화를 뚝 끊어버렸다. 여동생은 여자에게 끊임없이 손을 벌렸다. 여자는 여동생의 온갖 학원비와 방세, 옷값과 용돈을 대고 학자금 대출까지 대신 갚아나가며 생활을 꾸리느라 힘이 부쳤다. 자신의 병이 악화되어 더는 일을 할 수 없게 되었을 때 여동생의 보살핌을 받을 수 있을 거란 기대는 하지 않았다. 그저 하루 빨리 현실을 인정하고 성실한 삶에 안착하길 바랄 뿐이었다.

마스크가 여자의 얼굴을 더는 가릴 수 없게 되자 사람들은 여자를 꺼려했고 아무도 여자를 고용하지 않았다. 여자의 여동생은 진작부터 여자를 창피하게 여겼다. 아니, 그 괴물 같은 여자가 언니였어? 하고 동네 사람들이 말을 걸어올까 노심초사 두려워했다. 행여 남자 친구들의 눈에 뜨일까 공포에 절었다.

여자는 예전에 용역 업체를 통해 청소원으로 근무했던 15층 빌딩에 도착했다. 여자는 휴식 시간이면 늘 이 건물의 옥상 난간에 올라서서 혼자 도시를 바라보곤 했다. 언제가 될지 모르지만 그날이 되면 망설임 없이 뛰어내릴 수 있도록, 그렇게 죽음에 임하는 연습을 해뒀다. 여자는 건물의 뒷문을 통해 15층까지 비상계단을 오르면서 생각했다. 오늘이 바로 그날이야. 진짜 뛰어내리는 날.

사람들은 여자를 괴물 취급했다. 말은 여자를 속일 수 있을지 몰라도 바라보는 시선은 여자를 속일 수 없었다. 뭐야? 그 몰골은? 정상이 아니잖아. 모두가 흘끔거렸다. 동정과 호기심과 혐오. 여자는 깨달았다. 이곳은 정상적인 외모를 가진 사람들이 사는 세상이다. 그렇다면 어딘가 정상적이지 않은 모습의 사람들이 사는 세상이 따로 있지 않을까? 그러나 여자는 그 세상이 어디 있는지 도무지 찾아낼 수가 없었다.

땀이 비 오듯 쏟아졌다. 여자는 스카프를 벗었다. 여기서는 다른 사람의 시선을 의식할 필요가 없었다. 여자는 옥상으로 나가는 철문을 열었다. 녹색 페인트를 칠한 옥상 콘크리트 바닥이 햇빛에 반사되어 뱀장어처럼 매끄럽게 반짝였다.

여자는 숨을 헐떡이며 바람 한 점 없는 마당을 가로질러 걸었다. 오래 신어 비닐 끈이 해질 대로 해진 샌들을 벗고 후들거리는 다리로 난간에 올라섰다. 햇볕에 달궈진 콘크리트는 뜨거웠으나 맨발바닥은 무감각했다.

도시 바닥에 가라앉아 보이지 않는 지평선을 찾아 시선을 던졌다. 석양을 보고 싶었지만 너무 멀리 있어 기다릴 수 없었다. 구름 한 점 없는 하늘은 눈이 시리도록 파랬다.

여자는 가슴을 폈다. 이제 뛰어내리기만 하면 백발백중 죽는다. 무거운 머리가 저 바닥에 부딪치면 두개골이 깨지고 피가 철벅철벅 쏟아져 나와 흥건하게 고이겠지. 머릿속에서 늘 아우성치던 여자의 고단한 생각들도 함께 흘러나올 테고. 그것을 보고 사람들은 여자가 무슨 생각을 하며 살아왔는지 알 수 있을까?

무서웠다. 모든 것이 무서웠다. 달리는 차도, 높은 빌딩도, 잿빛 강물도, 수많은 사람들도, 각박한 모서리도, 길가의 돌멩이도, 주방의 젓가락까지 그저 보이는 것은 뭐든 무서웠다. 그리고 무엇보다 지금 여기서 뛰어내려야 하는 것이 무서웠다. 그토록 많은 시간을 들여 연습했는데 여전히 무섭다니. 아마도 연습으로는 죽어본 적이 없어서일 것이다.

여자는 눈을 감고 수없이 마음을 다잡았지만 좀처럼 발이 떨어지질 않았다. 무심한 세상에 정나미가 떨어진 지 이미 오래였다. 단 한 걸음이면 이 세상에서 벗어날 수 있다. 그런데 여전히 머뭇거리고 있는 자신을 여자도 이해할 수 없었다.

여자는 바람이 불어들기를 기다렸다. 바람이 자신을 저 냉정한 바닥에 사정없이 내동댕이쳐주길 바랐다. 미풍이라도 좋으니 그 바람에 못 이기는 척 몸을 싣고자 했다. 부질없는 기대였다. 바람 한 점 없는 뙤약볕 아래에서 현기증이 났다. 여자의 몸이 절로 휘청거렸다.

그 순간, 어디선가 나타난 단단한 손이 여자의 허리를 감으며 난간에서 끌어내렸다. 여자는 깜짝 놀라 눈을 떴다. 모자가 벗겨졌다. 장미 꽃다발이 품에서 떨어졌다. 여자가 놓친 장미 꽃다발은 건물 옥상에서 곤두박질쳐 가로수 은행나무 가지에 걸렸다.

처음 보는 남자였다. 갸름하게 잘 빠진 턱, 왼쪽 눈썹 끝에 은빛 이슬처럼 맺혀 있는 금속 피어싱, 왼쪽 귓불과 연골에 알알이 박힌 희고 푸른 옥들, 그믐달 같은 입매.

얼룩도 허점도 보이지 않는 순도 높은 검은 눈동자는 정직하게 반짝였으며 살짝 치켜든 턱은 나른한 우아함과 자부심을 풍겼다.

이런 영화 같은 장면이 벌어지다니? 그런데 이 남자는 어디서 갑자기 나타난 거지? 여자는 의아했다. 옥상으로 들어오는 문은 이미 밖에서 잠겼다.

남자를 바라보는 여자의 가슴 한편으로 알듯 말듯한 그리움이 지나갔다. 여자는 남자에게서 어떤 물건을 연상했지만 그것이 어떤 물건인지는 알 수가 없었다. 오래된 가옥, 낡은 궤, 묵은 서까래, 기억이 누적된 빛 바랜 서책이나 사연이 담긴 족자 같은 오만 것들이 떠올랐지만 그중 어느 것도 아니었다. 남자를 들여다보고 있노라면 알 수 없어져버리는 어떤 과거의 비밀처럼 불가사의한 모호함이 배어 있었다.

남자는 한여름인데도 재킷을 단정하게 입고 있었다. 처음에는 재킷이 파란 잉크색이라고 생각했지만 곧 그보다 진한 청색으로 바뀌었고 다시 시퍼런 바다색에서 창백한 청회색으로 변했다. 여자는 재킷이 햇빛에 따라 색이 달라진다는 것을 깨달았다. 그렇다면 달빛 아래에서는 어떤 색을 드러낼까?

남자는 여전히 여자의 허리를 안고 있었으며 여자도 오른손으로 남자의 팔을 잡고 있었다. 당황한 여자가 황급히 손을 놓고 남자를 밀어냈다. 남자는 여자의 허리를 놓았지만 그보다 더 빨리, 여자는 그렇게 생각할 수밖에 없었는데, 여자의 허리를 안고 있던 남자의 손이 어느새 여자의 귓가에 닿아 있었다.

여자의 얼굴이 발개졌다. 여자는 처음 보는 사람 앞에서, 그것도 바라보기만 해도 설레는 젊고 잘생긴 남자 앞에서 자신의 흉측한 얼굴이 그대로 드러나 수치스러워 죽을 지경이었다. 여자는 허겁지겁 스카프를 찾았지만 어디에 흘렸는지 보이지 않았다. 양손으로 얼굴을 가리려 했지만 남자의 손이 먼저 여자의 두 뺨을 감쌌다. 창피했지만 이상하게도 여자는 그 손을 뿌리칠 수가 없었다.

아무도 여자를 만지지 않았다. 모두가 징그러워했다. 피붙이인 여동생조차 여자와 살이 닿는 것을 싫어했다. 여자는 오랫동안 사람의 체온을 느껴보지 못했다.

여자는 이리저리 시선을 돌려보지만 남자의 손에 얼굴이 붙잡혀 속수무책 그를 쳐다봐야만 했다. 마주한 시선이 너무 가까웠다. 여자의 심장이 두근거렸다. 여자는 나뭇가지 사이에 꼭 끼인 공처럼 옴짝달싹 못한 채 어눌한 발음으로 사정했다.

"제발, 내 얼굴에서 손 치워요."

남자는 여자의 말을 무시한 채 대뜸 물었다.

"노래 잘 부르지?"

여자는 엉겁결에 대답했다.

"아뇨, 그다지……."

여자는 노래 부르는 것을 좋아했지만 큰 소리로 불러본 적도 없었고 잘 부른다고 할 수도 없었다.

"불러봐. 노래 값은 쳐줄 테니까."

남자의 반말 같은 건 귀에 들어오지도 않았다. 그저 자신의 흉측한 뺨에 닿아 있는 남자의 서늘한 손에만 온 신경이 집중됐다.

"김씨의 노래가 여기 들어 있다는 걸 알아. 여기가 아파서 노래가 나오는 거지."

"김씨요? 나, 김씨 아닌데요."

"알아. 혹시 나한테 이름을 가르쳐주고 싶어?"

"아뇨."

"그럼 그냥 김씨라고 부를 거야."

"도대체 무슨 소릴 하는지 모르겠네. 이봐요, 지금 나, 병신이라고 놀리는 거예요?"

"그럴 리가. 알고 보면 나도 병신인데."

남자가 오른쪽으로 고개를 돌려보였다. 여자는 그제야 남자의 오른쪽 귀가 없다는 것을 알았다. 남자는 귀를 거의 덮어 귓불만 살짝 보이는 댄디 컷 헤어스타일이었는데 의도적이었는지 왼쪽 머리칼만 귀 뒤쪽으로 넘기고 있었다. 여자는 드러난 왼쪽 귓불과 연골에 박힌 화려한 장식에 절로 시선이 쏠리는 바람에 그의 오른쪽 귀가 없는지도 몰랐다. 어디선가 문득 불어든 바람이 남자의 머리칼을 쓸어 넘겼다. 오른쪽 귀가 있어야 할 자리가 반들반들했다.

"봐! 없지?"

묻는 기세가 지나치게 당당해 여자는 괜스레 부아가 났다.

"그게 자랑이에요?"

"나한텐 자랑이야. 오래됐다는 표시거든."

"뭐가 오래됐다는 거예요?"

"태어날 때는 귀가 있었는데 지금은 닳아서 없어졌어. 이렇게 다 닳아서 없어지려면 굉장히 오래 걸리거든."

남자의 장난 같은 대답에 여자는 다시 반감이 일었다. 쳇, 그까짓 귀 같은 건 머리카락이나 모자로 얼마든지 가릴 수 있잖아. 나처럼 사람들의 시선을 감수하지 않아도 되는 자리니까.

"남의 상처를 건드리며 놀리니까 재미있어요?"

여자는 입술을 꽉 깨물었다.

"어쩌지? 내 장기가 남의 상처를 건드리고 끄집어내는 건데."

남자의 얼굴에 짓궂은 미소가 떠올랐다. 여자는 자신의 뺨을 감싸고 있는 남자의 양손을 뿌리치려다가 그의 두 손바닥에 새겨진 복잡한 파란 문신을 보았다. 갑자기 불길함이 느껴졌다.

"당신, 뭐예요? 혹시 내 동생이 사채 같은 걸 썼나요?"

"몰라. 김씨의 동생 일에는 관심 없어. 하지만 김씨가 돈이 필요하다면 내가 빌려줄게."

남자는 새까만 눈동자를 끔벅이며 싱긋 웃었다. 바로 그 순간, 여자는 남자의 눈동자에 홀렸다.

볼리비아에 있는 우유니의 흰 소금 평원은 비가 내리면 거울이 된다. 너무 울어 고인 눈물이 얼마나 오랫동안 마르고 흐르기를 반복했는지 고인 빗물 바닥은 하얀 소금 결정체로 가득하다. 남자의 검은 눈동자 속에서 여자는 그 소금 거울이 비춘 밤하늘을 보았다. 밤이 내리면 소금 거울은 머리 위의 세상과 발아래의 세상이 별빛과 어둠으로 뒤섞여 도무지 경계를 분간할 수 없다. 마치 반으로 접힌 세계 한가운데 서 있는 것처럼.

"그냥 긴거리 공연이라고 생각하고 나한테 노래를 불러줘. 김씨의 노래를 들은 적이 있는데 아주 좋았어."

내 노래를 들은 적 있다고? 언제?

"가끔 길에서 흥얼거리며 지나갔잖아. 아주 작고 가느다랗고 자신 없는 목소리로 말이야."

내가 언제 그랬지? 나도 모르게 그랬을까? 아마 그런 모양이다.

"좀더 큰 소리로 불렀으면 다른 사람들도 듣고 좋아했을 텐데. 나 혼자 듣긴 좀 아까웠어."

그랬겠지. 모자란 발음으로 고성방가 하는 괴물이 등장했으니 좀 구경거리겠어.

"왜? 노래 부르기 싫어? 그럼 노래가 나오는 그 아픈 것이라도 줘."

여자의 뺨에 닿아 있던 남자의 두 손이 슬근슬근 움직이는가 싶더니 순식간에 여자 얼굴에 매달려 있던 육중하고 단단한 슬픔이 사라졌다.

동시에 남자는 여자의 뺨에서 손을 떼고 뒤로 물러섰다. 의아해진 여자가 자신의 얼굴을 천천히 조심스레 만져보기 시작했다. 눈두덩이 가벼워졌다. 입술이 마음대로 움직였다. 여자는 수십 년 만에 처음으로 미소를 지었다. 눈물이 그렁그렁 맺혔다.

여자가 정확한 발음으로 말했다.

"어떻게 한 거죠?"

남자는 어깨를 으쓱해 보이며 말했다.

"그냥 마술이야."

"이게 눈속임이라고요?"

"눈속임 아니야."

"마술이라면서요? 그거 눈속임이잖아요."

"그러니까 설명하자면 이런 거야. 사람들은 눈으로 사물과 세상을 본다고 생각하지만 눈에 보이는 것으로 위장한 것의 정체를 보는 데는 오히려 그 눈이 가장 큰 장애가 되지."

"무슨 말인지 모르겠어요."

"간단히 말해서 김씨가 이 세상을 사는 동안 내가 그 덩어리를 잠깐 맡아 가지고 있겠다는 거야. 김씨가 죽으면 곱게 제자리에 돌려놓을게. 걱정 마. 안 떼먹을 테니까. 아, 잠깐, 혹시 지금 죽을 생각이야? 그럼 당장 원래대로 붙여놔야지."

남자는 파란 무늬가 가득한 두 손으로 다시 여자의 뺨을 만지려했다. 여자는 흠칫 놀라 뒤로 물러서며 고개를 저었다. 그런데 이 남자 하는 짓이 영락없이 옛날이야기에 나오는 도깨비 같지 않은가.

갑자기 불안해진 여자가 말했다.

"미리 말하는데 내 얼굴에서 떼어간 그거 노래 주머니 아니에요. 그러니까 나중에 속았다며 배로 돌려주기 없기예요."

"그게 노래 주머니가 아니라고? 그럴 리가! 좋아, 확인해보자. 지금 김씨가 노래를 할 수 있으면 김씨의 말이 맞는 거고, 노래를 못 하면 내 말이 맞는 거야."

"노랜 언제든지 할 수 있어요. 노래 불러줄 테니 대답해봐요. 내가 옥상 문을 잠갔는데 어디로 어떻게 올라온 거죠?"

"음, 그러니까 난, 김씨가 들고 있던 파란 장미꽃이 변한 거야. 그래서 보다시피 이 찌는 한여름에 파란 재킷을 입고 있어야만 하는 거지."

"또 손바닥에도 파란색 무늬를 그려 넣어야 하고요."

"그렇지."

남자의 맞장구에 여자는 웃음을 터뜨렸다.

"내가 널 웃겼군. 그래, 고백할게. 난 사실 파란 것이지만 장미꽃은 아니야."

"그럼 뭔데요?"

"내가 뭔지는 내 이름으로 알 수 있지. 공윤후. 어디에도 없는 것인 '공', 있지만 없는 날인 '윤', 얼마나 이어질지 알 수 없는 시간인 '후'. 나랑 같이 갈래? 내 친구들에게도 노래를 들려주면 내가 다른 마술도 보여줄게. 김씨에게 위로가 될 행운의 마술이지. 단, 모든 위로는 잠시 다녀가지만 그걸 평생 유효하게 쓰는 건 어디까지나 김씨에게 달렸다는 것을 명심해. 자, 이제 나한테 김씨의 이름을 말해줘. 내가 그 이름을 부를 수 있도록."

여자가 자신의 이름을 말해주자 남자는 손을 내밀었다. 여자는 복잡하고 섬세한 무늬로 가득한 남자의 손을 잡았다. 남자는 여자를 데리고 옥상 난간으로 훌쩍 뛰어오르더니 허공으로 한 걸음 내밀었다. 여자는 멈칫했지만 이내 남자의 손에 이끌려 몸을 던졌다. 남자가 불가사의한 무늬가 새겨진 손바닥을 하늘로 펴 보이며 북쪽을 향해 손짓했다. 멀리 숨어 있던 붉은 석양과 무성한 여름 나무의 그늘이 시간과 공간을 거스르고 성큼 다가와 둘을 어디론가 데려갔다.

활과

공윤후

윤후와 나는 오랫동안 알고 지냈다. 그러나 윤후에게 물어보면 얼마 되지 않았다고 대답할 것이다. 왜냐면 윤후는 그들만의 방식으로 시간을 헤아리고 계산하기 때문이다.

윤후는 나를 '활'이라고 부른다. 나는 내가 언제 태어났는지 기억하지 못한다. 윤후는 내 배를 갈라보면 금방 알 수 있다고 말하지만 나는 내 나이가 궁금하지 않다. 생짜로 내 배를 갈라보느니 그냥 모르는 채로 사는 게 낫다.

나는 우정국*이 문을 열던 1884년, 윤후가 말을 거는 바람에 잠에서 깼다. 그해 마지막 달을 넘기며 나는 정변 시 못생기기로 유명한

* 우정국은 종로구 견지동 조계사 옆에 있는 우리나라 최초의 우체국이다. 처음 문을 열던 12월 4일 축하 파티에서 갑신정변이 일어났다.

무수리 고대수의 활약상을 풍문으로 들었고 복잡한 시간대에 깨어났다는 것을 알았다.

"하필 이런 어지러운 시기에 날 깨우다니."

내 원망에 윤후가 말했다.

"깨운 적 없어. 네가 주책없이 잠꼬대하다가 제풀에 놀라 깬 거지."

"꿈에 네 목소리가 내게 꺼지라고 했단 말이야."

"너한테 한 말이 아니었어. 그리고 내 목소리가 들렸다면 넌 이미 잠에서 깨어 있었던 거야. 난 네 꿈 밖에 있었으니까. 이 시간이 영 마음에 들지 않으면 이제라도 다시 자던가."

"됐어. 이 난국에 잘도 잠이 오겠다."

돌이켜보면 살아 있는 역사의 한복판을 지켜본 것이 썩 나쁘진 않았다. 인간들의 시간으로 계산하면 윤후와 나는 거의 130년쯤 알고 지낸 셈인데, 윤후의 그 이전 과거는 나도 상상할 수 없을 만큼 오랜 시간을 거슬러 올라간다.

그는 한때 제국을 지배했다. 대한제국! 제국이라 불리던 그 짧은 시절이 끝난 후에도 그는 제국에 살던 사람들의 정의와 소망을 대리 실현해줄 막연한 존재로 계속 남았다. 예를 들면 신분의 차이 때문에 이루어질 수 없었던 남녀의 사랑을 맺어줬다거나, 빼앗긴 물건을 찾아주고 나쁜 사람들을 혼내줬다는 식의 이야깃거리로 사람들의 쉬어가는 시간을 지배했던 것이다.

대다수가 그에 대해 소문으로만 알고 있었기에 마치 지어낸 인물

같은데 절대 그렇지 않다. 그는 가끔 신문 기사에도 등장했던 엄연한 실존인물이다. 단지 어디까지가 진실이고 어디까지가 과장인지 사람들이 굳이 구분하려 들지 않았기 때문에 그에 관한 이야기들이 뒤죽박죽됐을 뿐이다.

어떤 사람들은 그가 하는 말 몇 마디와 손짓이 날씨뿐 아니라 사람의 마음까지 바꿀 수 있다고 믿었다. 단지 순리를 어길 수 없었기 때문에 하지 않았을 뿐이라면서. 물론 하지 않은 것이 아니라 할 수 없었던 거라 말하는 사람들도 있었다.

듣자니 한 400년 전 즈음에는 은원지우로 지내던 이혼李琿*을 지키려다 목이 잘린 적도 있었다고 한다. 대담한 사람들은 창대 끝에 꽂힌 그의 머리를 정면으로 쳐다보았다. 사람들은 그의 썩은 눈구멍을 통해 침묵과 어둠을 보려 했지만 불가능했다. 불가사의하게도 그의 죽은 눈동자는 생전과 똑같이 짙은 속눈썹을 반쯤 드리운 채 지나는 사람들을 구경했고, 정오의 햇빛에 눈살을 찌푸리기도 했다. 죽은 혀는 때론 사람들에게 말을 걸었고, 질문에 대답도 했다.

이러한 소문이 꼬리를 물고 퍼져나가자 사형수의 잘린 머리가 말하는 것을 구경하겠다는 사람들로 인산인해를 이뤘다. 조정에서는 그의 입에서 무슨 말이 나올까 두려워진 나머지 입에 재갈을 물리고

---

* 1608년 즉위한 광해군의 이름이 이혼李琿이다. 광해군은 1623년 인조반정으로 폐위되었다. 박규진의 『연와사설』에 실려 있는 위의 고사는 반정 당시 처형된 북인 출신(확실하지 않다) 김무에 관한 기록이다.

자루를 씌워두었다.

머리가 더는 말을 하지 못하게 된 지 21일이 지나 자루를 벗겨보니 머리는 간 곳 없고, 대신 은과 백옥, 녹옥이 박힌 어떤 물건의 잘린 조각 하나가 놓여 있었다. 그게 어떤 물건의 잘린 조각인지는 본 사람도 모르고 나도 모른다. 물어봐도 윤후는 이렇게 대답한다. 내가 왜 너에게 발가벗은 내 몸에 대해 말해줘야 하지? 하긴 나 같아도 입을 다물 것이다. 자신의 정체를 아는 이가 많으면 많을수록 위험해지니까.

나에게 윤후는 오래된 미래 같은 존재다. 그는 인간과 다른 초자연적 진화 과정 중에 있다. 그는 영원과 부질없음을 의미하는 수많은 성과 이름을 스스로 만들어 쓰며, 자신을 발현시킨 물건이 소멸되지 않는 한 천년이고 만년이고 산다.

그는 그이면서 그의 아버지였고 그의 할아버지였으며 그 자신의 시작이자 끝이기도 했다. 그는 하나의 삶이 가질 수 있는 일반적인 시간을 초과해 살고 있다. 지금의 그는 1982년 출생으로 되어 있지만 그의 아버지와 할아버지가 그랬던 것처럼 문서상의 문제이므로 얼마든지 조작이 가능하다.

그러나 윤후가 가진 능력들은 절대 조작이 아니다. 확률적 수치의 차이가 있긴 해도 거의 대부분 사실적 논거를 지니고 있다. 물론 어디까지나 지극히 식물스러운 내 관점이지만. 여하간 뭐가 뭔지 도무지 아리송한 사람들은 그의 일탈적인 행동에 마술이란 이름을 붙였다.

한때 그는 세상에 나와 사람들의 입을 오르내리며 명성을 날렸지만 이제는 사람들 앞에 거의 나서지 않는다. 그럼에도 그의 조부가, 실은 그 자신이라고 해도 무방하지만, 워낙 유명했던 탓에 관심이 있는 사람들은 여전히 그를 기억한다.

가끔 그는 기분이 나면 카페나 클럽을 떠돌며 10분 내외의 짧은 재주를 보이기도 하는데 그건 쇼를 하러 가는 것이 목적이 아니라 사람들을, 더 정확하게 말하면 그의 재주를 발휘할 대상인 여자들을 물색하러 다니는 것이다.

윤후는 공연 마술사들이 하는 일반적인 트릭 마술은 뭐든 트릭 없이 해낼 수 있지만 사람들은 그 차이를 구별하지 못한다. 그래서 윤후는 자기만의 방식으로 쇼를 진행한다.

쇼가 시작되면 윤후는 좌중을 향해 말한다. 자, 지금부터 어린 시절 당신 방에 있던 물건들 중 일반적이지 않은 것 하나를 떠올립니다. 마치 최면술사의 말처럼 들리겠지만 다르다. 최면술은 눈을 감고 눈에 보이지 않는 허상을 따라가지만 마술은 눈에 보이는 실체로 증명이 가능하기 때문이다.

30초 즈음 지나가면, 윤후는 가까이 있는 여성 관객에게 다가가 묻는다. 열두 살 때 당신이 쓰던 베개 속에 코코넛 껍질 주머니가 있었네요, 그렇죠? 그녀는 깜짝 놀란 표정으로 그렇다고 대답한다.

그러면 윤후는 자신의 주머니에서 바로 그 코코넛 껍질 주머니를 꺼내 보여준다. 그녀는 탄성을 내지르며 그 코코넛 껍질 주머니를 받아들고는 그 속에 숨겨둔 빨간 플라스틱 딸기 머리끈을 찾아낸다.

윤후는 그 여성 관객과 미리 짠 사이가 아니다. 대개의 마술사들이 그렇듯 그도 남성보다는 여성 관객을 고르는 경향이 있지만, 누구라도 질문하면 별거 아니라는 듯 즉석에서 망설임 없이 대답해줄 수 있다. 그러다 한번은 그 자리에 있던 모든 관객들의 머릿속에 든 물건을 맞추고 보여준 적도 있었다. 그 물건들은 모두 그가 입고 있는 재킷 주머니에서 나왔다.

쪽빛을 띤 그 재킷은 빛이나 시점에 따라 색이 바뀌었다. 사람들의 의혹과 달리 사실 그 재킷에는 어떤 비밀도 없었다. 비밀은 재킷이 아니라 윤후에게 있었지만 사람들은 언제나 다변하는 재킷에 주목했다. 왜냐하면 윤후가 자신 대신 재킷을 보도록 유도했기 때문이다. 일반적인 마술쇼에서 관객의 시선이 무대 위에 등장한 미녀를 좇는 동안 마술사가 자신의 트릭을 감추려는 것처럼 그도 같은 방식으로 재킷을 이용한 것이다.

"이 재킷은 100년도 넘은 겁니다. 저의 할아버지께서 아버지께 물려주셨고 아버지께서 저에게 물려주신 거죠. 일제강점기 시절에는 군자금을 날랐던 비밀 주머니였어요."

그러나 100년이 넘었다는 재킷 어디에도 과거 시간의 잔상은 남아 있지 않다. 재킷은 언제나 새것처럼 보였고 유행에 민감했다. 그러므로 사람들이 그의 말을 전적으로 믿기에는 무리가 따랐다. 그럼에도 그 재킷은 사람들의 의혹을 사는 데 인상적인 작용을 했다.

어쨌든 내가 아는 한 재킷에 대한 윤후의 말은 모두 사실이다. 윤후에게 그 재킷은 할아버지와 아버지를 덧껴입는 것과 같다. 즉, 자기 자신을 입고 있는 것이다.

공윤후의 조부로 알려진 공청옥이 처음 세상에 등장한 것은 1899년 음력 12월 그믐날 청계천 영도교 아래였다. 바야흐로 새로운 100년이 시작되려던 참이었다.

그날 밤, 사당패의 꼭두쇠였던 장기실이 영도교 아래에서 다소 수상쩍게 어른거리는 퍼런 불빛을 보고 뭔가 싶어 내려가봤더니 낡고 해진 청색 도포를 입은 공청옥이 술에 취해 홀로 춤을 추고 있었다 한다. 그런데 그 춤사위가 어찌나 교묘하고 고아한지 장기실은 그만 얼이 빠져 추위도 잊고 밤새 지켜보다가 구경 값을 낸다며 아침 댓바람부터 공청옥을 술집으로 데려갔다. 그날 저녁 두 사람은 오랜 친구처럼 얼싸안고 진탕만탕 취해 패거리로 돌아왔다. 이후 공청옥은 장기실*이 잡는 대로 사당패에 눌러 붙었다.

하지만 조금 다르게 전해지는 소문도 있었다. 장기실은 종종 술에 취하면 주변에 공청옥을 자랑하며 이렇게 말했다고 한다.

---

* 장기실은 평안남도 출신으로 생몰년도는 확실하지 않다. 이와 관련된 이야기는 장기실의 뒤를 봐주던 조익기의 『안재집』에 짧게 기록되어 있다. 조익기는 장기실의 이야기에 흥미를 느껴 공청옥을 실제로 만나보고자 했으나 결국 만나지 못했다. 대원군이 안성 남사당패의 여자 꼭두쇠였던 바우덕이(김암덕)의 기예에 탄복해 옥관자를 하사했던 일도 있었기에 조익기는 공청옥의 재주에 관심이 많았으나 이상하게도 매번 사사로운 일이 생겨 볼 기회를 놓쳤다고 한다.

"그날 밤 내가 청계천 영도교 아래에서 처음 발견했지. 척 보니까 값이 꽤 나갈 것 같더라고. 그래서 누가 볼세라 얼른 주웠지."

아무도 이상하게 듣지 않았다. 그는 평소에도 패거리들을 자기 소유물인 양 물건에 빗대어 말하곤 했다.

이 이야기에 사람들이 새삼 의문을 품기 시작한 것은 공청옥이 온갖 도깨비 같은 행적을 남기고 죽은 후부터였다. 그 퍼런 불빛 운운하는 것이 아무래도 도깨비불 같지 않은가. 오래된 물건은 도깨비로 변한다는 말도 있으니 어쩌면 장기실은 도깨비를 만난 건지도 모른다. 조익기가 공청옥의 춤사위를 보고자 여러 번 청했지만 성사되지 않은 이유도 그 때문일 거라 말했다.

더욱이 공청옥은 20대 후반에서 30대 초반의 모습으로 세상에 등장해 30여 년을 사는 동안 어찌된 일인지 죽는 그날까지 외모의 변화가 거의 없었다. 사람들은 공청옥의 정체를 의심스러워했다. 그러나 이미 지난 일이라 알아낼 도리가 없었다.

얼마 지나지 않아 사람들은 곧 공청옥을 잊었다. 공청옥에 관한 이야기뿐 아니라 지난 100년 동안 사람들은 숱한 이야기를 버렸다. 이 땅을 통째로 뒤흔들었던, 고작 두 세대 전의 참혹했던 전쟁도 지금에 와서 그러할진대 제국의 귀퉁이에서 출몰해 한때 사람들의 소문을 지배했던 그에 관해서야 말할 것도 없었다. 사람의 기억은 원래 그런 것이다.

"이봐, 누가 널 애타게 찾고 있는데?"

"누가?"

윤후가 고개를 들고 바람 소리에 귀를 기울였다. 날렵하게 잘 빠진 콧날이 우아한 곡선을 그린 나뭇가지 같다. 윤후는 읽던 책으로 다시 시선을 돌리며 말했다.

"신경 쓰지 마."

윤후는 코르크 마개로 귀를 틀어막을 필요가 없었다. 그는 이미 한쪽 귀가 없었고 나머지 귀도 원한다면 닫아버릴 수 있다. 윤후는 사람의 간절함에는 절대 마음이 흔들리지 않는다. 더구나 그를 찾는 사람이 지금처럼 남자라면 아예 가망이 없다. 그가 남자에게 손을 내미는 경우는 오로지 동족을 맞을 때뿐이다.

아주 오랜 시간이 지나면 언젠가 나도 윤후처럼 될지 모른다. 그때 내가 어디에 있건 윤후는 나를 맞으러 올 것이다. 그러나 그건 먼 미래의 일이고 먼 미래의 일은 아무도 장담할 수 없다.

지금 이 모습에서 완전히 다른 형태로 진화하는 데에는 상당히 복잡한 단계가 필요하다. 또한 사적이며 비밀스러운 감정이 작용한다. 아주 질기고 질긴 그리움이 기억 깊숙이 가라앉은 후, 그것이 천추처럼 무거워져 나를 놓아주지 않을 때가 되어서야 변신이 가능해지는 것이다. 변하고 싶어 변하는 것이 아니라 변하지 않을 수 없어 변하는 것이라는 옛말처럼.

금이
변해

헌강왕이 포석정에 나갔더니 남산의 산신령이 나타나 춤을 췄다. 같이 있던 신하들은 아무도 못 보았는데 왕만은 그 모습을 보았다. 산신령이 춤추는 것을 보고 왕이 흥내 내어 똑같이 춤을 추었는데 신라 사람들은 그 춤을 어무상심, 또는 어무산신이라고 했다.

—『삼국유사』 중에서

1

민혜는 자신이 운영하는 미술학원의 문단속을 끝내고 건물 입구를 나서다가 그 앞에서 서성이는 수상쩍은 할머니를 보았다. 바짝 말라 해골의 윤곽이 그대로 드러난 할머니의 얼굴은 핏기라고는 없는 노르께한 안색이었고, 입고 있는 누런 삼베옷은 싸늘한 관 짝 안에 누워 있어야 할 죽은 이의 예복이었다. 아무래도 정신이 이상한 할머니 같았다.

여느 때 같았으면 모른 척 그냥 지나쳤을 텐데 이상하게도 신경이 쓰여 민혜는 자기도 모르게 할머니에게 말을 걸고 말았다.

"할머니, 여기서 뭐하세요?"

할머니는 돌아보지 않고 땅바닥만 두리번거리며 대답했다.

"금가락지를 잃어버렸네."

이미 자정이 넘은 시각이었다. 가로등이 있었지만 어두워서 금방 찾기 어려울 것이다. 어쩌면 진작 누군가 주워 갔을지도 모르고.

"오늘은 늦었으니 내일 날이 밝은 후에 다시 찾아보세요. 집이 어디세요? 제가 모셔다드릴 테니……."

민혜가 할머니의 팔을 잡으려는 순간 할머니는 굽은 허리를 곧추세우고 고개를 들어 민혜를 쳐다보았다. 그러곤 이가 하나도 없는 오목한 입으로 웃음을 터뜨렸다. 할머니의 웃는 표정이 어찌나 괴이하던지 민혜는 흠칫 놀라 뒤로 물러섰다.

"됐네, 여기 있네. 이 늙은이가 봤네. 일몰에 금이 변해, 히히히! 반짝반짝 예쁘기도 하지, 히히히!"

뭣 때문에 웃음보가 터졌는지 모르겠지만 할머니는 계속 웃어대며 말했다.

"금가락지는 두고 가야겠네. 나중에 눈 밝은 놈이 찾아가겠지. 찾는 사람이 임자야. 히히히! 하나는 불행, 둘은 다행이라지만 감당할 수 없으면 손가락에 끼지 말라고 해. 자네도 자신이 없으면 뚜껑을 열어보지 말고. 한 번 열면 일생 거기 매이게 될 테니. 히히히!"

할머니는 수수께끼 같은 소리만 잔뜩 늘어놓더니 탈처럼 벌어진 입으로 연신 웃어대며 어깨춤을 추듯 휘적휘적 걸어갔다. 민혜는 쫓아가려다 그만두고 물었다.

"어디로 가세요?"

"우리 집에, 우리 집에 간다네."

"집이 어디세요?"

"우리 집은 저기……."

할머니가 손가락으로 저 앞을 가리켰다. 가로등 불빛이 닿지 않는 어둠 속에 마치 할머니를 마중 나온 듯 서 있는 남자가 보였다. 남자가 팔을 벌렸다. 할머니는 보고픈 아들을 만나러 가듯 신이 나서 촐랑촐랑 달려갔다. 그러나 민혜가 눈을 한 번 깜빡이자 팔 벌린 가로수만이 바람에 가지를 흔들고 있을 뿐 아무도 보이지 않았다. 민혜는 꼭 뭐에 홀린 것 같았다.

2

병구는 제이 호프집을 기웃거리며 이제나 저제나 공윤후가 나타나기를 기다렸다. 그를 만날 방법을 모르니 이렇게라도 마냥 기다리는 수밖에 없었다. 7시가 조금 넘었다. 곧 친구가 교대하러 올 것이다. 자신의 강요로 매일 퇴근하자마자 이곳으로 나와야 하는 친구의 사정 같은 건 당분간 고려하지 않기로 했다. 병구가 공윤후를 만나고자 이렇게 공을 들이게 된 이유는 따지고 보면 모두 그 친구 때문이었으니까.

그 친구의 이름도 병구였다. 병구는 자기 이름이 병구라는 것을 인식한 순간부터 어머니에게 숱한 투정을 했다.

"이름 바꿔줘. 왜 하필이면 병구야? 형이 병일이면 나는 병이가 되는 거잖아. 일, 이, 삼 순서대로 해야지."

"병이?"

어머니가 되묻자 병구는 고개를 갸웃거리다가 다시 제안했다.

"그럼 병삼!"

"병삼?"

역시 이상했다.

"그럼 병사, 에이 씨, 이것도 이상해. 병오? 병오, 괜찮다. 병오로 할래."

"시끄럽다, 이놈아. 칠이나 팔을 붙이지 않은 게 다행인 줄 알아라. 아니 십을 붙였으면 어쩔 뻔했냐?"

어머니는 병구의 머리를 쥐어박으며 웃었다. 병구는 칠과 팔을 붙여보았다. 병칠? 병팔? 십도 붙여보았다. 병십? 눈물이 그렁그렁 맺히기 시작했다.

"칠도 싫고 팔도 싫고 십도 싫어. 근데 구는 더 싫어. 병구 싫다고, 병구 싫단 말이야. 형 이름은 멀쩡하게 짓고 나는 병구가 뭐야? 엉엉!"

병구는 서럽게 눈물을 쏟으며 성질을 냈다.

"숫자 구가 아니라 '갖출 구'라니까 그러네."

"그게 그거지, 어쨌든 구라고 부르잖아."

"어이구, 미치겠네. 그게 네 할아버지가 작명하실 때 음양오행상 꼭 '구' 자가 들어가야만 한다고 그러셨거든. 진구니 상구니 하는 이름도 있는데 병구가 어때서 그래?"

"진구랑 상구는 이상하지 않잖아. 근데 병구는 바보 이름처럼 들려. 병구만 아니면 돼. 병구 싫다구!"

"그럼 어쩌냐, 응? 엄만 우리 아들 이름을 만날 병구라고 불러서 병구 말고 다른 이름은 우리 아들 같지 않은데 말이야."

어머니는 병구를 품에 끌어안으며 그저 웃기만 했다. 병구는 절박했지만 어머니는 어린 아들의 귀여운 투정으로만 받아들였을 뿐 심각하게 생각하지 않았다.

그러다 초등학교 5학년이 됐을 때 같은 이름의 병구가 등장했다. 성도 한자도 똑같은 김병구. 김씨가 대한민국 최다 성이라는 것을 감안한다면 충분히 있을 수 있는 확률이었다. 그때의 인연으로 둘은 친구가 되어 지금껏 단짝 관계를 유지하고 있었다.

당시 병구보다 키가 5센티미터 더 컸던 친구가 큰 병구로 불렸고 병구는 작은 병구로 불렸다. 가끔은 큰 병팔, 작은 병팔 하는 식으로 두루두루 불렸는데 큰 병구는 자기 이름이 어떤 수난을 겪어도 울컥하는 법이 없었다. 병구는 큰 병구의 여유가 부러웠고 이를 닮으려고 애썼다. 어쨌든 큰 병구가 곁에 있어 이런저런 놀림에도 초탈할 수 있게 됐다.

병구와 큰 병구는 초등학교 5학년 때부터 붙어 다니기 시작해 중

학교도 함께 다녔다. 중학교 3학년 때부터 큰 병구는 키가 부쩍부쩍 자라더니 병구와 급속도로 격차가 벌어졌다. 큰 병구의 키가 184센티미터에 이르렀을 때 병구는 155센티미터에서 더는 자라지 않았다.

중학교를 졸업하고 큰 병구 가족이 이사를 가는 바람에 고등학교는 따로 다녔지만 둘은 대학에서 다시 만났다. 큰 병구는 사회학을, 병구는 과학교육을 전공했다. 둘은 거의 매일 클래식기타 동아리 방에서 시시덕거렸다. 예전처럼 큰 병구와 작은 병구로 불리며 대학축제 때는 환상의 호흡을 맞춰 듀엣 공연도 했다. 좋은 시절이었다.

병구는 어릴 때 작고 예뻤다. 그러나 사람이 나이를 먹으면 언제까지나 작고 예쁠 수 없다. 병구는 여전히 작았지만 이제 예쁘지 않았다. 그는 작은 미용실을 운영하는 서른아홉 먹은 노총각이었다. 나이가 들면서 윤기가 흐르던 병구의 곱슬머리는 마른 대팻밥처럼 부슬부슬해졌다. 중력의 영향으로 피부가 슬슬 처지고 하관이 넓어졌다. 귀엽고 앳되던 병구의 얼굴은 희멀건 종이 봉지에 구멍 두 개가 뻥 뚫려 있는 것 같은 심심한 얼굴로 변했다.

물론 변하지 않은 것도 있었다. 황소같이 선하고 큼직한 병구의 눈매는 어딘가 수줍은 듯, 한편으로는 외골수로 뭘 잘 모르지 싶은 그런 인상을 풍겼다. 덕분에 누가 봐도 김병구란 인간의 캐릭터를 단번에 간파할 수 있는 약점으로 작용했다. 보나 마나 제대로 된 연애 같은 건 해본 적 없고, 따라서 지금은 당연히 노총각일 테고, 그러므로 여자가 쳐다봐주기만 해도 감지덕지하는 인생으로 점철된 가런한 인간. 그리고 그것이 사실이었다.

큰 병구는 대놓고 놀렸다. 그렇게 자신의 심상을 얼굴에 까발리고 다니기도 쉽지 않지. 우핫핫!

큰 병구는 병구의 분신과도 같은 베프였다. 그러니까 분신이 아니라 분신과도 같은. 두 사람이 찰떡처럼 들러붙어 하나처럼 어우러질 수 있었던 것은 음과 양, 플러스와 마이너스, 흑과 백처럼 정반의 조화였지 닮은꼴이어서가 아니었다.

사실 큰 병구의 가족이 병구를 야밤에 골목길 호프집 앞으로 불러내 번을 서라고 시키지는 않았다. 이건 어디까지나 병구의 자괴심이 빚어낸 몸부림이었다.

처음에 병구는 자신이 다른 사람의 행복한 가정에 끼어들었다는 자각을 하지 못했다. 그가 생각하기에 자신은 완벽한 친구 가족의 일원이었다. 병구는 큰 병구의 집이 좋았다. 텔레비전 앞에 오순도순 모여 앉아 잡담을 나누며 부침개도 구워 먹고 맥주도 한잔 하는 친구의 집이 눈물 나도록 좋아서 헤어날 수가 없었다. 그로서는 거부할 수 없는 아늑함이었다.

때문에 자기 집으로 돌아가는 길이 아득해질 때면 병구는 그대로 자빠져 자는 척하곤 했다. 큰 병구는 그런 병구를 거실에 재우고 아버지처럼 담요를 덮어주었다. 그때는 친구의 아내도 자고 가라고 말해주었다.

하지만 얼마간이 지나자, 친구의 아내는 벽시계로 시선을 던지며 상냥하게 말했다.

"병구 씨, 늦었는데, 그만 가봐야죠?"

병구는 제수씨의 눈빛을 읽어야 할 타이밍에 텔레비전을 보며 평소처럼 스스럼없이 대답했다.

"괜찮아요. 늦었는데 자고 가죠, 뭐."

그녀는 눈으로 긴 한숨을 내쉬며 남편을 쳐다보았다.

'당신 친구 이제 좀 가라고 해.'

'왜 그래? 그동안 잘 지내오다가?'

'그동안 잘 참아줬으니까 저도 예의를 차릴 때가 됐잖아. 너무 뻔뻔하게 나가는 거 아냐?'

'그래도 어떻게 매정하게 이 밤중에 가란 말을 하냐?'

친구 부부 사이에 무언의 대화가 오가고 있었지만 병구는 알아차리지 못했다.

그녀는 병구와 욕실을 함께 쓰는 것도 신물이 났다. 변기 위에 떨어진 체모가 남편의 것이어도 짜증나는데 하물며 병구의 것일지도 모른다는 생각이 들자 부아가 났다. 병구가 욕실에서 나올 때마다 그녀의 이마에 주름이 그어졌다. 병구를 비난하고 싶어하는 표정이 역력했지만 병구는 여전히 그 표정을 읽어내지 못했다.

큰 병구는 병구의 좋은 친구였다. 하지만 큰 병구는 좋은 남편이기도 했다. 어느 날, 친구 가족과 함께 하는 아침 밥상머리에서 병구는 열심히 생선을 뜯으며 말했다.

"이거 진짜 맛있네요. 한 마리 더 굽죠."

친구의 아내는 대답 대신 남편을 쳐다보았다. 그만 좀 처먹으라고 해. 아내의 눈치를 보던 큰 병구가 슬며시 생선 접시를 밀어냈다. 젓가락질을 하던 병구의 손이 움츠러들었다. 마침내 친구가 보낸 신호를 알아챈 것이다.

병구는 베프의 가족을 자기 가족으로 여겼을 뿐이었다. 병구는 큰 병구의 남동생 부부와 제수씨의 여동생 부부가 놀러왔을 때도 그들의 가족인 양 붙어 있었다. 그렇게 허물없이 지냈던 게 잘못이었을까?

큰 병구의 아내는 이제 멀리 쫓아버리고 싶은 개새끼를 보듯 병구를 보았다. 왜 그런 눈으로 절 보세요, 제수씨? 하고 묻고 싶었지만 병구는 묻지 않았다. 대신 포털사이트 토론방에 질문을 올렸다. 수백 개의 답변들이 올라왔다. 남의 가정에 고춧가루시군요. 님의 가정을 가지시면 이해하게 될 겁니다.

하지만 병구는 외로웠다. 집에서 혼자 밥을 먹을 때면 앞에 베개라도 앉혀놔야 안정이 됐다. 솔직히 베개에 수저까지 들려주고 싶었지만 아직 그 정도로 정신이 나가지는 않았다.

'사는 게 뭐 그렇지. 어차피 외로움은 죽을 때까지 따라붙는 거잖아. 익숙해지면 나아질 거야.'

그런데 익숙해지는 게 아니라 신물이 나려고 했다. 고양이든 강아지든 키워볼까 생각도 해보았지만 병구가 원하는 것은 사람 대신이 아니라 사람이었다. 그래서 병구도 결혼하기로 했다. 친구의 삶에 묻어가려 했던 자신의 삶을 독립시키기로 결심한 것이다. 병구는 큰 병구의 집으로 향했던 걸음을 과감히 끊었다.

문제는 그다음이었다. 결혼정보업체는 그를 마다했다. 인터넷 만남 사이트도 기웃거렸지만 그림의 떡이라는 사실을 깨달았다. 병구는 좀더 진지한 만남을 원했다. 자신의 외모나 조건이 아니라 진짜 내면을 봐줄 인연이 어딘가 꼭 있을 거라고 믿었다.

그러던 병구는 그만 엉뚱한 여자에게 마음이 꽂히고 말았다. 쳐다보는 것만으로도 부담스러운 그녀를 향해 병구는 꽤나 다양하고 사소한 시도를 해보았지만 그녀는 꿈쩍도 하지 않았다. 이제 병구에게 필요한 것은 그녀의 마음을 움직일 마술 같은 기적이었다.

그러던 차에 공윤후에 대해 알게 됐다. 병구를 지금의 비참한 처지에서 구해줄 동아줄이 내려온 것이다. 이 허황한 동아줄을 내려준 것은 병구의 옹색한 미용실에서 우연히 머리를 자르게 된 고등학생이었다. 그 남학생은 남성 컷 전문 숍이라는 간판에 들어왔다가 이후 다시는 오지 않았다.

"공윤후란 사람이 뭐가 그렇게 대단한데? 그냥 마술사라면서?"

병구는 검지와 중지 사이에 끼운 남학생의 머리카락을 사선으로 끌어 올려 가위질을 했다. 잘린 머리카락이 우수수 떨어졌다.

"네크로맨서거든요."

병구는 피식 웃었다. 그러니까 시체를(네크로맨서란 단어는 시체란 단어에서 유래했다) 벌떡 일으켜 세우거나 죽은 사람의 혼을 불러내 대화를 할 수 있다는 건가? 아니면 변질된 네크로맨서인 연금술사? 병구의 머릿속에서 플라스크와 시험관 용기에 정체불명의 액체들이 풀풀 끓는 음산한 연구실이 떠올랐다. 그들이 최종적으로 만들고자 하는 물질은 금이다. 그렇다면 돈을 마구 찍어낼 수 있는 놈인가 보네.

"그렇게 잘나가는 마술사냐?"

"잘나간다고 할 순 없어요. 유명하긴 한데, 공연을 거의 하지 않는 은둔자거든요."

"신비주의 콘셉트로 이미지를 관리하나 보지. 그래봤자 마술은 다 속임수야. 트릭이라고."

"아니라니까요. 공윤후는 진짜예요."

"누가 그래?"

"인터넷에요."

"인터넷에 뜨면 다 사실이냐? 읽은 내용에서 진실과 허구 정도는 구분할 줄 알아야지."

갑자기 아이가 거울에 비친 병구를 힐끔 쳐다보더니 말했다.

"아저씨, 학교 쌤처럼 말하지 마요. 완전 짜증 나요."

"어떻게 알았냐? 나, 얼마 전까지 선생님이었는데."

"정말 학교 선생님이었어요?"

아이는 의외라는 듯 눈을 굴렸다.

"아니, 학원 선생."

대학 졸업 후, 병구는 연거푸 임용고시에서 낙방했다. 그는 정식 과학 교사가 되는 대신 중학생을 대상으로 하는 동네 보습학원의 수학 선생으로 취직했다. 뭐 급할 때는 국어 선생이 사회 선생 노릇을 하듯 시험 때가 되면 과학 선생으로도 변신했다. 교사가 되기를 포기한 것은 아니었다. 단지 생계가 먼저라 잠시 미뤘을 뿐이었다. 그런데 어느 날 정신을 차려보니 미용사가 되어 있었다.

"세상에 진짜 마술이 어딨냐? 어릴 때 판타지는 꿈과 희망을 키워주지만 이젠 그런 거 믿을 나이는 지났잖아. 인생은 판타지처럼 펼쳐지는 게 아니라 갖고 있던 판타지를 끝내야 참맛을 볼 수 있는 거야. 마술은 여자와 어린애들의 호감을 살 때나 필요한 기술이지 진짜가 아니야."

"그럼 공청옥은요?"

"공청옥? 일제강점기 때 활동했다던 그 마술사?"

"네, 공윤후의 할아버지가 공청옥이잖아요."

병구도 공청옥에 대해서는 들어 알고 있었다. 마술쇼를 한답시고 일본군 장교의 머리를 베어 살인죄로 체포된 후 처형됐는데 얼마 후 다시 살아났다고 전해지는 기이한 인물이었다.

당시 공청옥이 벌인 마술에 대한 다양한 사례들이 전해지고 있었지만 그가 가진 기술의 비밀은 여태껏 단 한 가지도 밝혀진 것이 없었다. 그의 마술은 말 그대로 마술처럼 숨겨져 있었다. 열성적인 마술사 지망생들이 공청옥의 자손을 통해 노하우를 알아내려고 접촉을 시도했지만 무슨 거물급 인사라도 되는지 그의 아들도 손자도 개인적으로 만나본 사람이 없었다.

"제가 친구랑 같이 계획을 세웠거든요. 학교 졸업하면 대학 포기하고 공윤후란 사람을 찾아가 제자가 되기로요. 우린 유명한 마술사가 될 거예요."

글쎄, 함께 무엇이 되고자 약속했던 그 우정이 얼마나 갈지는 아무도 모르지. 병구 역시 한때는 큰 병구와 이마를 나주하고 그런 비슷한 맹세를 했었다. 병구는 아이의 목덜미에 달라붙은 잔 머리카락을 스펀지로 탁탁 털어내며 말했다.

"다 됐다. 그런데 왜 하필 마술사가 되고 싶은 거냐? 그건 일생을 트릭에 기대 살겠다는 거잖아."

한때 너도나도 유행처럼 마술의 기본을 익히던 때가 있었다. 텔레비전에 젊은 마술사들이 등장하고 아이들은 열광하며 따라 배웠다. 심지어는 어린이집이나 주민센터 강좌에까지 등장했다. 이제는 그 자리를 요가나 외국어, 악기 배우기가 차지했다. 이 나라의 유행은 종목이 뭐가 됐건 짧고 강렬하게 한바탕 뒤흔드는 것이 관례였다.

"제가 배우려는 건 그런 마술이 아니에요. 공청옥처럼 어떤 트릭도 쓰지 않는 진짜 마술사가 될 거라고요. 근데 머리가 이게 뭐예요?"

아이는 못마땅한 표정으로 거울에 자신의 모습을 이리저리 비춰 보며 말했다. 병구는 어이가 없었다. 머리에 대한 아이의 불만 때문이 아니라 마술이 진짜라고 믿는 어리석음 때문이었다.

그게 무슨 만화였더라. 마술을 마법으로 믿는 가난뱅이 소녀가 있었다. 늙은 마술사가 자기 돈을 털어 쇼윈도에 진열되어 있던 파란 드레스와 하얀 구두를 사서 선물했을 때 소녀는 마술사가 마법을 부렸다고 여겼다. 소녀는 마술사가 마법으로 뭐든 해줄 수 있을 거라 여기며 계속 갖고 싶은 것들을 요구했다. 마술사는 진짜 마법을 믿는 소녀의 순수한 세계를 끝까지 지켜주고 싶었지만 돈이 떨어지자 결국 더는 마술을 부릴 수 없게 됐다.* 그러니까 마술은 없는 것이다. 마술은 거짓이다. 모든 마술사는 레오나르도 다빈치처럼 기술 고안자일 뿐이다.

"트릭 없는 마술이 어딨냐? 트릭을 쓸 수 없는 상황처럼 보이게 하는 것이 바로 트릭이지."

어린 시절 병구도 한때 마술에 열광했다. 그리고 어른이 된 지금은 마술에서 점 하나를 뺀 미술에 혹해 있었다. 마술과 미술은 점 하나 차이였다. 노랫말의 님과 남처럼. 남이었던 그녀가 님으로 둔갑했으니 말이다. 병구는 같은 건물 2층에 있는 입시 전문 미술학원의 원장인 곽민혜를 생각했다. 병구의 마음속에서 마술과 미술이 뒤섞였다.

자른 머리 모양이 마음에 들지 않는다고 입이 오리주둥이가 된 아

* 2010년 애니메이션 〈일루셔니스트〉.

이를 대강 어르고 달래서 내보낸 후 병구는 컴퓨터 앞에 앉았다. 검색 창에 '공윤후'라고 쳤다. 공윤후에 관한 것은 이렇다 할 것이 없었고 주로 공청옥 관련 글이었다. 그나마도 몇 개 되지 않았다. 병구는 '마술사가 되고 싶다'라는 카페 출처의 게시글을 클릭했다.

공청옥은 알레이스터 크로울리*처럼 큰 이슈를 일으킨 적은 없었지만, 그 못지않게 신비한 행적을 남긴 인물이었다. 마술사로 알려져 있지만 일반적인 테크닉 마술사라기보다는 초자연적인 행위를 했던 초능력자에 가깝다.

테크닉 마술사들 중에서 김연수**를 제외하고 국내 최초의 마술사로 알려진 사람은 1910년 출생해 1970년 타계한 평안도 출신의 김광산이다. 공청옥은 그보다 조금 앞서 등장한 인물이다.

대개 마술사들은 자기만의 장기가 있었다. 사람들이 가장 많이 기억하고 있는 마술사 이홍선은 과거 한때 텔레비전 오락 프로에 자주 출연했었는데, 비둘기 마술과 아무것도 없는 것에서 뭔가 나오게 하는 마술이 장기였다. 해리 후디니는 탈출 마술의 전설적인 인물이었고 세르빗드는 몸

* 에드워드 알렉산더 크로울리는 1875년 영국에서 출생했다. 그는 죽음의 서 『리베르 레기스』를 출간했는데, 매 출간 때마다 큰 사건이 일어났다. 1912년 출간 시에는 발칸 전쟁, 1913년 출간 시에는 제1차 세계대전, 1930년 출간 시에는 만주 사변, 1938년 출간 이듬해에는 2차 세계대전이 발발했다.
** 밀번 크리스토퍼의 『도해마술의 역사』라는 책에는 1884년 서울 출생의 김연수라는 한국인 마술사에 대한 기록이 나와 있다. 그는 뉴욕 브로드웨이에서 활동했고 1963년, 79세로 타계할 때까지 그곳에서 생을 마감했다. 태평양 전쟁 발발 전까지 다나카 구마조라는 일본 이름을 사용했는데 이 기록이 사실이라면 그가 최초의 마술사다. (조풍연/『서울잡학사전』)

통 자르기 마술을 처음으로 선보인 인물이었다.

공청옥의 장기는 고딕소설에나 등장할 법한 사랑의 묘약이었다. 도무지 불가능해 보이는 사랑도 그가 마술을 걸면 해피엔딩이었다. 때문에 당시 항간에는 이런 말도 있었다. 공청옥이 나섰다면 1926년 극작가 김우진과 가수 윤심덕이 현해탄에 빠져 죽지 않았을 것이며, 1933년 카페 여급 김봉자와 그의 연인이었던 유부남 노병운도 투신자살하지 않았을 것이라고. 급기야는 공청옥의 선조가 무왕과 선화공주뿐 아니라 온달과 평강공주도 맺어줬다는 우스갯소리까지 나돌았다.

전하는 바에 따르면 공청옥은 사람들을 혹하게 만드는 다양한 마술적 행위뿐 아니라 외모도 출중했다는데 왜 유독 유능한 중매쟁이처럼 알려지게 됐는지 의문스럽다.

공청옥의 아들 공해경은 드러내놓고 활동했던 공청옥과 달리 베일에 싸인 인물로 종적이 거의 알려져 있지 않지만, 손자인 공윤후는 지금도 가끔 작은 무대에서 만나볼 수 있다. 그러나 개인적으로 그와 접촉하기란 거의 불가능해 보인다.

삼대에 걸쳐 전수받은 공윤후의 마술 역시 장기는 누군가의 이뤄질 수 없는 사랑을 이뤄주는 마술이라고 하는데, 심지어는 자신의 사랑에도 예외가 없는 모양이다. 덕분에 그의 깔끔하지 않은 여성 편력이 도마에 오르기도 하지만 대개의 남자들은 바로 그 점이 부러울 듯하다.

병구는 코웃음을 치며 '공의 모든 것'이란 제목의 블로그에 실린

다음 게시물을 클릭했다.

　1930년대 그토록 유명했던 공청옥에 대한 기록이 지금 거의 남아 있지 않은 이유는 그가 신원불명 떠돌이였기 때문입니다.

　장기실의 사당패가 공청옥을 받아들이고 몇 년은 잘나갔어요. 마치 도깨비 손님이라도 되는 것처럼 공청옥이 들어온 뒤부터 벌이가 좋아졌거든요. 하지만 사당패는 내리막길을 걷고 있었고 공청옥도 그곳을 떠났어요.

　곡마단으로 옮겨간 공청옥은 이런저런 기예를 해 보였는데 여전히 인기가 좋았죠. 아, 그 기예라는 것이 접시돌리기나 저글링, 줄타기 같은 건 아니었고요, 예를 들면 사람을 공중에 띄우거나 상자에 넣고 칼을 꽂아 사라지게 하는 그런 것들이었죠. 사람 말고 집을 통째로 들어 올린 적도 있었어요. 요즘엔 그런 거대한 마술은 화면 트릭이나 기중기 같은 걸 쓰지만 그 당시엔 그런 게 없었으니까 정말 굉장했죠.

　뭘 어떻게 했는지는 나도 아직까지 몰라요. 그때는 그가 서양식 마술을 독학했을 거라고 여겼어요. 공청옥은 학교 문턱이라곤 넘어본 적이 없다고 했지만 상당히 머리가 좋았거든요. 서양 선교사들을 쫓아다니며 꼬부랑 글자도 척척 배워 읽어냈으니까요. 당시도 지금이랑 똑같았어요. 영어를 배워야 성공한다는 식의, 어떻게 하면 영어를 잘할 수 있을까 하는 기사나 광고들이 신문에 자주 실렸죠. 세월이 참 많이 지났는데 그것만큼은 여전히 달라지지 않은 걸 보면 좀 우습기도 해요.

　곡마단에서 그는 다시 악극단으로 옮겨갔어요. 극단 측에서는 그의 걸

출한 외모 때문에 배우를 시키려고 했던 것 같은데 그가 한사코 거절해 결국 극단에서도 두 손 들고 말았죠.

하지만 극단은 그를 내보내지 않았어요. 그는 악극 시작 전이나 막간에 마술쇼를 했는데 그게 말이죠, 악극보다 더 인기가 있었어요. 배우들 시샘이 이만저만 아니었죠. 그를 쫓아내지 않으면 공연하지 않겠다고 단체로 보이콧을 하기도 했었으니까요.

내가 공청옥을 처음 만난 건 그 극단에서였어요. 극단에 머물던 시절, 공청옥 곁에는 늘 내가 있었죠. 그가 나를 신뢰했다기보다는 내가 그를 일방적으로 졸졸 따라다녔어요. 그러다 그의 이름 한 글자를 따서 이름도 이순옥으로 바꿨고요.

원래 내 이름은 이순호였어요. 공청옥이 세상에서 사라진 후, 나는 그를 잊지 않겠다는 마음으로 내 이름의 마지막 글자를 그의 이름과 같은 글자로 바꿨어요. 뭐 한편으로는 그의 이름 한 글자를 빌려 내 삶이 막다른 지경에 이르면 탈출구로 쓰고 싶었던 건지도 모르죠. 무슨 말이냐고요? 내 이야기를 듣다 보면 곧 아시게 될 겁니다.

우연히 공청옥의 마술쇼를 본 후 나는 다니던 상업학교를 때려치우고 극단을 따라나섰어요. 배우를 할 생각은 추호도 없었어요. 연기는 정말 소질이 없었거든요. 보다시피 외모도 볼품없고요. 뭐 가끔 지나가는 행인 역을 한 적은 있었어요.

나는 주로 극단의 허드렛일을 하면서 공청옥의 마술쇼를 도와주곤 했는데 그렇다고 그의 조수였던 건 아니었어요. 그는 자기 마술에 조수를 쓰지 않았어요. 대개 서커스나 마술쇼에서는 본인이 자기 도구를 직접 확인하고 설치해요. 실수나 부상에 대비해 철저하게 준비해야 하니까요. 그러니까 내 말은 그의 마술을 가장 가까이에서 지켜본 사람이 나라는 겁니다. 그런데 말이에요, 그는 정말 트릭을 쓰지 않았어요.

요즘 사람들은 마술이 트릭이라는 것을 알고 있잖아요. 게다가 트릭의 비밀이 홍보 삼아 공개되기도 하고요. 그래서 웬만한 트릭으로는 사람들이 놀라지도 신기해하지도 않아요. 하지만 당시에는 꽤 많은 사람들이 보이는 대로 믿었어요. 텔레비전이 처음 보급되었을 때 드라마상에서 죽는 연기를 진짜 죽는 걸로 믿는 사람이 얼마나 많았는지 생각해보면 이해가 갈 겁니다.

그래서 그의 마술쇼에 사람이 필요할 때면 내가 나설 수밖에 없었어요. 아무도 자원하지 않았거든요. 공청옥이 상자 속에 날 집어넣고 이리저리 칼을 꽂으면 부녀자들 중에는 까무러치는 이들도 있었어요. 물론 마지막에 상자 뚜껑이 열리면 난 상자 속에서 멀쩡하게 걸어 나와요. 그런데도 다들 겁을 먹었죠. 당시 내 별명이 뭐였는지 아세요? 백번 죽은 사나이였어요. 사람들이 자주 내게 저승에 다녀온 이야기를 해달라고 졸랐지요. 하지만 난 죽어본 적은커녕 저승 문턱도 밟아본 적 없었어요.

말했다시피 상자 트릭이 있었던 것도 아니었고요. 상자 트릭에 대해서는 아시죠? 상자 뒤쪽에 보통 비밀 공간이 있어요. 그런데 공청옥의 상자 속에는 비밀 공간이 없어요. 처음 상자 속에 들어갈 때 내가 두려워하자 그가 그러더군요.

"걱정 마, 절대 죽지 않아. 들어가서 그냥 아무 데나 내 이름 중 한 글자를 쓰고 그쪽으로 빠져나가."

말도 안 되는 소리처럼 들렸지만 어쨌든 그는 마술사였고 난 그의 말이라면 뭐든 믿었어요.

그의 상자는 뭐랄까, 마치 다른 세상과 연결되어 있는 것 같았어요. 뚜껑이 덮이는 순간 나는 암흑 속에서 상자 벽에 '공' 자를 썼고 그쪽으로 손을 뻗었어요. 그러자 어딘가로 굴러떨어지는 기분이 들더니 어느 작고 허름한 술집 탁자에 내가 앉아 있더군요.

도깨비 탈처럼 생긴 남자가 나에게 뭘 먹겠냐고 물었어요. 이게 어떻게 된 건가 싶어 어리둥절했지만 일단 국수를 말아달라고 했죠. 국수라니! 말해놓고 나서 나도 어이가 없었어요. 조금 후에 커다란 양푼에 담긴 국수가 나오기에 정신없이 먹고 있는데 갑자기 머리 위가 환해지더군요. 상자 뚜껑이 열린 겁니다. 깜빡 졸다가 꿈을 꾼 것 같은데 나는 여전히 국수 가락을 씹고 있더라고요. 어떻게 된 거냐고 물었더니 그가 그러더군요.

"내 이름 때문에 잠깐 홀린 거야."

"그게 무슨 소리예요?"

"그냥 마술이라고."

믿기지 않겠지만 사실이에요. 최면술 따위에 걸려 환시를 겪었거나 양귀비라도 갈아 마셨냐고 묻고 싶겠지만 아니에요.

그의 생전에 열린 마지막 마술쇼는 일본군 장교 스키야마 고로가 관사에서 주최한 연회에서였어요. 공청옥이 모두가 지켜보는 앞에서 스키야마의 목을 벴죠. 물론 먼저 내 목을 잘랐다가 다시 붙이는 것을 보여준 후예요. 사실 스키야마는 내키지 않았어요. 하지만 어쩌겠어요? 나처럼 평범하고 볼품없는 일개 조선인 사내도 두려워하지 않는데 일본군 장교씩이나 된 처지에 뺄 수가 없었던 거죠.

문제는 공청옥이 내 목은 다시 붙여줬지만 스키야마의 목은 다시 붙여주지 않았다는 거예요. 공청옥은 체포됐어요. 당시 자료를 찾아보시면 알겠지만 공청옥은 살인강도범으로 처리됐어요. 조선인 마술사의 놀잇감으로 일본군 장교가 개죽음을 당했다고 발표할 수는 없었으니까요.

그땐 몰랐지만 나중에 나는 알게 됐지요. 공청옥이 독립군과 연관이 있다는 걸요. 그러니까 그건 마술쇼가 아니라 공청옥이 스키야마 고로를 보란 듯 공개 처형한 거였어요. 현장에서 체포될 걸 뻔히 알면서 암살이 아니라 공개 처형 방식을 택한 건 순전히 본인의 선택이었지만 의미 있는 일이었죠.

감옥에서도 그는 계속 마술 같은 일을 벌였어요. 감옥을 자기 집처럼 드나들었거든요. 어떻게 해도 막을 수가 없었죠. 그의 마술처럼 설명하기 어려운 일이었어요. 그가 없어지면 고등경찰들이 거리를 헤매 그의 종적을 쫓았어요. 고문이 심해 몸을 운신할 수 없다고 했는데도 어찌된 일인지 그는 툭하면 쥐도 새도 모르게 빠져나가 사슴처럼 돌아다니다가 제 발로 감옥에 슬쩍 돌아와 있곤 했죠.

그래서 궁여지책으로 감시자를 한방에 넣어 교대로 지키게 했는데, 한밤중이 되자 시체처럼 널브러져 있던 공청옥이 갑자기 몸을 일으키며,

"아, 내가 지금 약속이 있어서 잠깐 나갔다 와야겠소. 잠시면 되오."

하고 말하곤 감시자가 보는 앞에서 눈 깜짝할 사이에 벽을 통과해 밖으로 나갔다고 하더군요.

그런 식으로 마음만 먹으면 탈출을 할 수 있었는데 왜 매번 돌아왔냐고요? 아마 굳이 그럴 필요가 없었기 때문이었겠죠.

공청옥이 사형 언도를 받고 총살된 때가 1933년 여름 장마철이었어요. 두 달 후에 그의 아들인 공해경이 부패할 대로 부패한 그의 시신을 찾아갔지요. 내가 그의 시신을 회수하기 위해 백방으로 애쓰고 있던 참이었는데 아무도 모르게 은밀히 빼내갔다더군요. 그에게 아들이 있는 줄 그때 처음 알았어요. 아버지와 꼭 닮았다던데 아쉽게도 나는 한 번도 공해경을 직접 만나본 적이 없어요.

그 일이 있은 이듬해 정월, 아, 글쎄 죽은 공청옥이 멀쩡한 몰골로 나를 찾아왔지 뭡니까. 정말 해괴할 노릇이었죠. 나중에 들은 소문에 의하면 공해경이 부친의 시신을 어떻게 했다던데, 만약 그게 사실이라면 공해경이 죽은 사람을 살리는 마술을 부린 거죠. 뭐가 어떻게 된 건지 모르겠지만 그들 부자에게 어떤 초자연적인 능력이 있었던 게 틀림없어요.

죽었던 공청옥이 제 앞에 다시 나타나던 날, 그는 늘 입고 있던 닳아빠진 청색 도포를 벗고 신식 정장에 말끔한 코트 차림이었어요. 기분이 아주 이상하더군요. 일종의 시간의 전환점 같은 것이 느껴졌다고나 할까요. 내가 어리벙벙해 있는데 그가 밀서와 은괴를 건네며 말했어요.

"순호야, 심부름 좀 해줘."

내가 해야 할 일이 무엇인지 깨달았을 때 나는 자랑스러우면서 마음 한편에서는 무시무시한 두려움이 일었어요. 내가 떨고 있는 것을 알아챈 그가 입고 있던 코트를 벗어주더군요.

"상자 대신 이 코트를 입어. 방법은 상자에 들어갔을 때와 똑같아. 상황이 여의치 않으면 허공에 내 이름 석 자 중 아무 글자나 쓰고 그 글자를 향해 뛰어. 그러면 도망 갈 길이 생길 거야."

나는 그에서 받은 밀서를 신발 밑창에 깔아 숨겼어요. 은괴의 일부는 가방 안에 비밀 공간을 만들어 숨겼고 나머지 은괴는 그가 빌려준 코트 속에 솜으로 싸서 꿰맸지요.

열차에서 검문당했을 때 가방 속의 비밀 공간을 들켰어요. 다 끝장났다는 생각에 심장이 터지는 줄 알았죠. 이제 참혹한 고문 끝에 죽겠구나 생각했어요. 그런데 그들이 거기서 꺼낸 건 내가 숨긴 은괴가 아니라 말린 대추더라고요. 세상에! 전 분명 은괴를 넣었는데 말이죠.

뭐가 어떻게 됐든 고비를 넘긴 거죠. 살았다는 생각에 바삐 그 자리를 벗어나려는데 갑자기 그들이 내 신발을 가리키며 말했어요.

"벗어봐!"

머리통이 쪼그라드는 기분이었어요. 신발 밑창에 숨긴 밀서를 들킬 수는 없었어요. 나는 에라 모르겠다 싶어 냅다 뛰었죠.

그들이 내 뒤를 쫓아오며 총을 쐈어요. 총소리를 듣는 순간 나로선 선택의 여지가 없었어요. 총에 맞아 죽든 달리는 기차에서 떨어져 죽든 마찬가지였으니까요.

객차 밖으로 빠져나온 나는 발아래로 휙휙 지나가는 철로에 '공'이란 글자를 휘갈겨 쓰곤 무작정 기차에서 뛰어내렸어요. 정신을 차려보니 제가 뛰어내린 지점에서 10킬로미터 떨어진 곳이더군요. 가방은 두고 내렸지만 코트 속에 숨긴 나머지 은괴는 그대로 있었어요. 신발도 제대로 신고 있었고요. 그때 내가 깨달은 건 그거였어요. 그가 마술로 마른 대추를 은괴로 둔갑시켜 군자금을 대고 있었다는 것을요. 웃으시는군요. 압니다. 제 말이 얼토당토않게 들린다는 걸요. 하지만 사실이에요.

그 후에도 그는 가끔 나를 찾아왔어요. 나는 여전히 유랑 극단에 몸을 담은 채 떠돌아다녔는데 신기하게도 극단이 어디에 있건 그는 귀신같이 알고 찾아오더군요. 그때마다 나는 집에 돌아갈 이유를 만들어 휴가를 받았고요. 내게 공청옥의 마술은 그렇게 계속되고 있었죠.

그때 난 스무 살이었어요. 70여 년 이상 지난 일이지만 여전히 생생하게 기억해요. 그의 마술은 모두 진짜였어요. 그에게는 보여주는 것 뒤에 숨은 트릭이 없었어요. 그의 공중 부양술에는 숨겨져 있는 지게차나 피아노 줄은 물론이고 철판 갑옷과 자석 같은 것도 존재하지 않았어요. 하지만 이것도 저것도 모두 그의 장기는 아니었죠. 사실 그의 장기는 사랑을 이뤄주는 마술이었어요.

솔직히 공청옥 자신의 연애 경력도 화려했어요. 키도 훤칠하고 얼굴도 잘생긴 데다가 몸도 다부졌죠. 늘 얼굴을 맞대고 지내던 나도 그와 시선이 부딪칠 때면 가끔 전율을 느끼곤 했는데 여자들은 어땠겠어요?

특히 내 기억에 가장 인상적으로 남아 있는 건 그의 윤곽이 가끔 푸르스름한 빛을 내곤 했다는 거예요. 그리고 밝은 와중에 어두운 그림자를 지고 있는 것처럼 보였고요. 어쩌면 그가 늘 입고 있던 청색 도포나 코트 때문에 벌어진 착시일 수도 있어요. 시대 흐름에 따라 옷은 바꿔 입었지만 그는 여전히 쪽빛을 띤 파란색을 고수했거든요. 사실 그 색만큼 그와 잘 어울리는 색도 없었지요.

옷 색깔 때문이 아니라면 사람마다 각기 지니고 있다는 오로라 같은 것을 본 건지도 모르겠어요. 아무튼 나는 그를 볼 때마다 이상하게도 눈이 아니라 가슴이 시렸어요. 나는 그가 어떤 삶을 살았는지 그의 과거에 대해 전혀 아는 게 없어요. 하지만 은밀한 슬픔을 느꼈죠.

그는 가는 곳마다 여자들이 따랐어요. 극단 내의 여자들도 모두 그를 사랑했지요. 하지만 공청옥은 극단 안에서는 어떤 염문도 뿌린 적이 없었어요. 그는 우리가 모르는 곳에서 연애를 했어요. 우리는 그저 소문만 들을 수 있었죠. 그는 자기 연애에 대해서는 떠드는 법이 없었거든요.

극단에 나 말고 유일하게 공청옥의 조수를 자처했던 겁 없는 아가씨가 있었어요. 극단의 여배우였는데 그녀도 공청옥을 좋아했어요. 그녀의 그린 듯한 용모가 어찌나 예뻤던지 관객들이 자주 인형으로 착각했을 정도였죠. 물론 입을 다물고 있을 때만요. 어릴 때 무슨 열병에 걸려 뼛속까지 타버렸는지 이가 까맸거든요.

그녀가 까만 이를 드러내고 웃으면 다른 사람들은 모두 귀신을 보는 것 같다며 소름 끼친다 했어요. 하지만 내 눈에는 그 웃음이 민들레꽃처럼 보여 그저 황홀하기만 했지요. 그녀가 나한테 유독 잘해줬던 건 날 좋아해서가 아니라 내가 늘 공청옥 곁에 있기 때문이었어요. 그녀가 바라보는 건 내가 아니라 공청옥이었죠. 그녀 혼자 가슴앓이하는 게 하도 가엾어 보여 어느 날 내가 공청옥에게 넌지시 운을 띄웠더니 그가 그러더군요.

"그녀는 슬프지 않아. 나는 울고 있는 여자 손만 잡아."

"당신 때문에 울고 있다니까요."

"나 때문에 우는 여자는 없어. 나는 우는 여자를 달래는 쪽이야."

"당신 때문이에요. 도대체 얼마나 더 많은 눈물을 흘려야 그녀를 봐줄 건데요?"

"내 눈에는 보이지 않는 눈물이야. 네 눈에 보이는 눈물이라면 네가 봐 줘야지."

"그게 무슨 개뼈다귀 같은 핑계인지 모르겠네요. 저야 늘 그녀를 보고 있지만 그녀는 저한테 관심이 없어요. 마술 같은 일이 벌어지지 않고서야 저 같은 놈이 그 고운 눈에 차겠어요?"

"그러니까 마술 같은 일이 벌어져야 할 타이밍이 된 거로군. 걱정 마, 곧 그렇게 될 테니까."

그의 말대로 결국 난 그녀와 결혼하게 됐죠. 아내는 25년 전에 먼저 갔 어요. 아내가 지금 여기 있었다면 그때 우리가 어떻게 그의 마술에 걸렸 는지 말해줄 수 있을 텐데.

독립운동을 하면 삼대가 가난하다는 말이 있죠. 나는 평생 가난하게 살았어요. 하지만 후회하지 않아요. 독립운동에 생을 바친 것을요? 아뇨. 나의 노년이 비루해진 것이 그 때문일 줄 미리 알았다면 틀림없이 망설였을 거예요. 난 그렇게 용감한 사람이 아니거든요. 내가 후회하지 않는 건 독립운동이 아니라 독립운동에 처음 나를 끌어들였던 그의 부탁을 거절하지 않았다는 거예요.

그 암울했던 시절, 나를 살게 했던 건 공청옥이었어요. 그의 마술이 나를 세상에 홀리도록 만들었죠. 시대에 맞설 용기를 손에 쥐여준 것도, 평생의 친구가 되어준 아내를 만나게 해준 것도, 누군가와 함께하는 삶이 아름답다는 것을 알려준 것도 그였어요.

내가 그의 마술에 걸린 덕에 이 고단하고 외로운 세상을 평생 행복하게 살 수 있었던 거라면 믿으시겠어요? 아내를 보낸 후 그의 마술은 풀렸지만 대신 나에겐 남은 생을 살게 할 추억이 있었죠. 그래서 후회하지 않아요.

두번째 글은 꽤 상세했다. 출처는 2006년 8월 10일자 지방지에 실린 이순옥의 인터뷰를 녹취한 기사였다.

'내가 그의 마술에 걸린 덕에 이 고단하고 외로운 세상을 평생 행복하게 살 수 있었던 거라면 믿으시겠어요?'라는 구절이 벼락처럼 병구의 머리를 때렸다. 마음이 움찔 흔들렸다.

병구도 외로웠다. 사는 게 너무 외로워 뭐라도 의지하고 싶었다. 한때 죽고 못 살던 친구가 아직 곁에 있었지만 삶의 파트너는 아니었다. 친구 놈과 가정을 이루고 평생을 살 수는 없었다. 친구의 가족을 내 가족인 양 여기고 적당히 비벼 섞여보려고 했지만 무리였다.

'공의 모든 것' 블로그 운영자의 닉네임은 룸룸이었다. 룸룸은 공 씨 삼부자에게 정말 관심이 많은 듯 친절하게도 원래 인터뷰 기사에는 없던 관련 사진까지 구해서 올려놨다.

사진상으로 봤을 때 이순옥은 본인의 말대로 볼품없는 추물이었다. 게다가 상자 속에 들어갈 정도였으니 몸집도 작았을 것이다. 하지만 이순옥이 제시한 젊은 시절 아내의 사진은 놀랄 만한 미인이었다. 그녀는 곽민혜처럼 후리후리하고 늘씬한 자태를 가지고 있었다.

공청옥의 마술이, 전혀 어울리지 않아 보이는 이 두 남녀를 맺어준 것이다. 병구의 입이 벌어졌다. 그래, 바로 이거야. 이런 마술 같은 일이 벌어지지 않았더라면 이순옥은 틀림없이 몽달귀신으로 늙어 죽었을 거야.

병구는 이 게시글에 달린 답글 중 순옥 할아버지 노망나셨네, 혹은 할아버지가 공청옥이란 사기꾼에게 제대로 속은 게 아닐까요, 그 연배 어른들께 여쭈면 왕년에 독립운동 안 했다는 사람 없어요, 따위의 의견들은 무시하기로 했다.

언제나 사람들의 의견은 갈린다. 정말이라면 믿고 싶네요. 원래 진짜는 자기를 드러내지 않는 법이죠. 맞아요. 슈퍼맨, 배트맨도 옷을 갈아입기 전에는 일반인인 척하고 살잖아요. 우리 사회는 언제쯤 사람 보는 눈이 생길까요. 빅터 플랭크의 작품 속 구절이 생각나네요. "수용소에서 진짜 괜찮은 사람들은 살아 돌아오지 못했다." 그러게요, 진짜 괜찮은 사람들은 역사 속에 묻히고, 악착같이 살려고 박쥐처럼 행동했던 떨거지들만 살아남았죠. 떨거지들의 비밀이 묻혔으니 누가 진실을 알까요? 우리는 진실을 알고 있어요, 하지만 힘이 없지요. 이와 같은 답글에 병구는 천만번 동감했다.

이순옥이란 검색어로 다른 관련 기사를 찾아보니 당시 아흔네 살이었던 이순옥은 결국 독립유공자가 되지 못한 채 두 해 전에 사망했다. 그의 말처럼 공청옥 마술의 비호를 받았는지 한 번도 체포된 적이 없어 제낀 기록을 찾을 수 없었기 때문이있다. 그의 사손들은 여전히 그가 나라를 위해 일했다고 주장하고 있지만 정부는 유공자 연금을 노리는 수작으로 여겨 번번이 묵살했다.

병구는 어떻게든 공윤후와 만날 방법을 모색해보려 했지만 끈이 끊어졌다는 것을 알았다. 이순옥은 이미 죽었고, 블로거 룸룸은 공씨 삼부자에 대한 많은 정보를 자신의 블로그에 수집해놓았지만 이같은 애착에도 정작 공윤후를 한 번도 만나본 적이 없다 했다. 그만큼 공윤후는 만나기 어려운 인물인 것이다.

병구는 컴퓨터 모니터에서 시선을 뗐다. 퇴근하는 민혜가 보였다. 왼쪽 다리를 절뚝거리며 180센티미터가 넘는 키다리 민혜가 건널목을 건넌다. 그녀의 뒷모습을 볼 때마다 병구는 묘하게 가슴이 애틋해졌다.

민혜는 이렇게 보면 20대 중반, 저렇게 보면 30대 중반으로 보이는 미인인 데다가 큰 키에도 늘 하이힐을 신었고 다리까지 절기 때문에 언제나 사람들의 시선을 끌었다.

나는 왜 하필 저 여자에게 꽂힌 거지? 병구는 자기 마음이 알쏭달쏭하기만 했다. 어쩌면 민혜가 큰 병구와 비슷한 구석이 있어서 마음이 혹한 게 아닐까. 큰 병구처럼 키가 크고, 큰 병구처럼 매사 딱 부러지게 따져들고, 큰 병구처럼 어깨가 넓고, 큰 병구처럼 얼굴이 네모지고. 큰 병구를 사랑했던 건 아니었다. 큰 병구가 첫사랑이었던 적도 없었다. 젠장, 무슨 생각을 하고 있는 거야.

민혜는 학원 내에서 괴팍한 성격으로 소문나 있었다. 병구의 숍으로 머리를 자르러 오는 남학생들은 늘 그녀의 험담을 했다. 그럼에도 병구는 민혜만 등장하면 머리끝이 쭈뼛거리고 심장이 두근거렸다. 사실 병구는 첫눈에 민혜에게 반했다.

숍을 오픈하기 전날, 늦은 시각까지 남아서 이런저런 정리 중이던 병구는 건물 2층에서 들려오는 여자의 비명 소리에 자지러질 듯 놀랐다. 병구는 무슨 일인가 싶어 부리나케 2층으로 뛰어 올라갔다. 앞뒤 생각할 겨를 없이 학원 출입문을 열고 복도를 지나 사람이 있는 곳을 찾았다. 불이 켜진 곳은 원장실 한군데뿐이었다. 병구는 문을 벌컥 열었다.

늘씬한 다리를 꼰 채 이젤 앞에 앉아 자신의 화폭을 들여다보고 있던 민혜가 획 돌아보았다.

"뭐예요?"

하이톤의 앙칼진 음성. 병구는 멍청한 얼굴로 더듬거리며 말했다.

"아, 그게, 여기서 비명 소리가……."

그녀는 자신의 작업실을 무단 침입한 병구 때문에 방해받았다는 듯 짜증스럽게 손을 내저었다.

"내가 그랬어요. 집중이 안 돼서요. 좀 조용히 해줘요. 시끄러워서 그림을 그릴 수가 없잖아요."

흥분한 고음이 불안정하게 일렁였다. 병구는 그녀가 사방에 집어던진 붓들을 보았다. 그녀의 화폭 역시 의미 없이 치고 지나간 붓 자국으로 가득했다. 병구는 생각했다. 내가 그렇게 시끄럽게 했던가?

"언제까지 거기 서 있을 거예요? 빨리 나가요."

"아, 네. 죄, 죄송합니다."

병구는 머쓱해졌다. 그는 민혜의 눈치를 살피며 바닥에 떨어진 붓들을 하나하나 주워 모은 후 탁자 위에 슬그머니 놓아두고 물러났다.

병구가 문을 닫고 사라지자 민혜는 벌떡 일어나 탁자 위의 붓들을 한꺼번에 움켜잡았다. 붓털에 물감을 흠뻑 적셨다. 그녀는 붓들을 단도처럼 세워 잡고 캔버스를 찔렀다. 한 번, 두 번, 세 번. 그녀는 붓들을 내던졌다. 붓들이 허공에 색을 뿌리며 비처럼 흩어졌다. 그녀는 물감으로 얼룩덜룩해진 두 손을 낯설게 들여다보았고 그 손으로 다시 머리를 부여잡으며 생각했다. 내가 도대체 왜 이러는 거야?

병구는 그녀가 붓들을 집어 던지는 소리를 들었지만 모른 척했다. 이후 병구는 교사들이 퇴근하면 민혜가 혼자 학원에 남아 그림을 그린다는 것을 알았다. 그러다 습관처럼 히스테릭한 비명을 지르기도 하고, 때론 가사도 음률도 엉망진창인 노래를 부른다는 것도 알았다. 또 그녀의 이름이 '곽민혜 입시 미술학원'이란 간판에 쓰인 곽민혜이며 동양화를 그리는 곽노균 화백의 딸이라는 것도 알았다.

그날 이후 병구는 언제나 대기 모드였다. 숍에 손님이 있건 없건 병구는 민혜가 퇴근하고서야 숍의 문을 닫았다. 그는 그녀가 소리를 지를 때마다 달려 올라갔다. 그러다 보면 그녀와 사적인 이야기를 나눌 기회를 얻게 되리라 고대했다. 그러나 전혀 그럴 기미가 보이지 않자 차라리 괴한이나 강도가 들면 좋겠다고 바라기 시작했다. 자신이 제압할 수 있을지 없을지는 나중 문제였다. 여차해서 강도에게 부상 좀 당하면 어떠랴. 오히려 그게 민혜의 마음을 움직이게 할지 누가 알겠나.

알아듣지 못할 가사를 흥얼거리며 노래를 부르는 민혜의 처량 맞은 목소리는 낮고 음산했다. 민혜의 비명에는 화들짝 놀라고 나면 그뿐이지만 노래를 부르는 저음의 목소리는 이상하게도 병구의 가슴을 저몄다. 간혹 지나는 행인이나 볼일이 있어 건물에 늦게까지 남아 있던 사람들은 민혜의 노랫소리를 들으면 오싹함을 느껴 달아나기 바빴다. 그러나 병구는 오히려 사무치는 애잔함에 숨이 가쁘도록 이끌렸다.

아무도 없는 골목길, 차량이 뜸해진 도로변, 어둠과 바람 사이로 떠도는 민혜의 노랫소리가 병구의 심신을 어지럽혔다. 그럴 때마다 병구는 민혜의 남편이 되어 모두가 마다하는 그 노래를 밤이 새도록 곁에서 들어주고 싶다고 간절히 바랐다.

병구는 자신의 숍과 민혜의 미술학원이 한 건물에 있는 것부터가 운명처럼 보이는데 도무지 접점을 찾을 수 없어 애가 탔다. 설마 이번에도 삶이 나한테 또 속임수를 쓰고 있는 건 아니겠지?

병구는 삶이 자신을 속이면 슬퍼하거나 노했다. 예를 들면 과학교육을 전공했으니 당연히 과학 교사가 되어야 했는데 엉뚱하게 미용업계 종사자가 되어 있는 식으로 풀리면, 이건 분명 삶이 자신을 속였다 생각되는 것이다. 병구는 단 한 번도 헤어디자이너의 꿈을 가져본 적이 없었다. 학창 시절 내내 병구는 헤어스타일에는 관심도 없었다. 늘 짧은 고수머리만 고수하고 있던 병구로선 엉뚱한 이탈이 아닐 수 없었다. 삶은 그와 전혀 상관없는 것처럼 모른 척하고 있다가 삶에 쫓기던 그가 잠깐 정신을 차렸을 때 사실은 이거지롱, 하며 그를 뜨악하게 만들곤 했다.

가끔 병구는 꼬리빗과 분무기, 미용가위를 들고 멈춰 서서 불안에 떨었다. 이러고 남의 머리나 깎아주며 조신하게 살고 있어봤자 삶이 또 언제 어떻게 뒤통수를 칠지 알게 뭔가.

병구가 미용사가 된 것만큼 그의 인생에서 황당한 일은 없었다. 황당하기로 따지면 거의 이순옥의 고백과 맞먹는다. 그러니 공윤후를 만나 마술을 걸어달라고 청하는 것도 딱히 황당할 게 없어 보였다.

그래서 병구는 요즘 공윤후를 쫓는 중이었다. 어디서부터 시작해야 할지 몰라 언제나 그랬듯 큰 병구에게 도움을 구했다. 공무원의 힘을 발휘해봐. 큰 병구는 그가 가진 소박한 권력의 힘을 발휘해 공윤후의 주소지를 알려주었다.

"더 알아내려고 해도 딱 이것뿐이야."

"전화번호는?"

"없어."

"휴대전화 번호도 없단 말이야? 요즘 그런 사람이 어딨어?"

"그런 거 혐오하는 사람인가 보지."

"그럼 어떻게 연락해?"

"아, 그래서 예전에 공윤후가 마술쇼를 했다는 업소를 몇 군데 알아왔어. 그런데 갑자기 공윤후란 사람은 왜 만나려는데?"

큰 병구의 물음에 병구는 잠깐 고민했다. 솔직히 털어놓으면 보나마나 민혜를 찾아가 단도직입적으로 말할 것이다.

'김병구 라고 아시죠? 요기 아래층에서 머리 자르는 놈 말이에요. 제 친군데요, 그 녀석이 민혜 씨가 좋답니다.'

병구는 그런 난처한 일이 벌어지기를 원하지 않았다.

"그냥, 마술을 좀 배워볼까 해서."

"생뚱맞게 갑자기 그런 건 왜? 취미 생활을 하고 싶으면 차라리 기타나 다시 시작하지. 대학 다닐 땐 너도 꽤 했잖아. 요즘도 치냐?"

"아니. 네 눈엔 내가 취미 생활을 할 수 있을 만큼 한가해 보이냐?"

"누군 한가해서 하나? 시간을 쪼개고 쪼개서 하는 거지."

"난 쪼개고 또 쪼개도 남는 시간 없어."

"그런데 무슨 마술을 배우겠데?"

"취미로 배우려는 거 아니야. 요즘 미용실이 사방팔방 우후죽순 생기는 데다가 내 기술이 별로인지 운영하기가 좀 힘들어. 그래서 스페어 직업으로 어떨까 해서 말이야."

"그래도 마술사는 아닌 것 같은데. 너하고 전혀 어울리지 않아."

"가위와 빗을 들고 있는 거나 카드와 보자기를 들고 있는 거나 뭐가 달라? 어차피 둘 다 기술을 배우는 거잖아."

"다르지. 니한덴 쇼맨십이 없잖아. 소심하고 수줍음 많고,"

"내가 그 정도야?"

"뭐, 어차피 그 작자 만나기도 쉽지 않을 거고."

큰 병구가 말을 돌렸다.

"그래도 집 앞에서 지키면 언젠가는 만나겠지."

"그 사람, 집 없어."

"집이 없다니? 그럼 여기 네가 적어준 이 주소는 뭐야?"

"알아보니까 거긴 오래된 공동묘지더라고. 산 404번지로 되어 있지? 그 산이 도개산인데 그 주소지를 포함해 산의 일부가 사유지야. 소유주는 공윤후로 되어 있고. 사유지 입구는 폐쇄된 지 오래됐다더라. 아마 본인도 들어가본 적 없을걸. 오죽하면 그쪽으로 들어가는 길을 도깨비 길이라고 부르겠어."

"그럼 공윤후의 실제 거주지는 어딘데?"

"모르지. 듣자니 여자관계가 복잡하다는데, 아마 일정한 거주지 없이 사귀는 여자 집을 전전하고 다니는 놈팡이 같아. 아니면 일하는 업소 같은 데 얹혀살거나. 좀 이상한 사람 같아. 전화번호만 없는 게 아니라 통장이나 카드도 없고, 가족이나 일가친척도 없어. 아무 데서나 자고 무조건 현금만 쓴다는 거지. 들리는 소문으로는 한쪽 귀가 없다더라. 애증에 눈이 뒤집힌 여자가 베어갔다는 말도 있고, 폭력조직에서 손가락 대신 베어갔다는 말도 있고. 하여간 네가 하도 알아봐달라고 해서 알려는 주는데 웬만하면 엮이지 않는 게 좋겠어. 굳이 마술을 배워야겠다면 공윤후가 아니어도 되잖아. 내가 좀 알아 봐줘?"

큰 병구는 꺼림칙한 표정이었다.

"아냐, 됐어. 내가 알아서 할게."

병구는 공윤후가 과거에 일했다는 업소 골목을 배회하며 일일이 수소문해보았지만 허탕이었다. 병구는 큰 병구를 닦달했다.

"제대로 알아온 거 맞아? 요즘은 거기서 일 안 한대. 최신 정보 좀 물어와봐."

그래서 최후로 알아낸 것이 제이 호프였다. 그 호프집에서 누가 공윤후를 봤다는 큰 병구의 말에 병구는 마지막 희망을 걸어보기로 했다. 다행히 제이 호프는 병구의 헤어숍에서 멀지 않았다. 하지만 공윤후가 언제 나타날지 모르는 마당에 숍을 버려둔 채 종일 호프집 에만 죽치고 앉아 있을 수는 없었다. 그래서 병구는 큰 병구를 끌어 들였다.

"좀 도와줘. 교대 잠복하자."

"싫어. 내가 왜 그래야 하는데?"

"좀 도와줘. 나도 사람답게 살아보려고 그러는 거야."

"멀쩡한 직업 때려치우고 마술사가 되겠다는 게 사람답게 사는 거냐? 또라이 짓이지. 네 나이가 지금 몇 갠데 그딴 소릴 하고 있는 거야?"

"난 말이야, 불우 이웃 돕기 성금도 꼬박꼬박 내고 아프리카 어린이도 한 명 맡아 후원하고 있어. 볼래?"

병구는 지갑에서 눈두덩이 푹 꺼진 얼굴에 슬픈 미소를 띤 아홉 살짜리 나이지리아 남자아이의 사진을 꺼냈다.

"도대체 무슨 소리야?"

"내가 이 아이의 후원자야. 내가 한 사람의 삶을 돕고 있다고. 근데 말이야, 이건 순전히 그냥 감정적인 위안이야. 뭐랄까, 공적이고 대의를 위한 관계이며 소명이자 책임 같은 거라고. 그런 거 말고 지극히 개인적인 어떤 게 필요해. 나는 이 아이의 키다리 아저씨야. 물론 난 숏다리지만. 이 아이는 내가 누군지 잘 모르잖아. 그냥 멀리 사는 친절한 외국인 아저씨일 뿐이지. 어떻게 말해야 할지 잘 모르겠는데, 난 그냥, 뭔가 필요해. 가까이 있는 따뜻한 어떤 것. 무슨 말인지 알겠어? 그러니까 좀 도와줘."

큰 병구는 한숨을 푹 내쉬었다. 그는 친구가 하는 말을 모두 이해했고 마음 한구석이 짠해졌다. 그거면 충분했다.

3

오후 2시 무렵 택배가 도착했다. 때마침 숍에 손님도 없고 해서 멍하니 앉아 거리를 바라보고 있던 병구는 냉큼 박스를 뜯어 내용물을 확인했다. 병구는 평소 홈쇼핑 채널을 통해 자주 물건을 구입했다. 주문을 한 후 물건이 당도할 때까지 기다리는 것이 마치 데이트 약속 시간을 기다리는 것처럼 설렜다. 물건을 받을 때는 선물 받는 기분도 들었다. 큰 병구는 나이를 먹어가면서 점점 여성화된다고 놀렸지만 혼자 사는 남자에게 홈쇼핑은 요긴할 때가 많았다. 큰 병구는 장을 봐주는 와이프가 있었지만 병구에게는 전화뿐이었다.

병구는 숍에서 도보로 10분 거리에 있는 15평 다세대주택에서 혼자 살았다. 시골에서 홀로 고추 농사를 짓던 어머니는 5년 전에 돌아가셨다. 병구의 형 병일이 교통사고로 죽었을 때도 형을 꼭 닮은 손자를 보며 의연했던 어머니였다. 그런데 형수가 조카를 데리고 다른 남자와 재혼하면서부터 조금씩 흔들리기 시작했다. 띄엄띄엄 찾아오던 조카는 새아버지의 성을 따라 남의 아이가 되면서 발길을 끊었고 어머니는 삶의 낙을 잃었다. 그래서인지 임종 전까지 어머니의 소원은 병구의 결혼이었다.

"왜 장가를 못 가는데? 네가 어디가 어때서?"

"짧은 게 흠이라면 흠이지. 직업도 변변찮고. 뭐 그래."

어머니는 정색했다.

"뭔 소리냐. 요즘은 농촌 총각들도 다 장가드는 세상이다. 넌 농사도 안 짓고 대학물도 먹었잖아."

"그런데 생각만큼 잘 안 돼. 나, 그냥 엄마랑 평생 같이 살면 안 될까?"

병구가 웃음으로 무마하며 어릴 때처럼 어머니 품에 매달리면 어머니는 온 힘을 다해 그를 밀어냈다.

"저리 가라. 싱그럽나. 엄마 좋아하넌 신짜 상가 못 산다. 상가가라. 소원이다. 내 생전에 이 금가락지를 네 색시한테 직접 물려주고 싶으니 애 좀 써봐라."

금가락지는 어머니 생에 걸쳐 소유한 단 하나의 패물이었다. 가난했던 아버지는 어머니에게 아무것도 해주지 못했다. 할머니가 할머니의 할머니에게서 물려받은 금가락지를 내놓은 것이 전부였다. 어머니는 그 금가락지를 손가락에 끼는 대신 손수건에 싸서 서랍에 모셔놓고 가끔 한 번씩 들여다보기만 했다. 형수가 그 금가락지를 내놓고 떠났을 때 어머니는 밤새 금가락지를 손에 쥐고 우셨다. 그러곤 다시 손수건에 싸서 서랍에 넣었다.

"그냥 끼고 다녀. 그렇게 눈만 호강시키지 말고 손가락도 좀 호강시켜주라고."

"아까워서 그러지. 금은 닳는 거란 말이야. 그리고 내 눈은 널 볼 때 제일 호강이다."

"엄마 눈에나 그렇지 딴 사람 눈에는 안 그래. 솔직히 누가 봐도 내가 흐뭇한 외모는 아니지."

"사람이 그게 다가 아니야."

"맞아, 엄마 말이 맞아. 그게 다는 아니야."

외모가 아니라면 돈일 수도 있지. 병구는 속으로 말을 삼키고 히죽 웃으며 말했다.

"엄마, 내가 그거 녹여서 예쁘게 다시 만들어줄까?"

"됐어. 나중에 네 색시한테나 그렇게 해줘라. 행여 나 죽어 관 속에 누운 뒤 내 손가락에 금가락지를 끼울 생각일랑 말아. 알겠지?"

"색시를 못 얻으면?"

"그럼 네가 껴라. 죽은 사람한텐 소용없는 물건이야. 금값이 금값이니 산 사람한테나 요긴하지."

하지만 병구는 어머니의 유언을 듣지 않았다. 들어드릴 수 없었다. 그건 평생 어머니의 것이었다. 죽은 손가락이 임자였다. 썩은 살이 주인이었다. 그러므로 어머니와 흙이 한데 뒤엉킨 속에서 보물로 남아 반짝여야 했다.

어머니가 돌아가셨을 때 병구는 한동안 제정신이 아니었다. 멀쩡하게 다니던 직장을, 더럽고 아니꼽기 짝이 없는 상황과 끝도 없는 잔무와 거칠고 발랑 까진 아이들에게 시달리면서 잘도 버텼던 학원 선생 노릇을 그만뒀다.

그땐 어머니를 잃은 충격이라고 생각했는데, 돌이켜 생각해보니 꼭 그 때문만은 아닌 것 같았다. 물론 어머니의 죽음이 억눌려 부글

부글 끓고 있던 병구 마음의 뚜껑을 연 것이겠지만 그래도 살다 보면 가끔 그런 부조리한 날이 있지 않은가. 뜨겁고 질퍽하고 끈적끈적하기 짝이 없는 괴상한 날.

바로 그 하루가 그의 손에 쥐여져 있던 모든 것을 한순간에 내려놓게 만들었다. 다들 그럴 타이밍이 된 거지, 하고 말했다. 병구는 그때 이미 형을 잃었고 다시 형수와 조카를 잃었으며 마지막 남은 유일한 기족이었던 이미니마저 잃어 민사상내었나. 될 대로 뇌라지. 병구는 그날 난생처음 당당하게 남에게 싫은 소리를 해보았다.

예비 고1을 위한 여름방학 특강 수업이 이어지던 그날 오후, 병구는 염증성 안질환으로 병원에 다녀오느라 점심 먹을 시간이 빠듯했다. 근처 중국집에서 급하게 자장면 한 그릇을 해치우고 안약을 넣고 항생제를 삼킨 후, 허겁지겁 교실로 향하던 병구는 복도에서 끈적이는 뭔가를 밟았다.

순간접착제라도 발라놨는지 슬리퍼 밑창이 바닥에 착 달라붙어 떨어지질 않는 바람에 병구는 그만 중심을 잃고 뒤로 발라당 자빠졌다. 그때 병구의 손에 들려 있던 플라스틱 지시봉이 휙 날아가 복도 유리창을 깼다. 유리 깨지는 소리에 교실에 있던 학생들과 다른 선생들이 내다보았다. 누군가 그 상황이 웃겼던지 가볍게 웃음을 터뜨렸다.

평소 같았으면 멋쩍어도 재빨리 가볍게 털고 일어날 병구였다. 한데 그 순간 병구는 아무 생각도 들지 않았다. 병구는 복도 한가운데 드러누운 채 천장만 멍하니 바라보았다. 모든 것이 한순간에 공허해졌다. 일상에 대한 집착들이 스르륵 풀리더니 끈을 놓친 풍선처럼 멀어졌다. 누군가 물었다. 괜찮으세요? 병구는 천천히 자리에서 일어났다. 병구는 원장에게 지시봉을 제출하며 모든 죄를 그 막대기에게 뒤집어씌웠다.

"전 그냥 미끄러져 누워 있었어요. 유리창을 깬 건 제가 아니라 이놈입니다."

막대기는 병구가 넘어지는 순간 이미 그의 손을 떠났다. 때문에 막대기가 어느 방향으로 갈지 그는 몰랐다. 방향은 막대기가 정했다. 물리적 벡터의 어물쩡한 태도가 영향을 미쳤겠지. 심리적 벡터의 작용? 물론 작용했겠지. 하지만 그 요소를 보태면 자신의 잘못을 덜어내는 데 방해가 된다. 유리창이 깨진 것은 단순한 사고였다. 과학적이고 논리적인 변명에 감정은 절대적으로 배제되어야 했다. 병구는 자신의 변명이 멋지다고 생각했다. 왜냐하면 그는 원래 과학 선생이 되어야 했었기 때문이다.

"멍청한 소리 그만해요. 월급에서 깔 거니까 그렇게 아시고 빨리 수업이나 들어가세요."

그러나 병구는 수업에 들어가지 못했다. 학원 건물은 모두 3층이었는데 병구의 수업이 있는 교실은 2층에 있었다. 1층 로비에 있는 원장실에서 나온 병구는 길을 잃었다. 아무리 계단을 오르고 내려도 계단참만 나올 뿐이었다. 그는 계단참에 갇힌 채 공황 상태에 빠졌다. 어디선가 이 같은 증상에 대해 읽은 기억이 났다. 극단적인 우울증 증세에 동반된다는 뜬금없는 미아 상태. 병구는 생각했다. 나한테 우울증이 있었던가?

30분을 헤맨 끝에 병구는 그 말도 안 되는 상황에서 간신히 벗어났다. 병구는 원장에게 불려가 다른 선생들이 보는 앞에서 공개적으로 된통 야단을 맞았다. 병구는 솔직히 털어놓았다.

"죄송합니다. 1층과 2층 사이 계단에서 길을 잃었습니다."

"지금 무슨 소릴 하는 거예요? 눈병이 난 게 아니라 정신이 어떻게 된 거 아니에요? 아까 넘어졌을 때 혹시 머리를 다쳤어요?"

"아닙니다. 멀쩡합니다."

"그럼 뭐예요? 수업하기 싫었어요?"

"그게 아니라……."

"하기 싫으면 관둬요. 하겠다는 인간들이 줄을 섰으니까."

"그럼 그 인간들을 데려다 쓰시던가."

"뭐요?"

원장의 눈썹이 일그러졌다. 병구는 죄송합니다, 더위 먹었나 봅니다, 무조건 잘못했습니다, 나중에 보충하겠습니다, 분명히 그렇게 말하려고 했었다. 그랬다면 지금 미용사가 되지 않았을지도 모른다.

"그래요. 솔직히 수업하기 싫었어요. 덥고 힘듭니다. 에어컨이나 좀 꽝꽝 틀어주시던가요. 아뇨, 생각해보니 부족한 냉방 때문이 아니네요. 그냥 하기 싫었어요. 학생들이 공부하기 싫은 것처럼 선생도 어떤 날은 수업하기 싫습니다. 그냥 살기 싫은 날이 있듯이요. 하지만 학생들이 공부해야 나중에 밥벌이를 할 수 있듯 저도 수업을 해줘야 밥벌이가 되니까 그래서 참았던 건데, 이젠 못 참겠어요. 부모 잘 만난 덕에 거들먹거리는 원장님 잔소리도 듣기 싫구요, 애새끼들 비위 맞추는 것도 피곤하구요, 성적 계산하고, 석차 맞춰주는 것도 지겨워요."

"이 사람이 진짜 정신이 나갔구먼. 위아래도 구분 못 하고……."

병구보다 세 살 어린 원장의 얼굴이 붉어졌다. 병구처럼 슬퍼서 노한 것이 아니라 괘씸해서 노한 것이었다. 병구는 웃었다. 희한하게도 원장이 화를 내자 병구는 묵은 체증이 쑥 내려간 듯 시원해진 것이다.

택배 상자 안에는 59퍼센트 할인으로 산 100개 한정 1킬로그램짜리 한우 세트 두 상자가 들어 있었다. 병구는 서둘러 상자를 챙겼다. 곧 민혜가 출근할 시각이었다. 병구는 고개를 들고 밖을 내다보았다. 민혜가 도로 건너편 신호등 아래 서 있는 것이 보였다.

병구는 염색약으로 얼룩진 앞치마를 벗었다. 신호등의 초록불이 들어왔다. 민혜가 불편한 걸음걸이로 건널목을 절반쯤 건넜을 때 병구는 숍 문을 열고 밖으로 나갔다. 민혜가 병구를 보았다. 병구의 손에 들린 상자도. 고기다! 민혜의 미간이 풀어졌다.

"이제 출근하세요? 이거 가져가서 드세요. 누가 저한테 선물로 보낸 건데, 제가 고기를 별로 좋아하지 않아서요."

병구는 구멍 숭숭 뚫린 미소를 흘리며 벌겋게 단 얼굴로 민혜에게 고기 상자를 덥석 안기곤 달아나듯 숍으로 돌아왔다.

민혜는 마다하지 않았다. 마다할 수가 없었다. 그녀는 고기가 미치도록 좋았다. 특히 날고기가. 다들 혐오스러워했지만 어쩔 수 없었다. 원래부터 날고기를 좋아했던 것은 아니었다. 날고기를 좋아하기 시작한 건 3년 전 인적이 드문 지방 고갯길에서 뺑소니 교통사고를 당한 후부터였다. 당시 민혜는 일주일이나 방치되었다가 사고 장소에서 10킬로미터 떨어진 곳에서 거의 시신이나 다름없는 상태로 발견됐다.

민혜는 사고 순간부터 병원에서 깨어났을 때까지의 일을 정확히 기억하지 못했다. 단지 계속 걸었던 기억만 남아 있다. 그런데 자기 다리로 걸었는지 다른 사람에게 업혀 걸었는지 애매했다. 구조 당시 민혜의 다친 다리 상태를 감안하면 다른 사람이 업고 걸었을 확률이 높았다. 그렇다면 필시 사고를 낸 운전자일 것이다. 가해자가 처음엔 민혜를 업고 도움을 구하려 했는데 피해자가 의식을 잃자 죽은 걸로 여겨 도망친 것이 아닐까 추정 중이었다. 가해자는 아직 잡히지 않았다.

그때 이후로 입맛만 바뀐 게 아니라 키도 자꾸 자랐다. 지난 3년 사이에 민혜는 이미 13센티미터가 컸다. 지금도 조금씩 자라고 있었다. 교통사고 때문에 다친 다리와는 아무런 상관이 없었다. 그녀의 뇌하수체는 정상이었지만 의사들은 말단비대증을 의심했다.

민혜는 사고가 있던 그날 밤 어떤 불가사의한 저주에 걸린 게 틀림없다고 생각했다. 그녀는 정신을 잃기 직전 달려들던 자동차 헤드라이트 불빛을 기억했고 죽음 직전에는 무시무시한 귀신의 얼굴을 보았다. 그러나 사람들은 구조를 기다리는 동안 민혜가 생사의 고비를 넘나들며 악몽을 꾼 거라고 말했다. 의식이 오락가락하는 와중에 고목의 굽은 옹두리를 보고 착각한 거라고도 했다. 퇴원 후 민혜는 자신이 본 것을 확인하기 위해 다시 사고 현장을 찾았지만 굽은 옹두리를 가진 나무는 어디에도 없었다.

악몽이 그녀를 붙잡은 덕에 목숨은 건졌지만 신체도 식성도 괴상하게 변했다. 뿐만 아니라 심보도 심술궂어졌다. 주변 사람들이 불편한 기색으로 어렵게 입을 뗐다.

"너 왜 그래? 옛날에는 여리고 착했잖아. 장난 같은 거 칠 줄 모르고 매사 진지했어. 다른 사람의 마음도 잘 배려하고 말이야."

그랬지. 그랬던가? 민혜는 사람들의 이야기를 들으며 답답함을 느꼈다. 사람들은 나에 대해 저렇게 잘 알고 있는데 나는 왜 나에 대해 잘 모르겠지? 그나저나 저 옥수수자루처럼 생긴 녀석은 왜 툭 하면 나한테 고기를 선물하는 걸까? 민혜는 곰곰 생각했다. 준 것만큼 돌려받고, 받은 것보다 더 많이 돌려주라고 했지. 나는 저 사람에게 뭘 얼마나 돌려주면 될까?

***

제이 호프집 야외 테라스에서 병구와 마주 앉은 큰 병구가 선언했다.

"나, 내일부터 여기 안 나온다."

"갑자기 왜? 그러지 말고 기왕 시작한 거 끝까지 좀 도와주라."

"내가 언제는 널 놉지 않았냐? 너 학원 선생 내려지우고 일자리 구할 때도, 미용실 가게 자리 구할 때도 내가 도와줬잖아. 이제 네 일은 네가 알아서 해. 나도 요즘 바빠. 매일 퇴근하고 너랑 호프집에서 마술산지 조폭인지 정신병자인지 알 수 없는 인간이 나타나길 기다리며 팔자 좋게 맥주나 마실 처지가 아니란 말이야. 뭐든 시작했으면 좀 진득하게 해봐. 갑자기 무슨 마술 타령이냐?"

병구는 대꾸할 말을 잃었다. 병구가 학원 강사직을 그만두고 아무 일도 하지 않은 채 계속 빈둥거리기만 하자 구청 공무원인 큰 병구는 고용 센터를 찾아가면 정부의 지원금으로 기술을 배우고 직장을 찾을 수 있다고 알려줬다. 병구는 큰 병구의 권유대로 고용 센터에 나갔고 제시한 기술직 중에서 뭘 골라야 할지 몰라 미용 기술을 택했다.

"마누라가 요즘 뭘 하고 다니느라 매일 늦느냐고 다그치는데 이젠 댈 핑계거리도 없어."

"나 만나러 간다고도 말했어?"

"말 안 한다고 모르냐?"

"제수씨가 뭐래?"

"당연히 좋은 소리 안 나오지. 집보다 친구를 챙기는 남편에게 끝까지 관대한 여자는 없어. 그게 정상이야."

"알아. 누가 뭐래."

병구는 시무룩하게 말했다.

"알면 너도 내 입장을 이해한다는 거지? 그럼 이 짓거리는 오늘부로 땡인 거다."

"야, 그건 아니지."

"도대체 이유가 뭐야? 다른 정상적인 마술사도 많은데 왜 하필 거주지가 공동묘지인 마술사냐고? 너, 솔직히 털어놔봐."

"뭘?"

"내가 바본 줄 알아? 네 헛짓거리가 아무래도 수상쩍다 싶었는데, 다른 꿍꿍이가 있는 거잖아."

"그만해. 말하고 싶지 않아."

"알았어, 말하지 마. 내가 말할 테니까. 너, 좋아하는 여자 있지? 그래서 그 여자와 잘되게 해달라고 공동묘지에 사는 그 마술사에게 부탁하려는 거잖아."

"뭐?"

"네가 마술을 배우겠다고? 웃기고 있네. 너 진짜 그 작자한테 그런 비상한 능력이 있다는 소문을 믿는 거야?"

병구는 끝까지 아니라고 잡아떼고 싶었지만 눈치 빠른 큰 병구를 더는 속일 수 없었다.

"그래, 믿는다. 어쩔래? 마술 같은 일이 벌어지기 전에 나한테 사랑은 불가능한 어떤 것이야."

"미친놈, 멘탈이 나갔군."

"상관없어. 니체가 말했지. 유령이 나오든 말든 자기 갈 길을 가시오."

"베이컨이 말했어. 그 은밀한 지식이 이처럼 무모한 재사를 꾀어, 천상의 권능이 허락하는 것보다 더 많이 행하게 하나니……."

"무슨 소리야?"

"상식에서 벗어난 불가사의한 비밀을 지닌 인물은 절대 가까이 해서는 안 된다는 뜻이야. 반드시 대가를 치르게 될 테니까. 거의 모든 고전문학과 예술에 등장하는 만고불변의 법칙이지."

"잘난 척하지 마. 넌 변했어. 타락했지."

"네가 덜 큰 거야."

병구가 째려보았다. 큰 병구는 어깨를 으쓱하더니 말했다.

"키가 아니라 철이 덜 들었다구. 넌 아직도 애야. 곧 나이 마흔이 될 어린애. 그러니까 마술 같은 사랑 타령이나 하고 있지. 세상에 그런 게 어딨냐?"

"있든 없든 이제 너하곤 상관없잖아. 넌 이미 결혼했으니까."

"혼자가 어때서? 마음 편하잖아. 같이 사는 게 마냥 좋기만 한 건 아니야. 얼마나 피곤한 줄 알아?"

"호강에 겨워 요강에 똥 싸는 소리야. 난 혼자가 싫어."

"왜? 밤에 잘 때 무섭냐?"

병구는 대답하지 않았다.

"둘이 있다고 덜 무서운 건 아니야. 겁나 살벌한 인생이잖아. 결혼은 말이야, 혼자인 것이 무섭지 않다고 여겨질 때 해야 하는 거야. 내가 무서울 때 둘이 되면 두 배 무서워지고, 셋이 되면 세 배 무서워진다고."

"그렇게 무섭다는 인간이 명절이면 딸이 다니는 피아노학원에 사과 박스를 넣어주고, 저녁이면 대학 때 취미를 살려 밴드에서 기타 치고 사냐? 왜 넌 결혼해놓고 난 하지 말라는 건데?"

말문이 막힌 큰 병구가 난처한 표정으로 입맛을 다셨다.

"그러게 말이다. 하지만 난 있는 그대로 이야기한 거야. 그냥 그렇다고."

병구들은 새벽 2시까지 호프집에 죽치고 앉아 있었지만 그날도 끝내 공윤후를 만날 수 없었다.

"이 호프집이 맞긴 맞는 거야?"

"내가 알아낸 바에 의하면 맞아."

"근데 왜 계속 허탕이야?"

"내가 아냐? 나도 할 만큼 했어. 너 때문에 내가 구청 공무원인지 흥신소 직원인지 헷갈릴 지경이라구. 그만 일어나자. 그리고 내일 저녁부턴 진짜 여기 안 나올 거니까 그런 줄 알아."

"농담하지 마."

"실컷 이야기했더니 왜 딴 소리야?"

"배신자."

"내 이름은 배신자가 아니라 김병구야."

"이게 언젯적 농담을."

병구는 저도 모르게 피식 웃고 말았다. 큰 병구가 신시하게 말했디.

"이제 너도 이 짓거리 그만할 거지?"

"아니."

"야, 이 한심한 놈아, 정말 그 여자랑 잘해보고 싶으면 너랑 그 여자 사이에 공윤후를 끌어들이지 말라구. 그 키다리 미술 원장은 틀림없이 너보다 마술을 더 좋아할 테니까."

"뭐? 너, 어떻게 알았어?"

"뭘 어떻게 알아? 네가 온몸으로 말해줬잖아. 넌 말이지, 옛날부터 마음을 감추면 감출수록 행동으로 드러나. 그 미술 원장만 숍 밖으로 지나가면 네 눈이 토끼 눈이 되는데 내가 어떻게 모를 수가 있냐? 내가 미술에 대해서는 잘 모르지만 슬쩍 올라가서 보니까 그 여자 그림 꽤나 초현실적이더라. 그런 그림이 취향이라면 필시 마술적인 것에 끌릴 거야. 게다가 그 작자의 여자 편력을 생각해봐."

공윤후는 거리 한가운데 세워놓기만 해도 여자들이 자석처럼 달라붙고 벌통처럼 꼬이는 출중한 외모를 지녔다는데 기묘하게도 그가 사귀는 여자들에게는 언제나 좋은 일만 생겼다고 한다. 즉 그는 여자에게 행운을 가져다주는 남자였다. 대신 그는 여자를 오래 사귀지 않았다. 여자에게 좋은 일이 생기면 그는 여자를 떠났다. 대개 여자들은 행운보다는 그와 함께 있기를 원했지만 어떤 여자도 그를 끝까지 잡지는 못했다.

"하지만……."

"공윤후는 잊어버리고 그냥 용감하게 데이트 신청해봐. 미술관 같은 데 가자고 하면 되잖아."

"미술관?"

병구는 엄두가 나지 않았다.

"금방 내 무식이 드러날 텐데."

"그럼 음악회는 어때?"

"그래도 민혜 씨 입장에서는 음악보다 미술이 나을 것 같은데."

"그럼 영화로 해. 다들 그렇게 시작하니까."

"하지만 영화는 내가 아니라 다른 사람하고도 얼마든지 볼 수 있는데 굳이 나랑 보러 가겠어?"

"그렇게 일일이 따질 거면 그냥 때려치우든가."

4

병구는 제이 호프에서 공윤후 기다리기를 그만뒀다. 그렇다고 공윤후를 포기한 것은 아니었다. 아직 시도해보지 않은 일이 하나 남아 있었다. 공윤후의 주소지를 직접 찾아가보기로 결심한 병구는 오후 5시쯤 숍의 문을 닫고 도개산으로 향했다.

병구는 도개산 입구에서 안내 지도를 살폈다. 등산로는 모두 세 개. 그중 폐쇄된 사유지 쪽 등산로는 3번이었다. '3번 등산로는 사유지에 포함되어 폐쇄된 길입니다. 함부로 출입해 적발되었을 시 처벌이 있으며 길을 잃을 수도 있으니 주의하십시오'라는 문구가 붙어 있었다.

그쪽으로는 오르는 이가 아무도 없어 병구 혼자였다. 큰 개울을 가로지른 돌다리 앞에서 병구는 흠칫 놀라 멈춰 섰다. 돌다리 입구에 자리 잡은 거대한 주목朱木이 험상궂은 표정으로 자신을 내려다보고 있었다. 한여름인데 나뭇잎 한 장 달려 있지 않은 고목이었다. 병구는 괜스레 주눅이 들었다. 나 참, 나무에 무슨 표정이 있다고? 그런데도 병구의 눈에는 주목의 뻗은 가지며 아름드리 몸통에서 도깨비 탈 같은 장승의 얼굴이 그려졌다.

도개산이 서북쪽으로 누워 있어 해는 진작 넘어간 터였다. 주위는 어둑어둑했고 하얀 달이 일찌감치 차올랐다. 병구는 바위와 돌을 쌓아 만든, 폭이 1미터 남짓한 다리를 건너기 시작했다.

도개교라 이름 붙은 이 돌다리의 축조 연원은 분명하지 않았다.

다만 수위가 낮아지면서 다리의 하단부에 드러난 흔적의 격차를 따져보았을 때 대략 400년 이상 된 것으로 추정할 뿐이었다. 돌다리가 워낙 견고해 지금껏 단 한 차례도 유실된 적이 없어 이 지역에서는 도깨비가 쌓은 다리라고 전해졌다. 왜냐하면 도깨비는 음양돌을 맞춰 쌓기 때문에 도깨비가 세운 다리는 홍수가 나도 무너지지 않는다는 구전을 믿은 탓이었다.

다리 중간 즈음에 이르렀을 때 병구는 불현듯 기분이 이상해졌다. 그는 회청색 저녁과 녹청색 밤의 중간 색깔 어디쯤에 해당하는 시간에 걸려 있는 것 같았다. 다리 건너편에서 불어오는 산바람이 이쪽의 후덥지근한 공기와 달리 차갑고 축축했다. 개울가를 따라 멋대로 군락을 이룬 수풀들이 마른 아우성을 쳤다. 병구는 문득 발아래 드리워진 낯선 그림자를 깨닫고 화들짝 놀라 뒤를 돌아보았다.

거대한 주목의 허리께에 달린 굵은 가지는 끝이 여러 갈래로 갈라지며 굽어 있어 마치 사람의 뒤틀린 팔이 손을 뻗은 것처럼 보였다. 가지의 그림자가 병구를 쫓아온 것이다. 해가 기울어 그림자가 길어진 탓이겠거니 여기며 병구는 다시 조심스럽게 걸음을 옮겼다.

돌다리를 건너자 오른쪽으로 좁은 오르막 산길이 보였다. 산길을 따라 50여 미터 오르자 목책으로 가로막혀 더는 나갈 수 없었다. '여기서부터는 사유지이므로 출입을 금함'이라는 팻말이 붙어 있었다. 목책 안쪽으로 아름드리 고목들에 휩싸인 어두컴컴한 오솔길이 보였다. 저게 도깨비 길인가? 눈앞에 비밀스런 길이 열려 있는 것을 보자 병구는 호기심이 발동했다.

목책은 녹슨 자물쇠로 잠겨 있었고 이리저리 뒤엉킨 덩굴 가지들이 그물처럼 뒤덮고 있었다. 병구는 가장 만만해 보이는 길을 찾아 발을 딛고 매달렸다. 오르다 보니 누군가 같은 자리로 목책을 넘었는지 이파리가 뭉개지고 줄기가 뜯긴 흔적이 보였다.

누구일까? 공윤후일까? 아니지, 그라면 이런 식으로 힘들게 넘을 이유가 없지. 열쇠가 있을 테니까. 그 사실을 깨닫는 순간 병구는 설망적인 기분에 사로잡혔다. 척 봐도 목책은 족히 100년은 열린 적이 없어 보였다. 공윤후가 아니라면 사유지 안에 있다는 그 무덤들의 연고자일까? 그도 아닐 것이다. 이미 오래전에 돌보는 이 없이 버려진 공동묘지였다.

목책을 넘어 채 10여 미터도 가기 전에 병구는 안개에 휩싸였다. 어디선가 스멀스멀 기어 나와 병구의 시야를 가로막은 희뿌연 안개 너머로 웃음인지 울음인지 알 수 없는 소리가 들렸다. 병구는 움찔거리며 사방을 둘러보았다.

"거기 누구 있어요?"

병구는 소리쳐 물었다. 산은 적막 속에 잠긴 채 묵묵부답이었다. 무너진 봉분 주변을 떠도는 귀신들의 소리일지도 모른다는 생각이 들자 오금이 저렸다.

고개를 들자 먼 곳에서 희푸른 불빛들이 어른어른 춤을 췄다. 도깨비불이다! 심장이 벌렁벌렁 펌프질을 했다. 내가 왜 이러지? 별거 아니잖아. 도깨비불이란 건 그냥 인의 작용일 뿐이야. 과학적으로 설명이 가능한 거라고. 병구는 상식적으로 이해하려 애쓰며 침착함을 찾아나갔다.

멀리서 고오오! 하고 귀를 울리는 산의 바람 소리가 들렸다. 쌔액 쌔액! 하는 산의 숨소리가 심장에 와 닿았다. 이어 둥둥거리는 나지막한 북소리와 깨깽깨깽 요란한 징소리가 그의 정신을 어지럽혔다. 낮은 목소리들의 웅성거림과 아득한 고함소리뿐 아니라 어디선가 졸졸거리며 흐르는 물소리도 들렸다.

환청이겠거니 여기는 병구의 눈앞에 갑자기 퍼런 불꽃이 일었다. 길가에 있던 석등에서 절로 불이 밝혀지는 것을 목격한 병구는 이제 더는 한걸음도 나갈 수 없었다. 병구는 겁에 질린 채 생각했다.

'이게 무슨 바보 같은 짓이야. 공윤후가 시체도 아닌데 공동묘지에서 살 리가 없잖아!'

빽빽한 숲을 뒤덮은 구름이 점차 두터워지고 빗방울이 부슬부슬 날리기 시작했다. 의욕을 잃은 병구는 두 번 생각할 겨를 없이 걸음을 돌렸다. 목책을 다시 넘었을 때 병구는 돌다리 반대편 끝에서 이쪽을 지켜보고 있던 누군가의 그림자가 등을 돌리는 것을 보았다. 누구야? 공윤후일까? 병구는 황급히 쫓아갔지만 아무도 찾을 수 없었다.

집으로 돌아오는 길 내내 병구는 식은땀을 흘렸다. 바람 한 점 없는 뜨끈한 시내 한복판. 알싸한 네온사인 불빛 아래를 지나는 병구의 머리통은 바짝 오른 열로 노곤하게 죄어들었다. 부슬비에 맞아 갑자기 감기에 걸린 모양이다. 병구는 약국에 들러 감기 몸살 약을 사 먹었지만 전혀 효과가 없었다. 감기가 아니라 과로일지도 모른다. 요 몇 주 동안 공윤후를 찾는답시고 얼마나 미친 듯이 쏘다녔던가.

발걸음을 재촉하던 병구는 문득 자신을 좇는 시선을 느꼈다. 그러나 오가는 사람들을 아무리 둘러봐도 낯선 얼굴들뿐이었다. 머리가 지끈거렸다. 병구는 모든 것이 피곤해졌다. 곽민혜고 공윤후고 나 부질없다. 그냥 남의 머리카락이나 자르고 말아주고 물들이며 평생 나 홀로 독야청청 살리라. 병구는 이제 집에 돌아가 샤워를 한 후 선풍기 미풍 곁에서 푹 자고 싶은 생각뿐이었다.

다시 누군가 그의 뒤에 바짝 붙어서는 느낌이 들었다. 서늘한 숨결에 뒷목이 움츠러들고 오금이 저렸다. 발밑을 내려다보니 누군가의 그림자가 그를 따라오고 있었다. 돌아보려는 찰나 그림자가 빙글 돌아 병구의 앞을 가로막았다.

병구는 걸음을 멈추고 고개를 들었다. 눈이 따끔거렸다. 병구는 눈을 비비고 그림자의 주인을 쳐다보았다. 어디선가 본 듯한 얼굴이었다. 한여름인데도 짙은 청색 재킷이 잘 어울렸다. 그런데 이 사람이 누구더라? 에? 설마, 공윤후?

병구는 인터넷에서 본 공청옥의 흐릿한 흑백사진을 떠올렸다. 사진으로는 실제 얼굴을 가늠하기 어려웠는데 지금 보니 그 얼굴이 이 얼굴이라는 것을 확실히 알 수 있었다. 병구가 그토록 찾아다니던 사람이었다. 병구는 부아가 치밀었다. 병구가 그렇게 찾아다닐 때는 꽁꽁 숨어 있더니 공윤후 찾기를 그만두겠다고 결심하자 마치 기다렸다는 듯 등장했기 때문이다.

'왜? 그냥 더 튕기시지 뭐하러 벌써 나타나셨어? 지가 무슨 대단한 슈퍼스타라도 되는 줄 아나 보지. 됐어. 필요 없어. 당신에 대한 내 동경은 이미 증발했다구. 당신이 너무 늦게 나타나는 바람에. 그러니까 나, 그냥 살던 대로 살기로 했다 이 말이야. 알겠어? 공가 이 빌어먹을 개 좆 같은 놈아!'

병구는 속으로 미친 듯이 버럭버럭 소리친 후 나긋한 어조로 천천히 입을 열었다.

"공윤후 씨죠? 정말 만나 뵙고 싶었습니다."

남자는 대답 대신 병구를 똑바로 쳐다보았다. 눈이 마주쳤다. 병구의 머릿속이 윙 하고 울렸다. 뭐야, 이 인간은?

무대나 화면으로 봤다면 조명발이나 메이크업 덕이려니 했을 것이다. 한데 가까이에서 실물을 보니 그야말로 마술처럼 생겼다고 할 수밖에 없었다. 병구는 이런 종류의 사람을 주변에서 한 번도 본 적이 없었다. 마치 오래된 족자의 그림 속에서 튀어나온 사람 같았다. 그러니까 고전적 기품, 고전적 반듯함처럼 닥치는 대로 고전이란 말을 붙이고 싶은 고전적인 분위기를 지녔는데, 한편으로는 출입문을 찾을 수 없는 우주선처럼 현실과 동떨어진 거리감이 느껴졌다.

공윤후가 물었다.

"이봐, 김씨! 왜 내 뒤를 밟는 거지? 원하는 게 뭐야?"

어? 내가 김씨인 줄 어떻게 알았지? 근데 이게 언제 봤다고 반말이야? 나보다 나이도 어린 게. 그러나 병구는 한마디도 따지지 못한 채 우물쭈물 할 말을 찾았다. 당신 명성을 들었어요. 당신 마술의 도움을 좀 받고 싶은데요. 일단 그렇게 말하고 싶었는데 혀가 천장에 달라붙었는지 도무지 떨어지질 않았다.

"그러니까…… 그게…… 당신 마술이……."

공윤후는 잠깐 동안 병구를 물끄러미 쳐다보더니 차도를 향해 손을 들었다. 멀리서 택시 한 대가 쏜살같이 달려와 섰다. 공윤후가 택시에 올라타자 병구는 어찌해야 하나 고민했다. 공윤후가 병구를 향해 손짓했다. 이제 병구는 이런저런 생각을 할 겨를이 없었다. 그는 일단 공윤후를 따라가기로 마음먹었다.

병구는 어린애처럼 무릎에 손을 얹은 채 공윤후의 곁에 앉아 그의 눈치를 살폈다. 택시 운전수의 머리통이 어찌나 큰지 바윗덩어리가 앞을 가로막고 있는 것처럼 보였다. 근데 도대체 어디로 가는 거죠? 하고 물으려는데 공윤후가 손을 들어 막는 바람에 병구는 입을 다물었다. 아직 입도 벙긋하지 않았는데 그가 이미 자신이 할 말을 알고 있는 것처럼 느껴져 오싹했다.

택시가 멈추자 병구는 공윤후를 따라 내렸다. 서울을 벗어난 것은 알겠는데 여기가 어디쯤인지는 알 수 없었다. 병구는 머리가 어지럽고 눈이 부셔 어느 간판도 제대로 보이지 않았다. 빛에 휩싸여 흐리

멍덩하게 보이는 윤곽의 건물들이, 구멍 밖으로 들쭉날쭉 머리를 내밀다 숨다 반복해가며 약 올리는 두더지처럼 보였다. 병구는 자기 이마에 손을 얹어보았다. 뜨거웠다.

공윤후는 말없이 앞서 걷기만 했다. 병구는 공윤후의 등에 대고 말 붙일 엄두가 나지 않았다. 공윤후에게는 존재 자체만으로 상대를 압도하는 기운이 있었다. 별수 없이 병구는 일단 부지런히 공윤후의 뒤를 따라갈 수밖에 없었다.

밤은 깊어가는데 공윤후는 점점 더 외진 산길로 들어가고 있었다. 병구는 슬슬 겁이 나기 시작했다. 갑자기 공윤후가 걸음을 멈추고 병구를 향해 돌아서더니 재킷 주머니에 한 손을 집어넣었다. 천천히 신중하게 움직이는 그의 손놀림을 보며 병구는 다소 위협을 느꼈다.

공윤후가 재킷 주머니 밖으로 뭔가를 쑥 뽑아냈다. 달빛 아래 번쩍이는 삽날을 보자 병구는 살인자에게 쫓기다 막다른 골목에 선 듯 머리끝이 쭈뼛해졌다. 뭐야, 저게? 재킷 주머니에서 나올 물건이 아니잖아. 마술인가? 근데 지금이 나한테 마술을 보여줄 타이밍은 아닌 것 같은데…… . 그럼?

병구는 갑작스레 머릿속에 떠오른 온갖 잔혹한 가능성 때문에 정신이 혼미해졌다.

"무…… 무슨 짓을?"

병구가 뒷걸음질을 치자 공윤후가 삽을 땅에 푹 꽂으며 말했다.

"여길 파."

"뭐라고요?"

"여길 파라고. 한 번 빠지면 혼자서는 절대 나올 수 없도록 아주 깊이 파."

"왜요?"

"김씨의 무덤 자리야. 최고의 명당이지."

"피…… 필요 없어요. 난 나중에 화장하라고 할 거예요."

병구는 침착해지려고 애쓰며 말했다.

"세상사 그렇게 원하는 대로 되던가? 나중 일은 아무도 모르는 거야. 하물며 김씨가 죽고 난 후잖아. 그때 김씨를 어떻게 할지는 김씨가 결정할 수 없어."

"그렇다고 공윤후 씨가 결정할 권한도 없어요."

"여긴 내 구역이고 지금은 김씨와 나 둘뿐이지."

"그게 무슨 뜻이에요?"

"내 눈 밖에 나면 김씨를 산 밥으로 쥐버릴 거야. 그러니 서둘러."

"이봐요, 나한테 왜 그래요? 내가 도대체 뭘 잘못했다고?"

"시끄럽고, 난처한 꼴 당하기 싫으면 그냥 내가 시키는 대로 하는 게 신상에 좋을 기야."

도움을 구할 만한 사람은 아무리 눈을 씻고 찾아봐도 없었다. 자신보다 키는 30센티미터쯤 더 크고 체구는 격투기 선수처럼 단단하고 날렵해 보이는 데다가 눈빛마저 예사롭지 않은 상대 앞에서 병구는 어쩔 도리 없이 삽을 들어야만 했다.

대략 가슴 깊이 정도까지 팠을 때 위에서 팔짱 끼고 지켜보던 공윤후가 말했다.

"팔을 위로 뻗었을 때 손이 입구에 절대 닿지 않도록. 김씨의 기준이 아니고 내 기준으로."

"그만할래요. 도저히 더는 못 하겠어요."

병구가 삽을 던지고 그냥 기어 나오려 하자 공윤후가 그의 어깨를 잡아 눌렀다. 그 바람에 병구는 다시 구덩이 속으로 나동그라졌다.

"밤새 이 짓을 무한 반복하고 싶다면 난 좋아. 김씨하고 이런 장난하는 거 꽤 오랜만이거든."

젠장, 장난이라고? 무덤 파는 게 장난이야? 그리고 내 무덤이라면서 왜 네 기준으로 파야 되는데? 온갖 기이한 재주를 가졌다면서 땅은 그 재주로 못 파나? 난 여기 묻히고 싶지 않다고. 내 무덤 자리는 내가 알아볼 거야. 네가 뭔데 내가 묻힐 자리를 맘대로 정해? 내가 부탁하려는 건 묏자리가 아니란 말이야. 병구는 이를 부득부득 갈며 다시 땅을 파 내려갔다.

어느새 날리기 시작한 부슬비로 사방이 온통 축축하게 젖어들었다. 가뜩이나 열 때문에 머리가 몽롱한 데다가 비를 맞고 땀까지 흘려 병구는 거의 반쯤 제정신이 아니었다. 혼자서는 죽어도 나올 수 없는 깊이가 되자 병구는 구덩이 바닥에 주저앉아 공포에 휩싸인 채 울기 시작했다.

"잘못했어요. 무조건 제가 잘못했어요. 난 여기 묻히고 싶지 않아요. 아직 죽고 싶지 않다구요. 그러니까 꺼내줘요. 제발 꺼내줘요."

공윤후가 고개를 저으며 혀를 차더니 몸을 숙이고 구덩이 안으로 손을 내밀었다. 병구는 울음을 그치고 허겁지겁 손을 잡았다. 체온이 느껴지지 않는 단단하고 서늘한 손이었다. 공윤후가 병구를 가뿐하게 끌어 올리며 말했다.

"내가 잘 아는 포장마차가 요 근처에 있어. 비도 오는데 거기 들러 남은 이야기나 마저 할까."

싫다고, 이제 그만 집에 돌아가겠다고 말하면 공윤후가 다시 자신을 구덩이에 묻겠다고 할까 봐 병구는 열심히 고개를 끄덕였다. 일단 구덩이에서 되도록 멀리 떨어지는 것이 중요했다.

아는 길이 나오자 병구는 다소 안심했다. 포장마차는 도개산 3번 진입로인 도개교 입구에 있었다. 주목 허리께의 늘어진 가지를 포장마차의 들보로 삼은 탓에 나무의 뻗은 팔이 포장마차와 어깨동무하고 있는 것처럼 보였다.

포장마차는 천장이 뚫려 있어 하늘과 주목과 도개산의 밤 풍경이 고스란히 올려다보였다. 천막의 재질은 방수포가 아닌 거친 마처럼 보였는데 다양한 나무 빛깔로 얼룩덜룩했다. 가로등이 다소 떨어진 곳에 있었기 때문에 포장마차 안에서 불빛이 배어 나오지 않았다면 거기 포장마차가 있는지조차 모르고 놓쳤을 것이다.

안으로 들어서니 실내는 흡사 가구 폐기장처럼 보였다. 푹 꺼진 소파, 팔걸이 한쪽이 떨어져 나간 안락의자, 등받이가 없는 나무 걸상, 자개가 군데군데 벗겨져 누더기가 된 장롱 문짝, 뒤주나 반닫이 문이 달린 오래된 목재 가구들을 이리저리 배치해 탁자와 의자로 삼은 것이 묘하게 잘 어우러져 그럴듯한 분위기를 냈다. 매번 이 살림살이들을 끌고 다니며 장사를 하는 건가? 대단하네! 아까 왔을 때 병구는 주목 주변에서 아무것도 보지 못했다.

오가는 행인 하나 없는 길목에 무슨 포장마차냐 싶었는데 몇몇 손님이 들어 있었다. 아마 공윤후처럼 단골인 모양이다. 그렇지 않고서야 이런 후미진 곳에 있는 포장마차를 굳이 찾을 턱 없지 않은가. 그런데 손님들은 하나같이 비 오는 것 따위는 개의치 않는다는 듯 다들 그냥 앉아서 비를 맞고 있었다.

조리대 뒤에서 피부가 가무잡잡하고 눈이 부리부리한 것이 꼭 도깨비 탈처럼 생긴 30대 초반의 남자가 공윤후를 향해 알은척을 했다.

"왔어?"

공윤후는 조리대 바로 앞에 놓여 있는 나무 의자에 앉았다. 병구도 일단 그 곁에 앉았다. 병구가 앉은 의자는 다리가 짝짝이인지 계속 뒤뚱거렸다. 어디서 동굴 바람이라도 불어드는지 등줄기가 냉랭했다. 그럼에도 병구의 머릿속은 지끈지끈 달아올랐고 귓속에서는 왕왕거리는 소음이 맴돌았다.

도깨비 탈처럼 생긴 주인 남자가 물었다.

"뭐 줄까?"

공윤후가 말했다.

"차가운 물 두 잔."

주인 남자가 이번에는 병구에게 물었다.

"우산 필요하세요?"

"네? 아, 네."

병구가 고개를 끄덕였다. 주인 남자는 조리대 아래에서 낡은 우산 하나를 꺼내 병구에게 건넸다. 병구는 우산을 받아 펼쳤다. 살이 두 군데나 부러져 찌그러진 우산을 혼자 쓰고 앉아 있노라니 우스꽝스럽기 짝이 없었다.

하지만 그냥 맞고 있기엔 빗발이 만만치 않았다. 공윤후도 다른 손님들처럼 내리는 비를 그대로 맞고 있었다. 그런데 병구의 머리카락에서는 물이 뚝뚝 떨어졌지만 다른 이들은 그저 머리와 어깨만 다소 젖었을 뿐이라 크게 불편하지 않은 기색이었다.

"이러고 있으니 어째 나만 좀 이상한 것 같네요."

"손님처럼 가끔 우산을 필요로 하시는 분이 있지요. 그 점에 대해서는 다들 알고 있는지라 아무도 이상하게 보지 않으니 안심하세요. 그보다 멀쩡한 우산이 하나도 없어서 미안합니다."

주인 남자가 이 빠진 머그컵에 차가운 물을 담아 내놓으며 말했다. 지저분하고 손잡이가 깨진 컵이었지만 목이 말랐던 병구는 신경 쓰지 않고 마셨다. 물은 차고 달았다. 약수인가? 물을 마시고 나자 내내 병구의 머리를 조이던 열기가 거짓말처럼 가라앉았다.

그제야 병구의 눈에 공윤후가 차고 있는 번쩍이는 시계라든가, 그의 주변에 어린 희푸른 광채가 보였다. 이순옥이 말했던 그대로였다. 처음엔 병구도 실내의 불빛 때문이라 여겼지만 아무리 둘러봐도 등은 보이지 않았다. 병구는 고개를 갸웃거렸다. 그럼 포장마차 밖에서 본 불빛은 뭐였지? 궁금해진 병구가 물었다.

"따로 설치한 조명이 없네요. 밖에서 봤을 땐 틀림없이 안에 불이 켜져 있는 것처럼 보였는데?"

"별빛이거나 달빛이지."

공윤후가 말했다.

"그건 밖에도 있잖아요."

"그러니까 이 안이 밖보다 밝은 건 아니란 뜻이지. 똑같은 정도의 어둠이야. 단지 여기에 이 포장마차가 있다는 것을 보려면 김씨의 눈이 명암을 통해 구분할 수밖에 없기 때문에 그렇게 본 것이지. 자, 이제 말해봐. 나한테 원하는 게 뭐야?"

"근데 제 이름은 어떻게 알았어요?"

"난 김씨의 이름 같은 거 몰라."

"하지만 저 김씨 맞는데요."

주인 남자가 끼어들었다.

"저 친구는 처음 보는 사람은 무조건 김씨라고 불러요."

"아, 그런 거였어요? 어쨌거나 공윤후 씨는 제가 찾고 있다는 것을 알고 있었던 거네요?"

"내 주변에서 그렇게 얼쩡거렸는데 모르면 바보지."

"그럼 제가 공윤후 씨 근처까지는 갔었군요."

"꼭 그렇다고 말할 수는 없어."

병구는 머뭇거리다가 입을 열었다.

"실은 제가 지금 좋아하는 여자가 있어요."

"그래서? 나보고 그 여자 마음에 마술을 걸어달란 소릴 할 건 아니겠지?"

"공윤후 씨의 조부께서는 하셨잖아요. 이순옥의 이야기를 알고 있어요."

병구는 자신이 한심스럽게 느껴졌다. 하지만 기왕 이렇게 됐으니 밀어붙여야 했다.

"부탁이니 좀 도와줘요."

"도와주면 김씨는 내게 뭘 줄 건데?"

"가격을 말하는 거라면, 글쎄요, 얼마나 드리면 되죠? 제가 형편이 그다지 넉넉한 편은 아니지만 그래도 성의를 다해……."

"돈은 필요 없어. 돈이라면 얼마든지 만들어낼 수 있으니까."

"얼마든지? 그러니까 마술로요?"

"그래, 마술로."

마술로 쇼를 벌인 노동의 대가로 돈을 벌 수 있다는 것인지, 마술로 돈을 만들어 보일 수 있다는 것인지 알 수 없었지만 병구는 돈을 지불하지 않아도 된다면 아무래도 상관없다고 생각했다.

"그럼 뭘 원해요?"

"심부름 하나 해줘. 나 대신 어떤 물건을 전해주는 거야."

"어떤 물건인데요?"

"어떤 물건인지는 모르는 게 좋아. 알려고 들면 일이 꼬이게 돼."

"무슨 뜻이죠?"

"귀찮은 일에 엮이게 된다는 뜻이야. 혹시 물건을 전하다가 문제가 생기면 아무 데고 내 이름 중 한 글자를 쓰고 그 글자를 향해 뛰어. 그럼 달아날 길이 생길 거야."

뭐라고? 그건 공청옥이 이순옥에게 일러준 것과 같은 방법이잖아! 갑자기 병구의 가슴이 벌렁거렸다. 그 믿기지 않는 이야기를 설마 내가 직접 겪게 되는 건 아니겠지?

"뭔가 위험하게 들리는데요."

"어쩌겠어? 김씨가 원하는 것이 안전선 밖에 있는데. 감수하고 손에 넣든가, 포기하고 제자리로 돌아가든가."

"그런 식으로 선택을 강요하지 않았으면 좋겠는데요. 전 단지 무슨 물건을 전해야 하는지 알고 싶을 뿐이에요. 뭔지 모르는 물건 때문에 나도 모르게 범죄자가 될 수도 있으니까요."

"그렇다고 해도 할 수 없어. 누구나 알리고 싶지 않은 비밀이 있기 마련이니까. 그건 김씨도 마찬가지고."

"난 그런 거 없어요."

순간 공윤후의 손이 벌새의 날갯짓처럼 재빠르게 병구의 눈앞을 지나갔다.

"그럼 이건 뭘까?"

공윤후의 손바닥 위에 불그레한 살덩이가 놓여 있었다. 공윤후가 그 살덩이를 자기 뺨에 가져다댔을 때 병구는 소스라치게 놀랐다.

병구는 몇 년 전에 그런 것을 얼굴에 달고 있는 여자를 본 적이 있었다. 그 여자는 지하철 선로에 뛰어들어 죽으려고 했다. 열차가 소음과 함께 무서운 속도로 달려들기 직전 병구는 간신히 여자를 붙잡았다. 죽겠다는 일념이 어찌나 강했는지 여자는 괴력을 발휘했지만 병구도 필사적이었다.

여자는 역무원들에게 끌려갈 때 원망 가득한 시선으로 병구를 노려보았다. 날 그냥 죽게 내버려뒀어야지. 너 때문이야! 너 때문에 내가 또 살아야 한다구! 여자의 기형적인 얼굴보다 저주 서린 눈빛에 더 큰 충격을 받은 병구는 한동안 밤마다 그 여자가 등장하는 꿈을 꿨다.

꿈에서 병구는 여자가 원하는 대로 여자가 열차에 깔려 죽는 것을 그냥 구경만 했다. 그러자 꿈속의 꿈에서 얼굴에 핏물을 뒤집어쓴 여자가 나타나 자신을 구해주지 않았다고, 구원의 손길을 내밀 수 있었는데 그렇게 하지 않았다고 원망했다.

여전히 병구는 그때 자신이 어떻게 했어야 했는지 알 수 없었다. 어떤 삶은 곧 지옥이기도 하니까. 아무것도 모르는 주제에 그 여자의 탈출을 방해하고 다시 지옥에 가둔 건지도 모른다. 그 여자는 지금 어떻게 됐을까?

"어떻게 되긴, 잘 살고 있지."

"에?"

병구는 공윤후가 자신의 마음속에 담아뒀던 질문을 마치 실제로 들은 것처럼 대답해주자 깜짝 놀랐다.

"근데 문제는 김씨야. 이거 버린다. 이런 걸 계속 속에 가지고 있으면 내가 자꾸 꺼내고 싶어지거든."

공윤후는 그 흉측한 살덩이를 허공에 퉁겨버렸다. 다시 펼친 그의 손은 텅 비어 있었다. 아니, 독특하고 복잡한 파란색 문양으로 가득 차 있었다.

"손바닥에 그건 뭐예요?"

"내가 원하지 않는 한 김씨는 절대 기억할 수 없고, 또 기억해서도 안 되는 어떤 것이지. 며칠 후에 물건을 가지고 들를 테니 기다려."

5

밤 11시가 조금 넘은 시각, 병구는 숍에서 텔레비전을 보고 있다가 민혜의 괴성을 들었다. 병구는 자리에서 벌떡 일어섰다. 공교롭게도 바로 그때 공윤후가 숍의 문을 열고 막 들어서려던 참이었다. 그는 민혜의 괴성을 듣자마자 곧바로 발길을 돌려 건물 계단이 있는 쪽으로 사라졌다.

병구는 공윤후가 어떻게 그렇게 빠르게 움직일 수 있는지 놀라울 따름이었다. 병구는 공윤후를 쫓아갈까 말까 잠깐 망설이다가 포기했다. 이미 공윤후가 올라갔고 병구는 타이밍을 놓쳤다.

민혜는 문이 벌컥 열렸을 때 여느 때처럼 후줄근하고 짜리몽땅한 병구가 기웃거리며 서 있을 거라고 여겼다. 그런데 막상 돌아보니 처음 보는 낯선 남자였다. 누구지? 이 사람은?

세련되고 빈틈없는 외모 뒤에 감춰진 공허하고 비밀스러운 시선. 남자는 그 공허와 비밀을 간직하기 위해 삼킨 시간의 무게로 하염없이 깊어진 심연 같은 그림자를 달고 있었다. 그를 가만히 바라보고 있자니 민혜는 묘한 그리움에 마음이 스산해졌다. 민혜는 문득 이미 오래전부터 그를 알고 있었을지도 모른다는 생각이 들었다.

"우리 혹시 예전에 만난 적 있어요?"

"없어."

"하지만 난 당신을 조금 알 것 같기도 한데?"

민혜는 고개를 갸웃거리며 기억을 더듬었다.

"나도 너에 대해 조금은 알고 있지. 내 친구는 너에 대해 나보다 조금 더 많이 알고 있고. 중요한 건 누가 널 얼마나 알고 있느냐가 아니라 누가 널 얼마나 알고 싶어 하느냐야."

"나에 대해 뭘 알고 있죠? 당신은 누구예요?"

"내가 누군지는 알 것 없어."

"아뇨, 난 당신이 누군지 꼭 알아야겠어요. 당신은 내가 왜 이러는지 알고 있죠?"

"그게 궁금해서 소리를 지르는 거라면 답을 말해줄 사람은 없어. 그러니까 한 번만 더 소리를 지르면 내가 먼저 널 산 밥으로 던져줄 거야."

산 밥? 민혜는 그 말이 매혹적으로 들렸다. 그게 뭔지 궁금했다.

"산 밥이 뭐죠?"

"산에 묻어버리는 거야. 시끄러우니까. 그럼 아무도 네 소릴 못 듣게 되지."

공윤후가 다시 숍으로 내려왔을 때 병구는 조바심을 내며 물었다.

"무슨 이야기를 했어요?"

"한 번만 더 소리를 지르면 산에 묻어버리겠다고 했어."

"에? 처음 보는 여자에게 그런 심한 소릴 했단 말이에요? 공윤후 씨는 여자들에게 굉장히 친절한 사람이라던데 어떻게?"

"내 눈에 들어온 여자에게만 친절해."

"민혜 씨는 별로란 뜻이에요?"

"친절해야 할 이유가 없다는 뜻이야."

"그럼 민혜 씨에게는 왜 올라간 거예요?"

"그 여자가 날 봐야 내가 마술을 걸 수 있기 때문이지. 그 여자가 김씨가 말한 그 여자니까."

어떻게 알았지? 귀신같은 놈! 병구는 놀랐지만 고개를 끄덕일 수밖에 없었다. 그나저나 나는 왜 계속 빙충이처럼 저놈의 반말지거리에 지배당하고 있는 걸까?

"전달할 물건은 이거야."

공윤후가 왼쪽 재킷 주머니에 손을 집어넣었다. 병구는 순간 움찔했다.

"왜 그래?"

"아니에요."

병구는 며칠 전 한밤중에 공윤후의 강요로 팠던 구덩이를 떠올렸다. 지금 생각해보면 공윤후가 자기를 정말 거기에 묻을 생각은 없었던 게 분명했다. 그럼 왜 나한테 그런 짓을 시킨 거지? 겁을 주려고? 그러지 않아도 공윤후에게는 충분히 상대를 겁먹게 하는 불가사의한 어떤 것이 있었다. 무엇보다 공윤후 자신이 그 사실을 잘 알고 있었다.

공윤후가 의미심장한 웃음을 지었다.

"뭐예요? 그 웃음은?"

"결혼하고 싶다면서?"

"그래요."

"결혼은 남자에겐 무덤이고 여자에겐 동굴이라더군."

"그래서요?"

"그런데도 다들 스스로 무덤을 파고 동굴로 기어들어가잖아."

"그거야……."

병구는 입맛을 다셨다. 해본 사람들은 그렇게 말하지만 해보지 않은 사람들은 관찰자라는 제한적 입장밖에 겪어보지 않았으니 꼭 그렇게 단정 지을 수 없지 않은가. 적어도 자기에게는 무덤이나 동굴이 아니라 둥우리와 날개가 될지 누가 알겠는가. 그렇지 않다면 다들 무덤을 나와 또 다른 무덤을 파고 또 다른 동굴로 기어들어갈 이유가 없지. 더구나 둘이 하나보다 낫다고 생각하는 사람에게는.

"그냥 세팅해놓은 거야."

"뭐가요?"

"김씨의 무덤 말이야. 일종의 마술적 장치인 셈이지. 김씨의 결혼이니까 당연히 내가 아니라 김씨가 파야 하는 거고."

공윤후 손에 들려나온 것은 까만 가죽 가방이었다. 지난번 삽처럼 도저히 재킷 주머니의 입구를 통해 나올 수 없는 크기의 가방이었다.

"이번 주 토요일 오후 6시. 요 아래 초등학교 앞 삼거리로 가면 새마을금고 앞에서 김씨를 뚫어져라 쳐다보는 녀석이 있을 거야."

"그 사람이 절 안단 말이에요?"

"이 가방을 알고 있어. 김씨가 먼저 알은척하지 말고 그냥 조용히 서서 기다려. 그럼 녀석이 기회를 봐서 김씨에게 다가올 거야."

"그렇게 어려운 일은 아닌 것 같은데 왜 공윤후 씨가 직접 하지 않고 날 시키는 거죠?"

"별로 마주치고 싶지 않은 놈이 나타나면 나한텐 위험한 일이 될 수도 있거든."

"그게 누군데요? 설마 경찰?"

"아니. 내 물건을 채 가려는 놈이 있어. 아주 무서운 놈이지. 그놈에게 잡히지 않도록 조심해. 일이 끝나면 지난번 그 포장마차에서 기다리고 있을 테니 여자를 데려와."

"글쎄요, 민혜 씨가 저하고 변두리 포장마차 같은 델 가고 싶겠어요?"

"ㄱ 여자가 좀 전에 날 봤으니 날 팔아."

"잠깐, 그게 무슨 뜻이에요? 설마 민혜 씨가 공윤후 씨를……."

"보고 한눈에 홀렸지."

뭐? 일이 이렇게 되면 안 되지. 병구의 얼굴이 울긋불긋해졌다. 자신과 민혜 사이에 공윤후를 세우지 말라고 했던 큰 병구의 충고가 떠올랐다.

"그러니까 아까 민혜 씨의 비명을 듣고 올라간 것이 순전히 그런 의도였단 말이죠? 그래서 지금 나한테 민혜 씨에게 공윤후 씨를 소개시켜준다는 핑계라도 대라는 거예요? 그럼 나는요? 내가 공윤후 씨에게 부탁하려는 게 뭔지 알면서 어떻게 이럴 수가 있어요?"

"김씨는 내게 마술을 부탁했어."

"그래요. 나와 민혜 씨 사이에 마술을 걸어달라고 했죠. 그런데 공윤후 씨가 끼어들면 어떡하냐고요?"

"내가 마술이야. 그러니까 너와 그 여자 사이에 내가 있어야 마술이 걸린다는 뜻이지. 이봐, 김씨! 마술에 걸리려면 먼저 마술에 홀려야 시작할 수 있어."

"하지만 뭔가……."

"마음에 들지 않는다고? 그거야 김씨 문제지. 다시 한 번 말해두는데 그 가방은 절대 열어보지 마. 가방을 열면 내가 장치해둔 모든 마술이 풀리게 돼. 그 가방이 이 마술의 잠금장치인 셈이지. 무슨 말인지 알겠어?"

"모르겠어요. 아무튼 가방만 열어보지 않으면 되는 거잖아요."

"마술이 풀리면 가방을 받을 사람이 가방을 받아갈 수 없게 될 거고, 김씨는 여자와 함께 약속 장소에 나올 수 없게 될 거야. 그럼 난 김씨한테 실망할 거고 김씨는 다신 날 만날 수 없어."

***

다음 날, 병구는 미술학원의 수업이 모두 끝나고 교사들이 퇴근하기를 기다리던 중에 무심코 고개를 들었다가 화들짝 놀랐다. 민혜가 숍 유리벽 너머로 병구를 빤히 쳐다보고 있었다. 병구는 벌떡 일어나 허겁지겁 문을 열어주며 민혜를 맞아들였다.

"잠깐 시간 괜찮으세요?"

"그…… 그럼요, 앉으세요."

병구는 얼굴이 벌게져서 더듬거렸다. 그렇잖아도 민혜에게 찾아가 뭐라고 말을 꺼내야 할지 고민하던 참이었다. 민혜는 병구가 권하는 대로 소파에 앉으며 말했다.

"어젯밤 늦게 파란 재킷을 입은 남자가 여기로 들어가는 걸 봤는데요."

병구는 맥이 빠졌다. 역시 공윤후 때문이란 말이지.

"아, 네. 공윤후라고 마술하는 친구예요."

병구는 어색하게 웃어 보였다. 민혜의 크고 길쭉한 열 개의 손가락이 어젯밤 공윤후가 앉았던 소파 쿠션을 쓰다듬었다. 병구는 질투와 부러움을 느꼈다. 병구는 의구심이 들었다. 그날 공윤후가 올라갔을 때 두 사람 사이에 무슨 다른 일이 있었던 건 아닐까? 민혜 씨, 정말 공윤후에게 꽂힌 거예요? 왜 하필 공윤후를?

공윤후는 결혼 상대자로 불량하다. 돈이라면 얼마든지 만들어낼 수 있다지만 그 비밀의 화수분은 결국 마술이 아닌가. 마술은 트릭과 환영에 불과하다. 그럼에도 여자들은 그가 펼친 찰나의 행운에 따라붙는 기묘한 불안감에 끌린다. 마술사의 등장은 그가 언제 이 꿈 같은 마술을 접고 사라질지 알 수 없어, 보는 이의 애를 태우게 만든다. 때문에 사람들은 돌아보면 늘 그 자리를 지킬 것 같은 상대보다는 연기처럼 흩어져버릴 것 같은 상대에게서 시선을 떼지 못하는 것이다.

병구가 의기소침한 어조로 말했다.

"소개시켜드릴까요? 도개산 아세요? 거기 도개교 입구에 공윤후 씨가 단골로 다니는 포장마차가 하나 있거든요. 제가 이번 주 토요일에 거기서 공윤후 씨와 만나기로 했는데, 괜찮으시면 6시 반쯤 저랑 만나서 같이 가요."

민혜가 미소 띤 얼굴로 말했다.

"고마워요. 그런데 저는 그날 다른 데 들를 곳이 좀 있어서요. 일 끝나는 대로 바로 그쪽으로 갈게요. 약속 시간이 몇 시죠?"

약속 시간은 정해져 있지 않았다. 기다리고 있을 테니 일이 끝나면 여자를 데리고 오라고 말했을 뿐. 가방을 받아갈 상대가 늦게 나오지만 않는다면 6시에 바로 물건을 전해주고 출발할 수 있다.

"저는 8시 조금 넘어서 도착할 것 같은데요. 아마 공윤후 씨가 먼저 나와서 기다리고 있을 거예요.

병구는 씁쓸해졌다. 자신과 함께 가는 것을 단박에 거절당한 데다가 어쩌다 보니 자신이 민혜와 공윤후의 중매쟁이가 되어버린 것이다. 하지만 이제 돌이킬 수 없었다.

***

토요일 오후 6시. 큰 병구는 얼굴의 절반을 덮은 검정 선글라스를 끼고 등장했다.

"뭐냐, 그건? 네가 연예인이냐?"

"연예인보다 더 신경 써야 할 상황이지. 공무원이잖아. 그러는 넌 뭐냐?"

실은 병구도 검정 선글라스에 모자를 꾹 눌러쓴 채였다. 사람들이 힐끔거렸다. 둘은 사람들의 시선을 피해 벽을 보고 돌아섰다.

"이게 도대체 뭐하는 짓인지 모르겠다. 이제 네 일은 네가 알아서 하라 그랬지? 근데 또 날 끌어들이냐?"

"한 번만 봐줘. 이번이 진짜 마지막이야."

병구는 담장에 눌어붙은 까만 껌 딱지를 쳐다보며 말했다.

"잘도 마지막이겠다. 전해야 할 물건이란 건 도대체 뭐야?"

"나도 몰라."

병구는 가방을 등 뒤로 감추며 말했다.

"뭔지도 모르는 수상쩍은 물건을 운반하고 있다는 거야? 그 물건이 혹시 마약 같은 거면 어쩔래?"

"그럴 리가?"

병구는 가방에 코를 대고 냄새를 맡아보았다. 큰 병구가 선글라스를 내리고 병구를 쏘아보며 말했다.

"지랄한다. 네가 마약견이냐?"

그때 새마을금고 앞 도로로 순찰차 한 대가 들어섰다. 둘은 약속이나 한 듯 재빨리 초등학교 옆 골목 안으로 몸을 숨겼다.

"근데 우리가 왜 순찰차를 피하는 거지?"

큰 병구가 고개를 갸웃거렸다.

"글쎄? 선글라스 때문인가? 이걸 끼고 있으니까 뭔가 떳떳하지 못한 기분이 들긴 하네."

병구는 선글라스를 벗어 주머니에 넣었다. 속도를 낮춘 순찰차가 이윽고 초등학교 앞으로 다가오더니 멈췄다. 조수석의 순경이 그들을 보았다. 순경이 차에서 내리더니 곧장 두 사람을 향해 걸어왔다. 큰 병구가 말했다.

"야, 빨리 걸어."

병구는 가방을 옆구리에 끼고 골목길을 그대로 걸어 나갔다. 뒤에서 큰 병구가 재빨리 따라붙었다. 병구의 걸음이 점점 빨라졌다. 큰 병구가 말했다.

"뛰지 마, 이 바보야. 일단 가방부터 아무 데나 버려. 거기 쓰레기 봉지 사이에 숨기라구."

"왜 그래야 하는데?"

"가방에서 뭔가 수상쩍은 것이 나올 수도 있잖아. 그때 안에 뭐가 들었는지 몰랐다고 해봤자 안 통해."

"너무 앞서가는 거 아냐? 수상쩍은 것이 아닐 수도 있어."

둘은 다음 골목에서 재빨리 커브를 돌았다. 다행히 순경은 편의점으로 들어갔다. 병구는 걸음을 멈췄다.

"거봐, 그냥 커피나 담배를 사려는 걸 거야."

"그래서? 거기 계속 서서 순경이 뭘 사서 나오는지 확인할 거냐? 빨리 가."

큰 병구가 다그치며 병구를 밀었다. 순경은 바나나우유를 손에 든 채 편의점에서 나와 순찰차에 올라탔다. 순찰차가 다른 곳으로 가자 큰 병구가 말했다.

"안 되겠다. 일단 가방 속부터 보자. 마약이나 잘린 손가락 같은 게 들어 있는지 확인해야겠어."

"자꾸 왜 그래? 절대 열어보지 않기로 약속했단 말이야."

"너, 그 가방 안에 든 게 뭔지 몰라 무서워서 날 부른 거잖아. 그러니까 내가 대신 봐준다고."

"그게 아니라 공윤후가 말하길 어떤 무서운 놈이 가방을 채갈 수도 있다기에 안전을 위해 널 부른 거야."

"그게 그 소리지."

큰 병구는 병구의 옆구리에서 가방을 빼앗았다.

"안 돼, 내놔! 공윤후가 그 가방을 열면 마술이 풀려 다시는 자기를 만날 수 없을 거라고 했단 말이야."

"마술은 무슨, 순진하긴. 야, 솔직히 우리가 이 가방을 열어봤는지 공윤후가 어떻게 아냐? 게다가 이건 뭐, 비밀번호나 자물쇠가 달려 있는 것도 아니고 그냥 똑딱단추네. 두 살짜리 애한테 포장 다 깐 사탕 쥐여주면서 먹지 말고 보기만 하란 거잖아. 널 시험에 들게 하겠다는 속셈인 것 같은데, 이런 식으로 놀림 받는 게 좋냐?"

"암튼 그만 돌려줘."

"내가 궁금해서 그래. 나만 볼게. 그러고 나서 너한텐 암말 안 하면 되잖아. 안 그래?"

듣고 보니 그런 것 같기도 했다. 아니지. 그러다 일을 망치면 곤란하지. 잠깐 주춤하던 병구가 정신을 차리고 손을 뻗었을 때 큰 병구는 이미 가방을 연 상태였다.

"우와, 이게 뭐냐? 병구야, 나, 이런 거 처음 봐. 영화에서는 많이 봤지만."

큰 병구는 금방이라도 숨이 넘어갈 것 같은 표정이었다. 도대체 뭐가 들었기에? 병구는 그만 자기도 모르게 가방 속으로 시선을 던지고 말았다. 가방 속에는 누런 오만 원짜리 지폐 다발이 가득 들어 있었다. 젠장! 병구는 재빨리 손을 펼쳐 자기 눈을 가리며 말했다.

"난 아무것도 못 본 거다."

그러나 눈으로 어긴 죄를 심장은 숨기지 못했다. 병구는 가책으로 가슴이 심하게 두근거렸다. 어떡하지? 갑자기 엄습하는 기묘한 불길함에 병구의 손이 덜덜 떨렸다.

큰 병구가 말했다.

"잘린 손가락보다 낫긴 한데 이거 아무래도 수상쩍다. 보통 사람들이라면 이런 큰돈을 현금으로 주고받지 않아. 이건 필시 통장에 거래 흔적을 남기지 않으려는 수작이야. 아무래도 신고해야 될 것 같은데?"

"무슨 소릴 하는 거야? 암말 하지 말고 가방 이리 내놔! 우린 가방 속에 든 게 뭔지 모르는 거야. 알겠어? 빨리 가자. 늦었어."

병구는 큰 병구의 손에서 가방을 뺏어들고 서둘러 약속 장소로 향했다. 가방을 쥔 손이 여전히 떨고 있었다. 괜찮을 거야. 공윤후가 마술사지 천리안은 아니잖아. 그냥 모른 척 가방을 전해준 후 약속 장소로 가면 되는 거야.

큰 병구가 뒤에서 쫓아오며 못 미더운 어조로 물었다.

"만날 사람이 누군지는 알아?"

"몰라. 가보면 그쪽에서 날 알아볼 거라고 했어."

삼거리로 다시 나온 병구는 새마을금고 앞 가로수 뒤에 반쯤 몸을 숨긴 채 자신을 뚫어져라 쳐다보는 열 서너 살가량의 소년을 발견했다. 병구가 말했다.

"아무래도 쟤 같은데?"

"누구?"

"저기 나만 쳐다보고 있는 애 하나 있잖아."

"어디?"

큰 병구가 새마을금고 주변을 기웃거리며 물었다.

"나무 뒤에 서 있잖아."

"나무 뒤에 누가 서 있다는 거야?"

"흰색 면 티에 갈색 고무줄 반바지를 입은 열 서너 살쯤 되어 보이는 남자애 있잖아. 어디 해수욕장이라도 갔다 왔는지 피부가 온통 불그스름하게 탄 녀석 말이야."

"그런 애가 어딨다는 거야? 그리고 말이 되냐? 누가 돈 가방 운반하는 일에 그런 어린애를 보냈겠냐?"

"답답하네. 저기 있잖아."

병구가 손가락으로 가리켰다. 순간 아이가 사색이 되어 고개를 저었다. 아이가 다가오기 전에 절대 먼저 알은척하지 말라고 했던 공윤후의 말이 떠올랐다. 병구는 얼른 손을 내렸다. 큰 병구가 퉁퉁거리며 말했다.

"네가 눈이 삔 건지, 내가 눈이 삔 건지 모르겠네. 도대체 어디에 갈색 고무줄 반바지를 입은 남자애가 있다는 거야?"

"아, 됐어. 안 보이면 말구."

지금 중요한 건 그게 아니었다. 아이가 좀 전부터 병구의 오른쪽을 흘끔거리고 있었다. 병구는 아이가 뭘 보고 있나 싶어 그쪽으로 고개를 돌렸다가 자신을 바라보고 있는 낯선 얼굴을 발견했다. 눈 아래 살이 처지고 얼굴색이 창백한 20대 후반의 남자는 병구와 눈이 마주치자 재빨리 고개를 다른 곳으로 돌렸다. 저놈은 또 누구야?

그제야 병구는 아이가 자기에게 섣불리 다가오지 않았던 이유를 깨달았다. 병구는 아직도 두리번거리고 있는 큰 병구를 툭 치며 눈짓으로 가리켰다.

"내 오른쪽에 회색 운동복 입은 사람 보이지?"

흘낏 쳐다본 큰 병구가 말했다.

"응. 왜?"

"아무래도 이 가방을 노리고 있는 것 같아."

"가방을 받으러 온 쪽이 아니고?"

"받으러 온 쪽이라면 내 시선을 피할 이유가 없어."

"그건 그러네. 근데 무서운 놈이라더니, 별로 그렇게 안 보이는데?"

"우리가 모르는 뭔가가 있겠지. 어쨌든 공윤후가 무서운 놈이라고 말했으니 무서운 놈일 거야. 그보다 저놈이 이렇게 내 곁에 계속 붙어 있으면 가방을 건네줄 수가 없어. 그러니까 어떻게든 저 놈을 다른 곳으로 보내야 해."

큰 병구는 잠깐 생각해보더니 말했다.

"이렇게 해보자. 일단 저놈을 등진 채 날 보고 서봐. 그런 다음 나한테 가방을 주는 척하면서 네 셔츠 안으로 밀어 넣어 숨기는 거야. 배에 찰싹 붙이면 뒤에선 잘 모를 거야."

"그다음엔?"

"내가 너한테 가방을 받은 척하고 따돌려볼게. 저놈이 날 쫓아오면 그사이에 넌 애한테 가방을 전해줘. 근데 애는 어디 있는 거야? 왜 내 눈에는 안 보이고 네 눈에만 보이는 건데? 아냐. 됐어, 내 눈엔 보이는데 네 눈에 안 보이면 그게 더 곤란하지."

큰 병구는 병구로부터 가방을 건네받는 척하며 일부러 남자를 힐끔 쳐다보았다. 남자와 눈이 마주치는 순간 큰 병구는 곧장 큰길을 향해 뛰었다. 아니나 다를까 남자가 황급히 큰 병구의 뒤를 쫓아갔다.

그사이 병구는 아이가 있는 쪽을 향해 몇 걸음 걸어 나갔다. 그런데 갑자기 누군가 뒤에서 병구를 잡았다. 병구가 놀라 고개를 돌리자 큰 병구를 쫓아간 줄 알았던 남자가 어이없다는 비웃음을 흘리며 표정을 일그러뜨리고 있었다. 아이는 어디로 달아났는지 이미 보이지 않았다.

"왜 이래요? 이거 놔요."

병구는 남자의 손을 뿌리치려고 버둥거렸다. 병구의 셔츠 안에서 가방이 툭 떨어졌다. 남자는 재빨리 떨어진 가방을 집어 들었다.

"그거 이리 내요."

병구가 소리를 지르며 가방을 빼앗기 위해 달려들었다. 남자는 병구를 피하며 가방을 열려고 했다.

"이봐요, 그거 열면 안 돼요."

당황한 병구가 손을 뻗어 남자가 쥐고 있는 가방을 잡아당겼다. 단추가 뚝 떨어지면서 안에 든 돈다발이 쏟아졌다. 남자는 내용물을 보고 놀라거나 다시 주워 담으려는 시도는커녕 오히려 가방을 거꾸로 잡고 안에 든 것을 탈탈 털어냈다.

"뭐 하는 짓이야? 미쳤어?"

남자는 빈 가방을 던져버렸다. 그는 자기 발밑을 굴러다니는 돈다발에 신경도 쓰지 않았다. 남자는 왼손으로 병구의 멱살을 꽉 움켜잡더니 바닥에 내리꽂았다. 병자 같은 초췌한 생김새와는 달리 힘과 수완이 좋았다. 남자는 병구의 팔을 꺾고 무릎으로 그의 가슴을 짓눌렀다. 병구는 가쁜 숨을 내쉬며 남자의 무릎 밑에서 힘겹게 울분을 토해냈다.

"너, 뭐야? 나한테 왜 이러는 거야?"

새마을금고 벽에 걸린 커다란 숫자 시계가 6시 반을 넘겼다. 사람들이 웅성거리며 모여들었다. 좀 전의 순찰차가 돌아 나왔다. 순경들이 차에서 내려 이쪽으로 뛰어오고 있었다.

일이 복잡해지고 있었다. 저들에게 자초지종을 설명하려면 더 복잡해질 것이다. 병구는 아는 것이 없었다. 이제 병구는 달아나야 했다. 남자도 제복 입은 이들과는 별로 이야기하고 싶지 않은 모양이었다. 병구는 남자의 손이 느슨해진 틈을 타 있는 힘껏 그를 밀어제치며 자리를 박차고 일어났다. 돈 가방부터 챙겨야 했지만 병구는 그냥 달아났다. 병구의 뒤를 다급한 발소리가 쫓았다.

병구는 자기를 쫓는 사람이 순경인지 아까 그 남자인지 돌아볼 여유가 없었다. 누구라 해도 병구 입장에서는 다를 게 없었다. 병구는 가까이 보이는 상가 건물 계단으로 뛰어올라갔다. 복도를 지나 다시 계단을 올라갔다. 옥상 문이 잠겨 있었다. 옥상 문이 열려 있다 한들 어쩔 텐가? 어차피 막다른 길이었다. 건물 옥상을 자유자재로 건널 용기도 없었고 그럴 만한 멀리뛰기 실력도 되지 않았다. 병구는 계단참에서 두리번거렸다. 달아날 곳이 창문밖에 보이지 않았다.

'공윤후, 도대체 날 무슨 일에 끌어들인 거야?'

병구는 공윤후의 탈출 지침을 떠올렸다. 그냥 눈 딱 감고 여기 창문 밖에 '공' 자를 쓰고 뛰어내려? 병구는 창틀에 매달린 체 한 발을 내밀었다. 창밖 허공에 '공' 자를 쓴 후 아래를 내려다보았다. 식은땀이 비질비질 쏟아졌다. 이순옥의 이야기가 진짜라고 누가 그래? 떨어져서 잘못되면 바로 죽는 거잖아.

갑자기 병구의 의지와는 상관없이 몸이 미끄러지며 공중에 붕 떴다. 언제 뒤쫓아왔는지 남자가 병구를 붙잡아 끌어내렸다. 남자는 바닥으로 나동그라진 병구의 팔을 뒤로 꺾으며 제압했다. 병구는 너무 아파서 눈물이 핑 돌았다. 남자는 쓰러진 병구의 등을 무릎으로 꽉 누른 채 온몸 구석구석을 샅샅이 더듬기 시작했다. 병구는 생각했다. 이 자식, 도대체 나한테 원하는 게 뭐야?

***

"당신 도대체 누구야?"

병구와 남자는 근처 커피 전문점에 마주 앉았다.

"공의 모든 것을 알고 있는 사람이죠."

"공의 모든 것?"

가만, 그거 어디서 들어봤는데? 어디서 들었더라? 병구가 이맛살을 찌푸리며 기억을 더듬고 있는데 남자가 말했다.

"제 블로그예요. 공의 모든 것이 궁금한 사람은 반드시 내 블로그를 방문하게 되죠."

그래, 맞아. 블로그! 병구는 생각났다. 이순옥의 글을 읽었던 블로그가 '공의 모든 것'이었다. 그 블로그의 주인장 닉네임이 뭐였더라? 그래, 룸룸!

"이봐, 룸룸 씨, 도대체 날 왜 쫓아온 거야? 당신이 원하는 건 가방이었잖아."

"그 가방 안에 물건이 들어 있을 줄 알았는데 없더라고요. 그래서 혹시 아저씨가 따로 숨겼을지 모른다고 생각했어요."

"무슨 물건? 원하는 게 그 가방 안에 든 돈이 아니었단 말이야?"

"돈요? 웃기고 있네."

룸룸은 피식 웃었다.

"왜 웃어? 돈다발이 쏟아지는 걸 당신도 보고 나도 봤잖아."

"미안하지만 제가 본 건 흰 실로 묶은 낙엽 다발이었어요. 아서씨도 나랑 같은 걸 본 줄 알았는데. 생각해봐요. 그게 돈다발이었으면 아저씨가 그렇게 쉽게 포기하고 그 자리를 떴을까요? 잘 떠올려봐요."

룸룸의 말을 듣자 병구는 갑자기 아리송해졌다. 가방 문이 열렸고 누런 조각을 묶은 다발이 쏟아졌다. 그게 돈이 아니라 낙엽이었나? 갑자기 왜 이렇게 기억이 가물가물하지?

병구의 표정을 살피던 룸룸이 물었다.

"잠깐만, 혹시 그 가방 속에 뭐가 들었는지 이미 알고 있었어요? 열어봤냐고요?"

병구는 어떻게 대답해야 할지 몰라 우물거렸다. 룸룸이 고개를 끄덕이며 말했다.

"열어봤네. 그리고 그때 돈을 본 거죠? 그래서 가방이 다시 열리고 안에 든 것이 쏟아질 때도 그것을 계속 돈이라고 생각한 거고. 그렇죠?"

"그럼 정말 돈이 아니었단 말이야?"

"제 눈엔 아니었어요."

룸룸의 말이 사실이라면 얼마나 다행한 일인가. 병구는 일단 한시름 놓았다. 엉겁결에 도망쳤지만 곧 돈을 버리고 온 것을 후회했다. 그게 얼마나 될까? 어떤 흑막이 담긴 돈인지는 몰라도 어쨌든 물어줘야 할 게 아닌가. 때문에 병구의 머릿속이 복잡하던 차였는데 지금 이 남자가 가방 속에 든 것이 돈이 아니라 낙엽이었다고 말하니 안심이 되었다. 그럼 내가 본 오만 원짜리 지폐 다발은 뭐였지? 큰 병구도 분명 돈이라고 했는데?

"결국 공윤후의 마술에 불과했던 건가?"

"그리 좋아할 거 없어요. 마술이 깨지면 현실이 되죠. 그러니 아저씨는 그 돈을 잃어버린 대가를 치르게 될 거예요."

"돈이 아니라면서?"

"아저씨는 돈으로 봤잖아요. 돈으로 봤으니 돈으로 갚아야죠. 그들은 준 것만큼 돌려받고 받은 것보다 더 많이 돌려주는 습성을 갖고 있어요."

룸룸은 고르지 못한 누런 치열을 드러내며 다소 동정적인 어조로 말했다.

"그들이라니?"

룸룸은 대답 대신 물었다.

"정말 공윤후가 아저씨에게 다른 물건은 부탁하지 않았어요?"

"그 가방 말고는 없었어. 도대체 무슨 물건을 찾는 건데?"

"물건에 대해 모른다면 아저씨와는 더 할 이야기가 없어요. 그만 가볼게요."

"이봐, 잠깐만, 난 아직 궁금한 게 많아. 당신, 정말 공윤후를 한 번도 만나본 적 없어?"

"없어요."

"하지만 공윤후는 당신에 대해 알고 있었어. 자기 가방을 노리는 누군가가 나타날 거라고 내게 경고했거든."

"공윤후는 그만의 방식으로 자기를 만나고 싶어하는 사람들에 대한 모든 정보를 얻을 수 있어요. 하지만 그는 자기가 원하지 않는 한 스스로 모습을 드러내지 않아요. 게다가 남자들은 아예 상대도 하지 않죠. 그래서 아저씨의 경우는 좀 의외였어요."

"내가 공윤후를 만나려고 얼마나 애를 썼는데, 공윤후도 그걸 알고 감동한 거겠지."

"감동요? 공윤후는 그런 거 몰라요."

"왜 몰라? 그놈도 사람이라면 당연히 알아야지. 나, 진짜 공윤후를 찾으려고 안 해본 짓이 없어. 근 100년 가까이 폐쇄된 도개산의 사유지까지 들어가봤다니까."

"근데 죽어도 도깨비 길은 통과하지 못하겠죠?"

"뭐? 그럼 혹시 당신도?"

"저라고 들어가보지 않았겠어요? 제가 아저씨보다 더 오랫동안 그를 쫓았어요. 물론 내 앞엔 한 번도 나타난 적이 없었지만요. 전요,

비만 오면 도개교 앞에서 그를 기다려요.”

“정말?”

“네, 비가 오면 도개교 입구 주목 아래에 포장마차가 선다더군요. 물론 아저씨도 가봤겠죠?”

“응. 근데 나야 지금껏 몰라서 그랬다 쳐도 당신은 그 포장마차를 아는데 왜 아직 공윤후를 못 만난 거지?”

“순서가 중요하니까요. 공윤후를 만나야 그 포장마차가 보이는 거예요.”

“그런 게 어딨어? 당신이 운이 없어 포장마차가 서지 않는 날만 골라 나왔던 거겠지.”

“아뇨. 일전에 거기서 산을 내려오는 아저씨를 봤어요. 그날 부슬비가 내렸죠. 틀림없이 포장마차가 섰을 거예요. 하지만 아저씨는 거기 포장마차를 보지 못했어요. 왜냐하면 아직 공윤후를 만나지 못했을 때니까요. 언제 포장마차가 처음 보였는지 생각해봐요. 공윤후를 만나고 난 후죠?”

룸룸의 말 그대로였다. 그날 허탕 치고 집으로 돌아가다가 병구는 공윤후를 만났고 그 밤에 그를 따라갔다가 처음 포장마차를 보았다.

“그럼 그날 도개교 끝에 서 있다가 날 보고 달아난 사람이 당신이었어?”

룸룸은 고개를 끄덕였다.

“왜 달아난 거지?”

"아저씨와 접촉해서 일을 그르치고 싶지 않았거든요."

"뭘 그르쳐?"

"제가 아저씨와 안면을 트면 공윤후는 절대 아저씨에게 물건을 부탁하지 않을 테니까요."

"아까부터 계속 물건 타령인데 도대체 무슨 물건?"

"저도 정확히 몰라요. 공윤후가 물건을 다른 곳으로 옮기고 싶어 한다는 것밖에는. 그러기 위해서는 자기를 만나고 싶어하는 사람들 중 하나를 만나주고 그 사람이 원하는 것을 들어준 후 대신 물건을 옮겨달라고 부탁해야 하죠. 그들은 원래 그런 방식으로 일을 처리하거든요. 그날 아저씨가 도개산에서 나오는 걸 보고 어쩌면 아저씨가 운반자로 당첨되지 않을까 여겨 내내 아저씨를 주시하고 있었어요."

"도무지 무슨 소린지 모르겠네. 그렇게 중요한 물건이면 자기 손으로 직접 하지 왜 굳이 남의 손을 빌려?"

"물건은 스스로 움직이지 않아요. 사람의 손을 빌려야만 자리를 이동할 수 있죠."

병구는 여전히 룸룸의 말을 이해할 수가 없었다.

"물건이니 당연히 그렇겠지. 보아하니 당신은 공윤후를 만나는 것이 목적이 아니라 그의 물건이 목적인 것 같은데, 그게 무슨 물건인지 모른다는 게 말이 돼?"

"무슨 물건인지는 손에 넣으면 알 수 있어요. 그리고 그 물건이 제 것이 되면 공윤후는 싫어도 절 만나러 나타나야 하니까 결국 같은 거예요."

"그러니까 뭔지도 모르는 공윤후의 물건을 가로챈 후, 그 물건을
미끼로 공윤후를 만나겠다는 계획이네? 진짜 그런 물건이 있어?"

"있어요, 그런 물건이."

"그럼 좀 제대로 이야기를 해봐."

"해봐야 안 믿을 거잖아요."

"그래도 해봐. 뭐가 어떻게 돌아가는지 나도 좀 알아야겠어."

"좋아요, 어차피 아저씨는 이번 판에서 아웃됐고 공윤후에 대해 뭘
알든 이제 두 번 다시 공윤후를 만나지 못할 테니 그냥 말해줄게요."

"무슨 소리야? 만약 그렇게 되면 모두 당신 때문이야."

병구가 벌컥 화를 내자 룸룸은 담담하게 말했다.

"나 때문이라면 아저씨는 다시 공윤후를 만날 수 있어요. 아직 그
의 마술이 끝나지 않았으니까요. 하지만 내가 나타나기 전에 아저씨
는 이미 그와의 약속을 깼어요. 그렇죠? 공윤후가 가방을 열어보지
말라고 했을 텐데요?"

룸룸의 말이 옳다는 것을 깨달은 병구의 얼굴이 붉어졌다. 가방이
마술의 잠금장치라고 했다. 가방을 열었으니 마술이 풀린 건가? 그
럼 이제 어떻게 되는 거지? 병구는 심란해졌다.

"그래서 기왕 이렇게 된 거, 제 이야기가 아저씨에게 위안이라도
됐으면 해서 말해주는 거예요. 아무것도 모른 채 평생 궁금해하며
살지 마시라구요. 도개산 404번지 공동묘지 자리는 그 유래가 아주

오래됐어요. 제가 어릴 때 그 동네에 살았기 때문에 좀 알아요. 대대로 지관들이 입을 모아 말하기를 뼈가 황금이 되는 자리라고 했으니 어쩌면 1,000년이나 2,000년 전부터 묘지 자리로 쓰였을지도 모르죠. 하지만 거기 실제로 무엇이 묻혀 있는지는 아무도 몰라요. 혹시 허아요란 이름 들어봤어요?"

"아니."

"『이계필담』*에 조선 중기 부관이었던 함성노 사람 허지수에게 '허아요'라는 딸이 있었다고 기록되어 있어요. 허치수는 딸이 태어나기도 전에 친구의 아들과 정혼을 시켰죠. 친구는 비가 부슬부슬 내리는 날이면 쪽빛으로 물들인 도포 자락을 흔들며 해질 무렵 허치수의 집을 찾아와 이튿날 새벽 동이 틀 때까지 놀다가 떠났는데 집안사람들은 그의 성이 공씨인 것만 알 뿐 어디 사는 누군지는 전혀 알지 못했어요.

허치수는 공씨 친구가 방문하면 술상을 들이고 벽장 속에 들어가 놀음도 하고 춤도 추고 노래도 부르며 놀았죠. 주인의 오랜 벗이라고는 하나 집안사람들은 모두 공씨를 두려워했어요. 기록에는 공씨가 허치수의 눈에만 보이고 다른 사람의 눈에는 자주 보이지 않아 이런저런 말썽이 생기곤 했다고 되어 있죠.

---

* 조선 중기 이유영의 저작으로 생전에 그가 수집한 불가사의한 사건들을 모은 기록이다. 『이계필담』에 실린 고사 전부가 그가 살았던 동시대의 사건이며, 작자가 실제로 사건 관계자들을 만나본 후 기록한 것으로 알려져 있다.

허아요가 열아홉 살이 되자, 공씨의 아들이라며 젊은 남자가 홀연히 찾아와 혼인의 약속을 지키러 왔다고 고했어요. 자기 아버지와 똑같은 용모를 지닌 공씨의 아들은 혼인식을 올린 후 허아요를 데리고 떠났는데, 허치수는 그들이 어디로 가는지 가족들에게 묻지 못하게 했어요. 하지만 공씨 청년은 남은 이들의 마음을 배려해 스스로 먼저 이렇게 털어놨지요.

다리 하나 건넌 곳에 제 집이 있습니다. 그런데 다리의 이쪽과 저쪽은 본디 경계가 달라 앞으로 다시 만나뵙기가 어려울 듯합니다. 어떤 사람들은 우리가 서로 어울리지 않는다고 말하기도 하지만 실은 이 모두가 인연입니다.

그의 말대로 이후 허씨 가족은 두 번 다시 두 사람을 보지 못했어요. 후세에 전해지기를 허아요를 데려간 공씨 남자는 도깨비라고 했죠. 허치수가 태어나지도 않은 딸을 걸고 도깨비와 내기를 벌였다가 일이 그리된 거라고요.

도깨비는 천년만년 산다는 말이 있죠. 하지만 사람은 100년도 살지 못해요. 그러니까 생각해봐요. 그 도깨비는 세월이 지나 자기 부인이 죽은 후 어디에 묻었을까요? 부인의 고향인 함경도에? 아뇨. 틀림없이 자기가 사는 도깨비 산에 묻었을 거예요. 도개교 건너 도개산 말이죠. 어때요? 딱 맞아떨어지죠? 그럼 공씨 청년이 말한 그 다리는 도개교가 돼요. 도개교는 도깨비가 세운 돌다리라고 전해지니까요."

"무슨 이야기를 하려는 건지 모르겠군."

병구는 고개를 저었지만 이미 알아들었다. 다만 너무 황당해서 믿을 수 없었을 뿐이었다.

"공씨의 아들은 아버지와 똑같은 용모로 나타났다고 했어요. 뭔가 짚이는 거 없어요? 공청옥의 아들인 공해경은 공청옥이 죽은 후 아버지와 똑같은 모습으로 나타났고, 공윤후 역시 공청옥과 용모가 같죠."

"닮는 거야 얼마든지 유전적으로……."

"허아요는 남편이 도깨비라는 것을 알고 있었어요. 세월이 지난 후, 집을 떠난 허아요는 딱 한 번 자기 어머니 앞으로 편지를 쓴 적이 있었어요. 아마 자신을 제일 많이 걱정하며 눈물로 지새울 사람이 어머니라는 생각에 안심시키려고 보낸 거겠죠. 편지의 행간에 숨은 의미로 미루어보았을 때 그녀는 남편의 정체를 알고 있었던 게 틀림없어요."

"뭐라고 쓰여 있었는데?"

"내 숨이 다하는 날 그가 내 곁에 눕는다 할지라도 훗날 뼈가 되는 것은 나 혼자뿐, 세월이 지나고 눈물이 마르면 그는 긴 잠에서 일어나 그의 손을 꼭 잡은 채 썩어버린 내 살을 툭툭 털고 다시 세상으로 나가겠지요. 그 전에 사람들이 무너져 내린 내 무덤의 돌과 흙을 치우고 우리를 엿본다면 그가 무엇인지 알게 될 터인데……,라는 구절만 남아 있어요. 하지만 이것만으로도 충분하죠. 그녀는 그를 가리켜 무엇이라고 했어요."

"그게 무엇인데?"

"그게 바로 물건이에요. 도깨비 다리를 건너 도깨비 길을 지나 도깨비 묘지에 묻힌 허아요의 백골이 품고 있는 물건, 공윤후요. 오래된 물건은 도깨비가 되죠. 물건은 자기 힘으로 그 자리를 떠날 수 없어요. 사람이 손에 쥐고 옮겨줘야 하죠."

"무슨 그런 말도 안 되는, 너무 비약해서 생각하는 거 아냐?"

"사람들이 간과하고 있는 거죠."

이거야 원. 그러니까 공윤후가 사람이 아니라 도깨비라는 거야? 그의 마술은 도깨비짓이고? 이 녀석, 젊은 나이에 방구석에 처박혀 컴퓨터 모니터만 들여다보더니 아무래도 머리가 어떻게 된 모양이다. 안됐네! 가만, 지금 몇 시지?

병구는 시계를 보았다. 벌써 7시 40분이다. 룸룸과 이야기하느라 그만 약속을 깜빡했다. 병구는 민혜에게 전화를 걸어 공윤후를 만나면 자기가 도착할 때까지 꼭 기다려달라고 부탁하고 싶었지만 그녀의 전화번호를 몰랐다.

가방을 열면 마술이 풀리고 마술이 풀리면 가방을 받을 사람이 가방을 받아갈 수 없게 될 거라고 했다. 모두 공윤후의 말대로 되었다. 공윤후가 또 뭐라고 그랬더라? 그래, 여자와 약속 장소에 나올 수 없게 될 거고, 그럼 그는 나한테 실망할 거고, 나는 다시는 그를 만날 수 없게 될 거라고 했지. 병구는 극심한 불안에 휩싸인 채 서둘러 자리에서 일어났다.

"어디 가세요?"

"공윤후를 만나러 갈 거야."

"그만두세요."

룸룸은 앉은 채로 병구를 올려다보며 말했다.

"그만두라니?"

"전 아저씨가 그에게 뭘 부탁하려는지 알고 있어요. 아저씨 같은 남자들 때문에 그에게 그런 얼토당토않은 능력이 있다는 소문이 붙은 거죠."

"무슨 소리야?"

"여자들에겐 행운의 사내고 남자들에겐 코빼기도 보여주지 않는 기묘한 놈인 것까지는 맞아요. 하지만 공윤후는 신이 아니에요. 불가능한 사랑을 이뤄준다고요? 공윤후 본인의 사랑은 자기 능력이니까 그럴 수 있겠죠. 하지만 제아무리 공윤후라 해도 다른 사람들의 마음을 좌지우지할 수는 없어요."

"그럼 공윤후가 날 속인 거야?"

"그건 아니죠. 그들은 거짓말을 하지 않으니까요. 만약 그가 그렇게 해줄 수 있다고 했다면 그건 여자가 그것이기 때문이에요."

"그것이라니?"

"아직 모르겠어요?"

"뭘?"

"이순옥의 죽은 아내 말이에요, 이가 검었어요."

"그런데?"

"아주 미인이었고요."

"그게 뭘 어쨌다는 거야?"

"아저씨가 좋아하는 여자에게도 뭔가 특이한 점이 있을 거예요. 예를 들면 키가 기이하게 크다거나."

"뭐?"

"물론 아주 예쁠 거고."

"이봐."

"이순옥의 아내는 사람이 아니었을 거예요. 이순옥이 죽기 전에 만나본 적이 있는데 그가 그러더군요. 나란히 누워 잠들었는데 아침에 일어나보니 아내가 딱딱하게 굳어 있더라고요. 그는 더는 거기에 대해 말하지 않았지만 전 단박에 눈치챌 수 있었어요."

"그거야 사후경직 현상을 말했던 거겠지. 도대체 사람이 아니면 뭐라는 건데?"

"글쎄요. 전 먹물이 밴 오래된 어떤 물건이 아닐까 생각해요."

"참신한 상상으로 쳐줄게."

"정말 제 상상일 뿐일까요? 이순옥과 그 여자 사이엔 평생 자식이 없었어요."

"그를 독립유공자로 인정받게 하기 위해 자손들이 애를 쓰고 있다잖아?"

"그들은 일가일 뿐 직계 자손이 아니에요. 이순옥이 했던 말 기억하죠? 내가 그의 마술에 걸린 덕에 이 고단하고 외로운 세상을 평생 행복하게 살 수 있었던 거라면 믿으시겠어요? 아내를 보낸 후 그의 마술은 풀렸지만 대신 내겐 남은 생을 살게 할 추억이 있었죠. 아저씨는 그게 무슨 뜻이라고 생각해요? 이순옥은 아내가 죽고 난 후에야 자신에게 걸렸던 마술의 진실을 안 거예요. 틀림없어요."

"그러니까 당신 말은 공윤후노 노깨비고 이순옥의 아내도 도깨비란 거야? 마술이 아니라 다들 도깨비에게 홀린 거라고?"

"여자는 도깨비가 될 수 없어요. 도깨비는 남자뿐이에요. 아저씨가 아는 어떤 도깨비 이야기 속에도 여자 도깨비는 등장하지 않을걸요. 하지만 가끔 예외가 있어요. 여자가 될 수 있는 것은……."

"됐어. 거 말 같지도 않은 이상한 소리 좀 그만하지."

병구는 룸룸이 하는 이야기를 더는 듣고 싶지 않았다. 어쨌든 민혜는 이가 검지도 않았고 마술에 걸려 있는 것 같지도 않았으니까. 키가 자꾸 자라는 건 교통사고 후유증일 뿐이지 룸룸의 이야기와는 아무런 상관이 없었다. 룸룸이 말했다.

"도깨비는 혼자 있을 때만 만날 수 있어요. 둘이 있다 해도 한 사람 눈에만 보이죠. 허치수에게는 보였지만 다른 사람의 눈에는 자주 보이지 않았던 것도 그 때문이에요. 약속 장소에서 공윤후의 가방을 받을 사람도 틀림없이 아저씨의 눈에만 보였을 거예요. 그렇죠?"

"그런 경우야 얼마든지 있을 수 있는 거잖아."

"아뇨. 도깨비는 그런 거예요. 사람이 많으면 많을수록 숨어 있기 쉽죠. 그래서 그들은 사람이 아예 없는 곳이나 사람이 아주 많은 곳을 약속 장소로 잡아요. 아저씨, 평생 허깨비에게 홀려 놀아나고 싶지 않다면 정신 차리고 잘 봐요. 봐도 보이지 않거든 달려들어 목을 졸라요. 원래 없던 것이니 아저씨가 없다고 부정하고 죽여버리면 없는 것이 돼요."

젠장, 무슨 소리야? 도대체 누굴 죽이라는 거냐구? 그게 누구건 병구는 아무도 죽이고 싶지 않았다. 병구는 자리를 떴다. 밖으로 나오니 부슬비가 날리고 있었다. 머릿속이 뒤죽박죽이었다. 도깨비라니, 무슨 객쩍은 소린가.

휴대전화가 울렸다. 큰 병구였다.

"야, 너 어떻게 된 거야? 별일 없어? 가다 보니 나 혼자 뛰고 있더라고. 돌아가봤더니 넌 이미 없고. 가방은 잘 전해줬어?"

"아니. 엉망이야. 다 틀어졌어. 뭐가 뭔지 하나도 모르겠어."

"뭘 모르겠다는 거야?"

"나중에 이야기해. 그보다 뭣 좀 알아봐줄래? 3년 전 강원도 국도변에서 일어난 교통사고인데……."

***

민혜는 혼자 포장마차 안으로 들어섰다. 공윤후 주변에 사람들이 모여 있었다. 그가 곧 작은 마술쇼를 벌이려는 모양이었다. 공윤후는 한 손에 스카프의 끝자락을 쥔 채 좌중을 둘러보고 있었다. 스카프 자락이 미풍에 팔랑거렸다. 그 앞에는 커다란 나무 상자 하나가 놓여 있었다.

"이 상자에 숨어버리면 세상에 오직 한 사람만이 여기 숨어 있는 당신을 찾아낼 수 있습니다. 그 사람이 누군지 알고 싶다면 이리 나오세요. 아, ㄱ 선에 한 가지 말씀드려야겠군요. 만약 그 사람이 당신을 찾아내지 못하면 당신은 잠자는 숲 속의 공주보다 더 긴 잠을 자야 할 수도 있습니다. 어쩌면 영원히 상자 안에서 나올 수 없을지도 모르고요."

공윤후의 말을 듣자 민혜는 갑자기 눈꺼풀이 천근만근 무거워졌다. 민혜는 마치 뭔가에 홀린 듯 사람들을 헤치고 앞으로 걸어 나갔다. 공윤후가 그녀의 손을 잡으며 좌중을 향해 말했다.

"자, 그럼 지금부터 우리 함께 보물을 숨겨볼까요."

6

밤 10시가 넘어서야 병구는 도개교 입구에 도착했다. 그런데 주목 근처를 아무리 살펴도 포장마차가 보이지 않았다. 오늘은 가게를 열지 않은 건가? 하지만 암만 생각해봐도 공윤후가 이런 실수를 했을 것 같지는 않았다. 혹시 마술이 풀린 탓일까? 그렇다면 정말 다시는 포장마차도, 공윤후도 볼 수 없게 되는 거잖아. 그런 생각이 들자 병구는 눈앞이 캄캄해졌다.

그나저나 민혜 씨는 공윤후를 만났을까? 둘 다 연락할 길이 없어 병구는 주목 근처를 배회하다가 결국 혼자 집으로 돌아왔다. 이튿날 아침부터 병구는 숍 유리벽에 코를 박고 민혜가 출근하기만을 기다렸다. 민혜를 만나서 어젯밤 약속 시간을 지키지 못한 것을 사과하고 공윤후와 무슨 이야길 나눴는지 물어볼 작정이었다.

그런데 민혜는 그날 출근하지 않았다. 다음 날도, 그다음 날도 민혜는 학원에 나오지 않았다. 애가 닳은 병구가 학원에 올라가 물었더니 학원에서도 지금 연락이 되지 않고 있다며 일단 기다려보라고 대답했다. 사람이 없어졌는데 어떻게 이럴 수 있냐고 흥분한 병구가 따지자 그들은 짜증을 내며 말했다.

"사고 이후, 툭하면 머리 식힌다며 이렇게 연락 끊고 잠수를 탄 적이 한두 번이 아니에요. 속이 타는 쪽은 그쪽이 아니라 우리라고요."

만약 그날 저녁, 민혜가 공윤후를 만났다면 마지막으로 민혜를 본 사람은 공윤후다. 하지만 병구는 공윤후를 만나 확인해볼 길이 없었다. 병구는 숍이고 뭐고 다 팽개치고 매일 도개교 근처를 방황했다. 그러나 이제 거기에서는 아무것도 찾을 수 없었다. 병구는 어떻게 해야 할지 난감했다.

룸룸은 그 물건을 손에 넣으면 공윤후가 나타나지 않을 수 없다고 했다. 하지만 무엇인지도 모르는 그 물건을 도대체 어디서 찾을 수 있단 말인가? 병구는 룸룸의 블로그 '공의 모든 것'에 들어가 '허아요와 공랑'의 고사를 읽고 또 읽으며 실마리를 찾아보려고 했지만 헛수고였다.

허치수가 공랑과 구체적으로 어떤 내기를 했는지는 자세히 전해지지 않았다. 단지 그 내기를 시작하기 전에 허치수는 아직 태어나지 않은 자기 딸을 걸며 공랑에게도 그에 상응하는 무언가를 걸라고 요구했다. 공랑은 허치수의 요구를 수락하며 다음과 같이 경고했다.

"김씨가 감당할 수 없을지도 모르오. 그러면 스스로 함정에 빠지게 될 거요. 만약 뒤늦게 후회가 들어 벗어나고 싶다면 그 끝을 김씨의 심장에 찔러 넣으시오. 그럼 풀려날 것이오."

읽다 보니 마치 어떤 저주에 걸린 물건처럼 느껴졌다. 병구는 물건의 모양을 이렇게 저렇게 그려보았다. 심장을 찌르라고 했으니 아마 그 끝이 살을 뚫고 들어갈 수 있을 만큼 날카로운 물건일 것이다. 그뿐이다. 모르겠다. 이 고사의 기록만으로는 어떤 물건인지 그 이상 알아내기 어려웠다.

병구는 공랑이 허씨를 계속 김씨라고 부르는 것이 마음에 걸렸다. 처음엔 그도 다른 사람들처럼 오타인 줄 알았다. 한데 누군가 '오타났어요. 김씨가 아니라 허씨요'라고 지적하자 룸룸이 댓글을 달아

설명했다. '오타 아니에요. 도깨비는 모든 사람을 그냥 김씨라고 불러요.'

그날 포장마차의 주인 남자가 말했다. 공윤후는 모든 사람을 그냥 김씨라 부른다고. 병구의 머릿속이 점점 더 복잡해졌다. 그때 휴대전화가 울렸다. 큰 병구였다.

"나야, 네가 말한 그 사고에 대해 좀 알아봤는데. 그게 좀……."

"왜? 뭐 이상한 거라도 있어?"

"그게 몽땅 이상해."

"자세히 좀 말해봐."

"출혈이 심한 상태로 피해자가 일주일이나 방치됐대. 물 한 모금 마시지 못한 채 말이야. 그건 기적이 아니라 불가사의한 거래. 그리고 또 한 가지 이상한 건 사고 지점에서 10킬로미터나 떨어진 곳에서 발견됐다는 거야. 그것도 도로변이 아니라 남의 무덤 앞에서."

"그게 왜?"

"피해자를 거기까지 옮긴 남자가 있었던 모양이야. 그런데 빨리 구조를 요청하려면 119를 부르든가, 가까운 도로변으로 나가 지나는 차를 잡았어야 해. 만약 그 남자가 가해자라면 시신을 은닉하려는 의도라고 볼 수 있는데, 그럼 왜 하필 지나는 사람의 눈에 잘 띄는 양지바른 남의 무덤 앞에 데려다놨냐는 거야."

"뭐야? 그 남자가 목격자인지 범인인지 아직도 모른다는 거야?"

"말이 그 남자지, 사실 남자인지 사람인지도 확실하지 않은가 봐.

처음 피해자를 발견한 사람이 그 남자를 얼핏 봤다는데 제대로 기억을 못 해.”

“그게 무슨 소리야?”

“키가 아주 크고 꼿꼿하게 생긴 남자가 다급하게 손짓을 하기에 달려갔는데 막상 가보니 사람이 아니라 커다란 회화나무였다나. 그땐 너무 정신이 없어서 나무를 사람 형상으로 착각했나 보다 여겼는데, 나중에 생각해보니 그 무덤 근처엔 원래 어떤 나무도 없었대. 뒤늦게 이상하다 싶어 부랴부랴 확인하러 갔더니 정말 나무 같은 건 어디에도 없었다나. 뭐에 홀린 기분이었다는데, 어쨌든 덕분에 사람 하나 살았으니 다행이라고 여기며 그냥 넘어갔다더군. 시골에서야 뭐 다소 괴이쩍은 일이 있어도 그런가 보다 하잖아. 야, 내 말 듣고 있어?”

“응.”

“그런데 확실히 누가 있긴 있었나 봐. 피해자도 정신을 잃어가는 와중에 그 남자를 본 모양이더라구. 그런데 피해자가 기억하는 그 남자의 얼굴은 사람이 아니라 귀신에 가까워. 황당하게 들리지만 그게 사실이라면 피해자와 피해자를 처음 발견한 사람의 이야기가 딱 맞아떨어져.”

“어째서?”

“오래된 회화나무는 사람 얼굴처럼 보이는 큰 옹두리가 있는데 언뜻 보면 귀신 얼굴처럼 보이거든. 회화나무를 한자로 표기할 때는 괴화나무거든. 그 괴槐 자가 귀신 귀 자와 나무 목 자가 합쳐진 글자야. 그러니까 두 사람이 본 것은 아마 회화나무가 맞을 거야. 문제는 그 근처에 그렇게 큰 옹두리를 가진, 수령이 오래된 회화나무가 없다는 것이지."

"뭔가 장소를 착각한 거 아냐? 그럼 피해자 곁에는 애초에 아무도 없었다는 소리잖아?"

"하지만 피해자는 다리를 심하게 다쳤기 때문에 10킬로미터는커녕 10미터도 걸을 수 없는 상태였어. 참, 피해자 진료 기록도 확인해봤는데, 그 사고 이후 성격뿐 아니라 신체도 다소 이상하게 변했다더라."

"그게 무슨 소리야?"

"그냥 원인 불명의 이상한 현상이 피해자 몸에서 일어나고 있다는 뜻이지. 괜찮겠어? 감당할 수 있겠냐고?"

"뭘?"

"이거 전부 곽민혜 씨 이야기잖아. 게다가 이거 우연인지 인연인지 모르겠지만 곽민혜 씨가 발견된 무덤 말이야, 바로 네 어머니의 무덤 앞이었더라구."

병구는 전화를 끊고 의혹에 휩싸였다. 그는 자신이 뭘 궁금해하고 있는지, 뭘 의심하는지조차 알 수가 없었다. 병구는 머리가 지끈거렸다. 절대 열어보지 말라던 가방을 열었을 때부터 공윤후 말대로 마술이 풀리고 있었다.

어쩌면 돌이킬 수 있는 기회가 있었을 것이다. 공윤후가 말했다.

"문제가 생기면 허공에 내 이름 석 자 중 아무 글자나 쓰고 뛰어. 그럼 달아날 길이 보일 거야."

룸룸과 순경을 피해 도망칠 때 병구는 그렇게 할 기회가 있었다. 그러나 그건 보통 용기로는 불가능한 일이었다. 그렇게 할 수 있었던 이순옥이 범상치 않은 인물이었던 것이다.

만약 그때 병구가 용감하게 뛰어내렸다면 룸룸에게 집히지 않았을까? 그랬다면 룸룸으로부터 이순옥의 아내가 사람이 아니라는 헛소리를 들을 일도 없었을 거고, 민혜에게 벌어졌던 괴상망측한 사고 경위를 큰 병구로부터 듣고 병구의 머리가 이렇게 과부하에 걸려 터질 지경이 되지도 않았을 테지.

아무것도 의심하지 않은 채 평소와 다름없이 민혜를 바라보며 마술 같은 일이 벌어지기를 기대하고 있을 자신을 생각해보니 병구는 갑자기 울고 싶어졌다. 마술이 풀렸다면 이제 남은 건 자신의 힘으로 부딪치는 것뿐이었다. 어쨌든 병구는 민혜를 찾아야 했다.

***

병구는 도개교를 건넜다. 도깨비 길의 경사는 가팔랐다. 될 대로 되라지. 도깨비 길 끝에 공윤후의 주소지로 기입되어 있는 공동묘지가 있다. 그놈이 진짜 도깨비라면 그 묘지에서 살지 못할 것도 없지.

축축한 냉기에 휩싸인 채 길을 오르던 병구는 다리가 후들거려 몇 번이나 굴렀다. 울창한 수림이 마치 유리창 하나 없는 콘크리트 담처럼 오후 햇살을 모두 삼켜버렸다.

"공윤후 씨! 제발, 나 좀 만나줘요. 민혜 씨가 어디 있는지 알려달라고요."

병구가 고래고래 소리를 지르며 미친 듯이 산을 헤매는 사이, 어둠이 짙어지고 부슬비가 날리기 시작했다. 무성한 여름 나무들이 비에 젖어 무거워진 머리를 수그렸다. 희끄무레한 안개가 내려앉으며 시야는 점점 부옇게 변했다.

"야, 이 자식아! 민혜 씨를 어디다 감췄어? 당장 민혜 씨 데리고 내 눈앞에 나타나지 않으면 내가 이 산에 불을 지르고 말 거야!"

인내심이 한계에 이른 병구가 욕을 퍼붓자 갑자기 퍼르럭! 하는 소리와 함께 뒤쪽 어디선가 퍼런 불길이 치솟았다. 병구는 소스라치게 놀랐지만 곧 기억해냈다. 그래, 도깨비 길 입구 쪽에 석등이 있었지.

불길은 아득히 먼 곳에 있었다. 내가 언제 이렇게 깊이 들어와버렸지? 병구는 사방을 둘러보았다. 갑자기 무서운 정적이 찾아들었다.

그때 어디선가 가느다란 여자의 목소리가 그의 발목을 잡았다. 병구는 걸음을 멈췄다. 소리를 따라 가만히 귀를 기울이며 안개를 헤치고 살펴보니 두어 걸음 앞에 큼지막한 구덩이가 보였다. 병구는 구덩이 곁으로 다가가 가만히 물었다.

"거기 누구 있어요?"

"여기요. 여기예요. 도와주세요."

구덩이 아래에서 여자의 목소리가 올라왔다. 병구는 그 여자의 목소리가 귀에 익었다. 심장이 벌컥벌컥 뛰었다.

"민혜 씨?"

병구는 눈으로 구덩이 속 어둠을 더듬거리며 소리쳐 물었다.

"네, 누구세요?"

"김병굽니다. 미술학원 아래층에서 헤어숍을 하는 김병구요."

"아, 병구 씨, 저 좀 꺼내주세요."

병구는 고개를 숙이고 구덩이 속을 들여다보았다. 하지만 아무리 들여다봐도 구덩이 속은 캄캄한 어둠뿐이었다.

"민혜 씨? 거기 있는 거 맞아요?"

"여기요, 여기 있어요. 내가 안 보여요? 난 병구 씨 보이는데."

그 순간 병구는 어둠 속에서 원환 모양으로 빛나는 외눈과 마주쳤다. 뭐지, 저게? 발광체는 깜빡이더니 곧 사라졌고, 민혜의 희미한 윤곽이 나타났다. 병구는 공포와 안도감을 동시에 느꼈다.

"병구 씨, 꺼내줘요."

병구는 머뭇거렸다. 뭔가 기분이 좋지 않았다.

"뭐 해요? 나 좀 꺼내달라니까요."

민혜가 구덩이 밑에서 필사적으로 하얀 팔을 흔들며 애원했다. 병구는 생각했다. 내가 왜 망설이고 있는 거지? 병구는 여전히 민혜에게 반해 있었지만 새삼 모호한 의혹들로 마음이 심란해졌다.

"병구 씨!"

하지만 병구는 어떻게 해도 그녀를 뿌리칠 수 없다는 것을 깨달았다. 병구는 땅바닥에 납작 엎드려 어깨를 구덩이 가장자리에 대고 팔을 최대한 밑으로 뻗었다.

"제 손을 잡으세요."

민혜의 손이 닿자 병구는 움찔했다. 손끝에서부터 심장까지 전기에 감전된 듯 전율이 일었다. 병구는 민혜의 손을 꽉 움켜잡았다.

"셋을 세면 잡아당길 테니 반동을 이용해 구덩이 벽을 딛고 올라오는 겁니다."

몇 번 허둥거렸지만 병구는 기어코 민혜를 구덩이 밖으로 끄집어 올리는 데 성공했다. 부슬비로 땅이 젖어 있었지만 구덩이를 기어 나오느라 기진맥진한 민혜는 상관하지 않고 바닥에 주저앉았다. 구덩이 속에서 남몰래 울었는지 민혜의 뺨을 타고 검댕이 줄이 그어져 있었다. 민혜의 원피스와 구두는 축축한 흙에 굴러 더러웠고 병구의 셔츠도 흙투성이였다. 민혜는 이를 악물고 있었다. 병구는 그녀가 울고 싶은 것을 참고 있다고 여겼다. 민혜가 웅얼거리며 말했다.

"어찌나 깊이 파놨는지 혼자서는 아무리 용을 써도 올라올 수가 없었어요. 이런 곳에 누가 왜 구덩이를 파놨는지 모르겠네요."

"그러게요. 들짐승이라도 잡을 요량이었나 보죠. 그렇다 해도 이렇게 깊이 팔 이유는 없었을 것 같은데……."

구덩이를 이리저리 살펴보던 병구는 갑자기 뒤통수를 한 대 얻어

맞은 기분이 들었다. 이거, 공윤후가 내 무덤이라며 강제로 파게 했던 바로 그 구덩이잖아!

"이 구덩이 판 놈, 평생 저주할 거야."

민혜가 옆에서 중얼거렸다. 병구는 머쓱해져서 머리만 긁적여댈 뿐 아무 말도 할 수가 없었다. 그런데 민혜의 저주가 그리 나쁘게 들리지는 않았다. 부부는 평생 저주하는 사이고 결혼은 무덤이라지 않던가. 그래, 결혼, 그리고 무덤! 가만, 이게 어떻게 된 거지? 공윤후의 마술은 이미 깨진 줄 알았는데? 어째서 갑자기 이렇게 술술 풀리는 거지?

"그날, 공윤후 씨를 만났어요?"

"만난 거라고 해야 할지 잘 모르겠네요. 개인적으로 이야기를 나눠보진 못했거든요. 제가 포장마차 안으로 들어갔을 때 마침 공윤후 씨가 작은 마술쇼를 시작했어요. 상자 마술을 도와줄 사람이 필요하다고 해서 제가 들어갔는데, 그다음에 제가 상자에서 어떻게 나왔는지 전혀 기억은 나지 않지만, 아무튼 분명히 나오긴 나왔어요. 쇼가 끝난 후, 활 씨와 술을 마셨거든요."

"활 씨요?"

"그 포장마차의 주인 남자 말이에요. 성은 모르겠고 이름이 활이라던데요. 새벽에 집에 돌아가려고 포장마차를 나왔는데 갑자기 어디가 어딘지 알 수가 없더라고요. 그렇게 취할 정도로 마신 건 아니었는데. 택시를 잡으려고 도로를 찾아 걸어 나오다가 발을 헛디며 넘어졌는데 그때 정신을 잃었는지 잠깐 졸았는지 아무튼 눈을 뜨니 이런 구덩이 속에 떨어져 있더라고요. 지금 몇 시예요? 시계도 없고, 휴대전화는 배터리가 다했고, 미치는 줄 알았어요. 그런데 병구 씨는 그날 어떻게 된 거예요?"

"아, 그게 갑자기 급한 사정이 생겨서 못 갔어요. 미안해요."

민혜가 새벽까지 활과 술을 마셨다면 포장마차는 거기 계속 있었다는 뜻이다. 그러므로 늦게 도착하긴 했는데 포장마차가 보이지 않더라는 말은 차마 할 수 없었다.

"그보다 민혜 씨가 사흘이나 연락도 없이 나타나지 않아서 다들 얼마나 걱정하고 있는지 몰라요."

"사흘요? 제가 그렇게 오랫동안 이 구덩이 속에 있었다고요?"

"아, 네. 아무래도 그런 것 같아요."

거기서 병구는 싱겁게 웃어 보였다. 그 상황에 대해 그가 달리 설명할 방법이 없었기 때문이었다. 그러나 민혜는 곧 납득할 수 있다는 듯 고개를 끄덕였다.

"하긴, 전 아주 예전에도 이런 식으로 버려졌다가 살아난 적이 있어요. 그때에 비하면 이번은 뭐 고작 사흘밖에 안 지났네요. 다친 데도 없고요. 그래도 병구 씨가 찾아서 꺼내주지 않았다면 전 어떻게 됐을까요?"

병구가 동그랗게 뚫린 구덩이 밖 하늘을 가리며 자신을 내려다보고 있던 순간, 민혜의 눈에 병구는 세상에서 제일 큰 사람으로 보였다. 나를 알아봐주는 사람이 나에겐 세상에서 제일 큰 사람으로 보인다는 말의 의미를 그때 깨달았다. 구덩이 밖으로 나온 민혜의 눈에 병구는 다시 작아졌지만 자꾸 보다 보면 또 커 보이는 순간이 있지 않을까.

상자에 들어갈 때 공윤후가 말했다.

"보물은 보물을 감당할 수 있는 주인이 따로 있는 법이야. 사람마다 보물을 알아보는 눈이 각기 다르지. 너도 누군가의 보물이야. 그리고 내가 그 보물을 이제 여기 숨길 거야. 꼭꼭 숨어 있다가 누가 널 찾아내는지 잘 봐."

그 누군가가 병구였다. 민혜는 병구를 보았다. 그래, 이 사람은 나한테 고기를 줬어. 받은 것보다 더 많이 돌려주고 준 것만큼 돌려받아야 하지. 그럼 나는 이 사람에게 뭘 줘야 하지? 나는 가진 것이 나밖에 없는데.

민혜의 시선을 느낀 병구가 멋쩍게 말했다.

"그만 내려갈까요?"

석등의 파란 불꽃을 이정표 삼아 둘은 도개산을 빠져나와 도개교 앞에 이르렀다. 맞은편 다리 끝에 서 있는 주목을 보자 병구는 문득 생각났다. 주목의 영어 이름이 활bow인데, 설마 그 포장마차의 주인 활 씨가 이 주목은 아니겠지?

바람이 주목을 흔들자 뼈뿐인 가지들이 소리를 냈다.

"수양버들이 장난치려고 변한 도깨비, 개개비 사촌 흉내 내는 도깨비, 전대 속의 금이 변한 도깨비, 도깨비는 외다리, 한쪽 다리로 절뚝절뚝, 햇빛에 얼굴을 찌푸리고, 비 오는 날이면 노래를 하고, 말뚝처럼 우뚝하고 장승처럼 큰 체구에……."

나뭇가지 떠는 소리가 병구의 귀에 요상한 말을 속삭였다. 거기에 장단을 맞추듯 다리를 저는 민혜의 불규칙한 구두 소리가 또각또각 흥을 돋웠다.

갑자기 병구의 등골이 선뜩해졌다. 룸룸의 말이 떠올랐다.

'평생 허깨비에게 홀려 놀아나고 싶지 않다면 정신 차리고 잘 봐요. 봐도 보이지 않거든 달려들어 목을 졸라요. 원래 없던 것이니 없다고 부정하고 죽여버리면 없는 것이 돼요.'

병구는 거구의 민혜를 바라보았다. 민혜 역시 눈을 끔벅이며 다소 기괴한 자세로 고개를 틀어 병구를 내려다보았다. 왜? 내 정체가 궁금해? 마치 그렇게 묻는 것 같았다. 병구의 등덜미에서 한 줄기 식은 땀이 흘렀다. 민혜가 툭 불거져 나온 눈알을 굴리며 물었다.

"왜 그래요?"

"아니에요, 아무것도."

마술에 걸린 이순옥은 아무것도 모른 채 이가 검은 아내와 오랫동안 행복하게 잘 살았다. 그러다 어느 날 이순옥은 아내가 무엇인지 알았다. 진실을 깨닫는 순간 이순옥에게 걸린 마술이 풀린 것이다.

그러나 이미 마술이 풀려버린 병구는 어떡해야 할지 곤혹스럽기만 했다. 원래 없던 것이니 부정하면 그만이다. 목을 졸라 죽여버리고 정신을 차리면 되는 것이다. 하지만 그러면 병구는 다시 혼자가 된다. 병구는 생각했다. 민혜 씨가 무엇이든 간에 내가 민혜 씨라고 믿으면 민혜 씨인 거지 뭐. 말 못 하는 강아지나 고양이와 사는 것보다는 그래도 함께 웃고 대화도 나눌 수 있는 사람으로 보이는 무엇이 낫지 않을까? 그런데 모르고 살면 모르겠지만 알고 살자니 무섭다.

주목을 흔드는 바람 소리에 실려 다시 속닥거리는 소리가 들렸다.

"……는 외다리, 화가 나면 이 산에서 제일 무서운 표정을 짓지. 걸을 때면 한쪽 다리로 절뚝절뚝, 햇빛에 얼굴을 흉측하게 찌푸리고, 비 오는 밤이면 기괴한 비명을 질러대고, 바람 부는 밤이면 음산한 노래를 부르지……."

그러니까 민혜 씨가 절름발이라고 지금 놀리는 거야? 그리고 흉측하다니? 햇빛에 얼굴을 찌푸리는 민혜 씨의 얼굴이 얼마나 예쁜데. 바람 부는 밤에 부르는 민혜 씨의 노래가 얼마나 코끝을 시큰하게 만드는데. 본 적도, 들어본 적도 없으면서…….

병구는 왜 그런지 눈물이 쏟아질 것 같았다. 큰 병구와 상의해봐야겠다. 아니지. 녀석은 내 말을 믿지 않을 거야. 룸룸에게 물어볼까? 아냐. 그는 민혜 씨의 목을 졸라 죽이라고 했어. 그가 하는 말은 보나마나 지금보다 나를 더한 공포로 몰아넣을 게 뻔해. 어떡하지? 가방을 열어보는 게 아니었어. 이게 다 큰 병구 너 때문이야. 아니지. 잠금장치가 그렇게 쉬운 똑딱단추면 어쩌란 거야? 그래, 이건 순전히 공윤후 너 때문이야. 이봐, 어디 있는 거야? 내가 어떻게 해야 할지 좀 알려줘. 제발 알려달란 말이야!

등 뒤에서 바람이 그의 어깨를 두드리며 속살거리고 지나갔다.

"너 좋을 대로 해. 인간은 선택을 할 수 있어서 인간인 거야. 혼자가 무서우면 둘을, 둘이 무서우면 혼자를 택하는 거야. 하나는 불행, 둘은 다행이라지만, 어느 쪽이든 거기엔 반드시 대가가 따르지."

활과 공 윤후

윤후는 텔레비전이 보고 싶을 때도 내게 들른다. 윤후의 집에는 텔레비전이 없다. 대신 윤후 자신과 그가 소중하게 여기는 다른 것들이 있다. 윤후의 집은 도깨비 길 끝에 있다. 사람들은 거기 아주 오래전에 버려진 공동묘지가 있다는 걸 안다.

내가 가지고 있는 텔레비전은 1970년대 초창기 구형이라 리모컨이 없다. 채널을 돌리고 싶다면 귀찮더라도 자리에서 일어나 손잡이가 달린 다이얼을 돌려 원하는 숫자에 맞춰야 한다. 그래서 한번 텔레비전을 켜면 하루 종일 한 채널에 고정되어 있다. 텔레비전을 즐기지 않는다기보다는 그만큼 우리 둘 다 한곳에 자리를 잡으면 잘 움직이지 않는다는 뜻이다.

텔레비전의 화면은 내가 주웠을 때부터 이미 여러 군데 금이 가 있었다. 때문에 등장인물 얼굴에는 커다란 흉터가, 건물은 곧 주저앉을 것 같은 아슬아슬한 착시 효과를 준다. 그래도 우리는 이 고물을 앞에 두고 한 번도 불평해본 적 없다. 누구보다 우리 자신이 오래된 것이므로 이 고물의 소리를 들을 수 있다는 것만으로도 충분히 위안되는 것이다. 뭐랄까, 우리에게 저 소음은 심리적 나른함을 안겨준다고나 할까.

윤후는 텔레비전을 보다가 낮잠이 들었다. 무슨 꿈을 꾸고 있을까? 아니, 그가 살아온 지난 과거 중 어느 시간으로 돌아가 있는 것일까?

나도 꿈을 꾸지만 내 꿈은 아주 모호하게 펼쳐진다. 왜냐하면 아직까지 내 삶은 땅에 뿌리박은 다른 모든 나무들처럼 그저 세상을 바라보는 입장에 머물러 있을 뿐, 사람처럼 살아본 적이 없기 때문이다.

그러나 산 채로 잘려 어떤 물건이 되고, 긴 세월 사람의 손을 타면서 사람 사이에 섞여 살아온 윤후의 꿈은 선명하다. 그래서 윤후는 가끔 생생한 악몽을 꾼다. 내가 윤후의 지난 시간을 다 알지는 못하지만 모든 삶이 그렇듯 그 역시 즐거운 일만 겪고 살지는 않았기 때문이다.

갑자기 윤후가 눈을 번쩍 떴다. 그의 무심한 시선이 뻥 뚫린 하늘을 향했다. 나는 윤후의 저런 표정을 몇 번 본 적이 있다.

"옛날 애인 꿈?"

"시끄러워."

윤후가 소파에서 일어나 앉더니 마술적 상징이 가득 새겨진 두 손으로 자신의 뺨을 비볐다. 온기가 필요하다는 뜻이다. 이 여름에. 나는 그에게 따뜻한 보리차를 내밀며 물었다.

"도대체 그 미용사에게 쓸데없이 돈 가방 운반은 왜 시킨 거야?"

그 이유를 몰라서 윤후에게 새삼 질문을 하고 있는 것은 아니다. 나는 윤후를 나무라고 주의를 줄 의무가 있다. 옥시라도 윤후에게 문제가 생기면 나 역시 영향을 받게 될 테니까.

"돈이 아니라 낙엽이었어."

"그 낙엽이 다른 데 정신이 팔린 사람이 아니면 대개는 돈으로 보인다는 거 몰라?"

"돈을 보고도 욕심을 내지 않는 사람인지 시험해보려던 게 아니야."

"알아. 약속을 잘 지키는 사람인지 알고 싶었던 거지. 그래서 그 미용사가 끝까지 가방을 열지 않았다면 다음번엔 네가 직접 가방 속에 들어갈 작정이었고. 아냐?"

"나쁘지 않은 방법이네."

"이봐, 나 지금 농담하는 거 아냐. 제발 부탁인데, 그냥 널 원래 있던 자리에 가만둬. 내 생각엔 거기가 제일 안전해. 돈에 욕심이 없는 사람은 있을 수 있어. 그런데 호기심을 이기는 사람은 드물다고."

"영원히 안전한 곳도 드물지. 어디든 다른 사람이 모르는 것을 알고 있는 사람은 있기 마련이니까."

"그래서 더 걱정이야. 괜한 짓 했다가 자유를 잃게 될 수도 있어. 누구든 널 갖는 사람이 널 부리게 돼. 그 뭐냐?『아라비안 나이트』에 등장하는 램프나 반지의 지니처럼 말이야. 그 룸룸이란 녀석도 그 때문에 널 집요하게 쫓고 있는 거잖아."

"글쎄, 운이 나빠 그 김씨가 거기 있는 나를 손에 넣는다 해도 한 조각일 뿐이야."

"하지만 그 한 조각으로도 충분히 큰 소유권을 행사할 수 있지. 어 쨌든 너에게 그런 운 나쁜 일은 절대 일어날 수 없어. 넌 언제나 행운 을 나눠주는 쪽이니까."

"내가 가진 운을 늘 나눠주기 때문에 정작 나는 지니고 있는 운이 없을 수도 있지."

"사람들처럼 그런 말장난을 하니까 재미있냐? 넌 운 그 자체야! 소모용이 아니라고. 그 정도는 나도 알아. 그보다 세 조각이 모여서 하나의 물건을 이룬 것이 너라던데, 각 조각이 모두 온전한 물건이 면서 세 조각이 모두 모여야 완벽하게 하나가 되는 물건에는 도대체 뭐가 있지? 찻잔과 찻잔 뚜껑과 받침? 아니면 수저 하나와 젓가락 두 짝?"

윤후가 못마땅한 표정을 지으며 말했다.

"내가 어딜 봐서 식기류처럼 보여?"

허긴, 17세기 광해군 시절, 김무의 목이 잘렸을 때 그가 남긴 물건이 그릇이나 수저 종류였다면 아무도 그 물건이 무엇의 일부인지 알 수 없었다고 기록하진 않았겠지.

"그럼 목비녀 세 개 한 세트? 아님 방아공이 세 개 한 세트? 아냐, 이런 것도 무엇인지 알 수 없는 물건이라고는 할 수 없겠군."

"그만하지."

"아무튼 조심해. 룸룸이란 녀석이 만에 하나 네 손에 있는 표식을 알게 되면 넌 곤란한 상황에 처하게 될 거야. 노깨비 길이 뚫릴 테니까."

그 도깨비 길은 윤후가 자기 손에 새겨진 문양을 그대로 따라 만든 길이므로 문양 자체가 일종의 지도가 된다.

"그 녀석이 널 갖기 위해 네 집을 다 파헤칠 거야. 너, 그게 싫어서 그 땅을 통째로 샀잖아."

땅에는 사람이 사는 세상에서 합법적으로 통하는 문서를 가진 땅 주인과 상관없이 자연 발생한 진짜 주인이 따로 있다. 웬만해서 그들은 사람 세상의 문서를 손에 넣는 따위의 번거로운 짓은 하지 않지만 가끔은 그 땅에 속해 있는 자신과 자신의 것을 보호하기 위해 어쩔 수 없이 문서상의 소유주가 되기도 한다. 그러고도 가까이 오는 것이 싫어 도깨비 길 같은 함정을 만든다.

그런데 어떤 사람들은 오히려 이 도깨비 길에 의혹을 품고 매혹을 느낀다. 왜냐하면 도깨비가 거기에 보물을 숨겼다고 믿기 때문이다. 문제는 이 이야기가 사실일 뿐 아니라 도깨비가 숨긴 보물들 중 최고의 물건은 바로 그 도깨비가 발현된 본체라는 것이다.

"네가 무엇인지 나한테만 살짝 가르쳐주면 안 될까?"

"호기심은 어디까지나 김씨들의 것이야."

윤후가 눈썹을 찌푸렸다. 나는 일순 긴장했다. 윤후는 평소 나를 허물없이 대하지만 나는 가끔 두려울 때가 있다. 왜냐하면 그는 무서운 것이기 때문이다. 옛날 사람들이 말하기를 도깨비는 돕는 것이고, 아는 것이고, 무서운 것이라 했는데 그 말만큼 윤후를 잘 설명한 말도 없을 것이다.

내가 윤후보다 실제 나이는 훨씬 어리지만 외모상 몇 살 더 들어 보이는 것은 나는 나무이고 윤후는 도깨비이기 때문이다. 어마어마한 나이 차이에도 우리는 친구처럼 지내고 있는데 나이를 먹을 대로 먹으면, 그러니까 이 정도로 나이를 먹으면 시간에 대한 어떤 초연함 같은 것이 생기기 때문이다. 그러나 시간은 우리 세계의 위계질서를 세우는 근본이므로 나는 그에게 이전 세대에 대한 예의를 갖춘다. 무서운 것이 달리 무서운 것이겠는가.

윤후의 말이 옳다. 인간을 제외한 나머지 존재들은 언제나 자연의 비밀을 파헤치는 대신 순응하며 살았다. 호기심은 나를 인간처럼 복잡하게 만들 뿐이다. 나는 화제를 돌렸다.

"알았어. 네 이야긴 그만할게. 근데 그 절름발이 여자 말이야, 화려하고 괴팍한 것이 딱 금붙이던데?"

윤후가 고개를 끄덕였다.

"그 미용사의 어머니가 생전에 지녔던 금가락지야. 물론 사람 손을 탄 건 그보다 더 오래됐지. 어쩔 수 없었어. 금가락지의 주인이 울고 있었거든."

"역시 그 미용사의 죽은 어머니가 너를 움직였군. 울고 있는 여자라면 늙었든 죽었든 상관없다는 건가?"

"이봐, 난 울고 있는 여자와 사랑을 하는 게 아니라 본능에 따른 생을 살며 주어진 일을 하고 있을 뿐이야."

"여자 쪽에서도 그렇게 생각할까?"

"여자 쪽에서 손해 볼 건 없어. 어차피 난 허깨비니까. 허깨비는 일장춘몽 같은 거야."

"쓸쓸한 소리로군."

"대신 깨달음을 주지."

"인간에게는 그 깨달음 역시 일장춘몽이 될 확률이 다분하다는 게 문제지. 그 미용사가 여자에 대해 눈치를 챘는데 이제 어떻게 할까?"

"김씨에게 지금껏 하나는 불행이었어. 이제 와서 아니라면 용기가 필요할 테지. 스스로 선택할 거야."

"그 미용사가 너에 대해 세상에 떠들고 다닐까?"

"상관없어. 어차피 난 허깨비니까."

"여자는 자기가 무엇인지 언제 깨닫게 될까?"

"글쎄, 평생 모른 채 살 수도 있지. 그 김씨도 여자가 자기 어머니의 금가락지가 변한 것인 줄 아직 몰라."

"어쨌든 그 미용사는 의심을 품었어. 만약 그가 여자에게 넌 사람이 아니야, 하고 부정하면 다 끝나는 거잖아."

"그렇지."

"간단하네."

"결말은 언제나 간단해. 생각하고 선택하는 과정이 복잡하지."

"그런데 난 여전히 이해가 가질 않아. 허깨비가 실물이 되는 것이 도대체 어떻게 가능하지?"

"존재는 본래 존재했기 때문에 존재할 수 있는 거야. 단지 형태를 이루는 입자 구조의 차이일 뿐. 'nowhere'를 띄어 쓰면 'now here'이 되는 것과 같은 구조지. 어디에도 없는 곳이 바로 여기 이곳이기 때문에 어디에도 없는 허깨비가 바로 여기 네 눈앞에 있을 수 있는 거야."

"너, 유식하다."

"여기 그렇게 쓰여 있더군."

윤후는 탁자 위에 펼쳐져 있는 잡지를 가리키며 말했다. 며칠 전 폐지 줍던 한 노인이 내 밑에 앉아 쉬어가다가 떨어뜨리고 간 것이다. 그 노인이 다른 무성한 나무 그늘도 많은데 굳이 왜 나뭇잎이라곤 한 장도 달고 있지 않은 내 그늘을 선택했는지는 모르겠다. 윤후의 말대로 선택은 인간의 몫이다.

멀리서 쿠르릉! 소리가 나지막하게 울렸다.

"곧 비가 올 모양이네. 가게 문 열어야겠다."

"도와주지."

윤후가 자리에서 일어나자 여태 그의 머리 위를 빙글빙글 맴돌던 붉은 단풍나무 열매가 부리나케 달아나버렸다. 단풍나무 열매를 보자 그 아이가 생각났다.

"그 꼬마 녀석은 여전히 낡은 면 셔츠에 갈색 고무줄 바지를 입고 있던데. 웬만하면 새 옷 좀 입혀주지."

"새 옷을 싫어해."

"촌스러운 녀석. 감각이 없어, 감각이. 너처럼 세련된 롤모델이 있는데 그 녀석은 왜 자기 패션에 욕심이 없는 거지?"

"산도깨비니까. 나처럼 사람의 손을 탄 어떤 것이 아니잖아."

"허긴, 아무튼 그 녀석, 잘 지내는 거지?"

"몰라. 바람개비를 손에 쥐었으니 또래들과 어울려 바람을 찾아 온 산을 누비고 다니겠지."

다소 애정이 담긴 윤후의 시선이 붉은 단풍나무 열매의 궤적을 쫓아간다.

"내가 처음 너에게 그 꼬마 녀석을 데려오라고 부탁했을 땐 엄청 시큰둥하더니."

"내 손을 잡으면 어떻게 될지 아니까."

"어떻게 되긴, 너처럼 되지."

"그걸 알면서 넌 내게 부탁했어."

"하지만 그때 그 꼬마 녀석은 혼자서 일어날 수가 없었어. 그리움이 돌처럼 단단하게 기억을 누르고 있어 누운 자리에서 꼼짝도 하지 못했지. 그렇다고 그 아이를 그대로 천년만년 생각하는 뼈다귀로 남겨둘 순 없잖아. 생각이 생각처럼 된다면 좋겠지만 죽어도 생각은 생각처럼 되지 않거든. 그래서 윤후, 너한테 부탁했던 거야."

윤후가 말없이 나를 쳐다보았다. 무서운 것이 시선을 주면 피하기 어렵다. 사람을 볼 때도 윤후는 이런 식으로 정면에서 그 기억을 들 춰내겠지.

"알았어. 그만 떠들게."

"가책을 느끼긴 하나 보지. 그게 다 너와 붉은 놈이 짜고 저지른 짓이잖아. 나한테 그 꼬마를 떠맡기려고 말이야."

윤후는 도개산의 단풍나무를 붉은 놈이라고 불렀다. 단풍나무가 자기 이름을 무엇으로 바꾸건 언제나 붉은 놈이었다. 언젠가 그 단 풍나무가 산 채로 죽어 사물의 형태로 탈바꿈을 하고 다시 인간의 손을 타면서 변신해 무서운 것이 된다면 붉은 도깨비가 되지 않을까 싶다. 그럼 나는? 나 역시 주목이라 붉은색이니 붉은 쪽이 되겠지. 붉은 바람개비를 손에 쥔 그 꼬마 역시 붉은색을 지녔기에 붉은 산 도깨비가 되었다.

윤후는 파란색을 입고 있다. 그의 파란색은 빛에 따라 다변한다. 가끔 나는 그가 지닌 파란색에 불가사의함을 느낀다. 세상에 어떻게 저토록 아름다운 파란 빛깔이 있을 수 있는가? 저 파란빛은 도대체 어디서 왔을까?

목피나 이파리가 파란 나무는 없다. 파란색 열매도 본 적이 없다.

나무 열매는 대개 붉은색, 갈색, 노란색, 주황색, 흰색의 열매나 꽃을 가진다. 윤후는 쪽빛을 지녔지만 쪽은 아니다. 쪽은 풀이다. 그래서 나는 윤후가 어떤 나무에서 유래했는지 여전히 알지 못하고 있다. 윤후가 계속 날 쳐다보고 있다. 별수 없이 나는 열심히 변명한다.

"계속 그런 눈으로 내 이마의 주름을 세고 있을 거야? 어쩔 수 없었어. 그 꼬마가 너무 가여웠거든."

"김씨 흉내 내지 마 얼굴이 이상하게 찌그러졌어."

"내가 사람처럼 표정을 지었어?"

"아니, 김씨들이 만든 도깨비 탈 같아."

"도깨비? 그럼 너랑 닮았단 소리네. 칭찬으로 듣겠어. 너, 잘생겼잖아."

"누가 그래?"

"사람들이, 특히 여자들이."

윤후는 어이가 없다는 듯 웃으며 말했다.

"그런데 너, 나한테 또 다른 얼굴이 있다는 건 알지? 내가 무서운 것으로 불리는 이유는 김씨들이 무서워하는 얼굴을 가지고 있기 때문이야. 내가 말한 얼굴은 그쪽이야."

아침의 코와

세 개의 눈으로

마치 사람 같은 것이 산모퉁이에 있는데 당귀 옷을 걸치고 소나무 겨우살이를 둘렀다. (……) 산속의 사람이 두약과 같아서 돌샘 물을 마시며 송백나무 그늘에 깃들다. 그대는 나를 생각하는 것인가? 미더움과 못 미더움이 엇갈린다. 우레가 우당퉁탕 울리며 비가 세차게 내리니 원숭이 찍찍거리며 한밤에 운다. 바람은 쉭쉭 불어오고 나뭇잎은 쓸쓸히 지는데 인을 그리며 망연히 시름에 젖는다.

— 『초사 구가 산귀*편』

1

아주 어릴 때 나는 내가 남자인지 여자인지 헷갈렸던 적이 있었다. 당시 할머니 말씀이 내 고추가 초록색이 아니기 때문에 진짜 남자가 아니라셨다. 남자가 아니라니, 그럼 여자인가? 하지만 나는 분명 여자가 아니었기 때문에 몹시 충격을 받았다.

"걱정 마라. 시장에 가서 초록색 고추를 사다 달면 되니까. 좋은 놈으로 골라 올 테니 기다려."

빙긋 웃으며 대문을 나선 할머니는 잘생긴 마늘 한 자루에 홀딱

---

* 산신 혹은 죽은 사람이나 사물의 신을 말한다.

반해 그놈들을 지고 오느라 그만 고추를 잊었다.

"할머니, 고추는?"

"아이쿠, 이런 깜빡했다."

내가 울음을 터뜨리자, 할머니는 마늘 자루를 던져놓고 그 길로 부리나케 다시 나가 고추 한 움큼을 사오셨다. 나는 그중에서 제일 크고 튼실한 고추 하나를 집어 들고 아랫도리를 홀떡 깐 후 할머니에게 고추를 내밀며 물었다.

"근데 이거 어떻게 달아?"

할머니가 고추를 받아들며 말했다.

"먼저 눈을 감아야지. 그리고 네 고추를 봐라."

"눈을 감았는데 어떻게 봐?"

투덜거리면서도 나는 할머니가 시킨 대로 눈을 감은 채 내 고추를 보려고 했다. 그러자 신기하게도 까만 어둠 속에서 새싹처럼 생긴 뭔가가 아른거렸다. 내 고추였다. 나는 탄성을 내지르며 더 자세히 보려고 눈을 동그랗게 떴다. 눈을 감은 채로 말이다. 그러니까 어쩌면 내가 본 그때 그 장면은 상상이었을지도 모르겠다. 방금 할머니 손에 놓여 있던 초록색 고추를 그대로 눈에 담은 직후였으니까.

상상의 이미지를 현실에 섞어놓거나 혼동하는 건 그 또래 아이들에게는 자연스러운 일이다. 아무튼 그렇게 해서 내 성별에 대한 자각은 그런 식으로 조금 우스꽝스럽게 정해지고 말았다.

할머니는 누누이 이야기하셨다.

"늙어서 눈이 어두워지면 별수 없이 손과 코로 세상을 보고 거기에 내가 기억해둔 색을 입혀야 하지. 그러니까 눈이 밝을 때 부지런히 세상을 봐둬야 많은 색을 기억해둘 수 있단다."

아흔을 넘긴 연세에도 할머니의 피부는 검버섯 하나 피지 않아 뽀얀 메밀가루 인형 같았다. 그러나 할머니의 시력은 손으로 벽을 짚고 다니지 않으면 안 될 정도로 나빠졌다. 할머니는 기억으로 준비해둔 온갖 색을 꺼냈다. 그런데 보통 사람들이 보는 깃과 다르게 색을 입혔다. 총기가 흐려져 색이 뒤죽박죽된 것이 아니라 색에 대한 기억을 당신만의 방식으로 저장했기 때문이었다.

시골에서 나고 자란 할머니는 산과 숲과 나무에 얽힌 색이 젊은 시절 바라본 세상의 거의 전부였다. 나무는 움트고 자라고 죽고 언제나 다시 살아난다. 할머니의 기억과 추억 속에서 자라는 어린 것은 모두 초록색이었다. 할머니가 내 고추에 초록색을 입힌 것은 그 때문이었다.

할머니는 내게 마녀 같은 존재였다. 너무 늙어 곰팡내와 지린내가 나는 이부자리에 누워 거동을 못 하는데도 마음대로 저주를 내릴 수 있고, 음식을 먹여주지 않아도 떠도는 먼지만 마시며 살 수 있으며, 누군가 가까이 다가오면 불길한 예언을 숨소리로 내뱉는 코 큰 마귀할멈이 아니라 시간이 남긴 신비를 읽어낼 줄 아는 오래된 여인 말이다.

가장 기이했던 것은 앞이 보이지 않았는데도 사물이 어디에 어떤 모양으로 놓여 있는지 볼 수 있다는 것이다. 내가 신기해하자 할머니는 눈이 아닌 다른 것으로 세상을 보는 법에 대해 말씀해주셨다.

나는 밤마다 내 이마에 대고 소곤거리는 할머니의 목소리를 들으며 잠이 들었다. 잠결에 손을 뻗어 할머니의 젖가슴을 주무를 때마다 할머니는 내 등을 토닥이고 내 머리칼을 쓰다듬었다. 할머니의 젖가슴은 바람 빠진 풍선처럼 흐늘흐늘했지만 내가 만져본 그 어떤 사물보다 부드러웠다.

나는 할머니가 남겨준 그 초록색을 오래도록 기억하고 싶었다. 그러나 시간이 흐르자 초록색은 먼지 낀 호박색으로, 젖은 갈색으로, 공허한 잿빛으로 변해 흩어졌다. 아무리 애를 써도 손가락 사이로 흘러내리는 그 풋풋했던 기억을 더는 잡고 있을 수가 없었다.

마을버스 정류장 '도개산 입구'에서 하차하면 동네는커녕 인가 하나 없다. 거기엔 방금 버스에서 내린 승객을 홀리기 위해 입을 벌리고 있는 커다란 여우 굴뿐이다. 농담이다. 도로가 산을 통과하기 때문에 터널을 뚫어놨다. 등산을 하려면 거기서부터 산길을 타고 오르면 된다. 도개산 등산로 1번 코스가 시작되는 지점이다.

동네로 들어오려면 터널을 빠져나오면 된다. 터널을 나와 언덕길을 따라 10분쯤 내려가면 사거리가 나온다. 어느 쪽이든 상관없다. 건널목 두 번을 건너 북쪽으로 300미터쯤 곧장 걸어 올라가다 보면 오른쪽에 오르막길이 보인다. 오르막길을 50미터쯤 올라가서 다시 오른쪽 길로 방향을 튼다. 왼편에 면사무소가 보인다. 면사무소를 끼고 왼쪽으로 돌면 우측에 3층짜리 상가 건물이 보인다. 옛날 우리 집이 있던 자리다. 심장을 짓누르는 납덩이 같은 그리움과 갈망이 여전히 그곳을 떠돌고 있다.

마테오리치는 중국인들에게 기억의 궁전 짓는 법을 가르쳤다. 모든 것을 다 기억하고 싶다면 대궁전을 지을 수 있을 것이다. 서랍을 구분해서 정리하듯 이 방에는 이 기억을, 저 방에는 저 기억을. 그런 식으로 모든 방마다 기억들을 차곡차곡 쌓아놓는 것이다. 방들은 일종의 기억 보관 장소다. 사실 난 이런 기억의 방들을 많이 짓지 못했다. 좀더 오래 살았다면 더 많은 방을 지을 수 있었겠지만 시간이 없었다.

이 기억술은 꽤 괜찮아 보이지만 기억의 방들을 자유롭게 드나들기 위해서는 훈련이 필요하다. 어느 방에 무슨 기억을 가져다놓았는지 기억하지 못하면 쓸데없는 작업이다. 그러므로 각 방마다 자신이 가져다놓은 기억이 무엇인지 고정된 이미지를 붙여야 한다.

내가 기억하는 그 방의 이미지는 단풍나무다. 나무는 문을 만든다. 문은 다른 방의 입구다. 나뭇가지가 똬리를 틀며 이리저리 뒤엉켜 문 가장자리를 장식하고 있다. 그래서 그 방문은 액자처럼 보인다. 그 방에는 자신이 인간이 아니라 나무라고 고백했던 그와의 기억들로 차 있다.

어릴 때 할머니가 말해주었다. 도개산에 있는 커다란 단풍나무는 때가 되면 사람이 되어 산을 내려오는데 이는 소원을 들어줄 사람을 고르기 위해서라고.

도개산은 우리 동네 서북쪽에 있는데 큰 봉우리 두 개가 절구통에 담긴 공이를 연상시킨다고 해서 돗구산*이라 불렸다가 이름 탓인지 자꾸 도깨비가 출몰한다는 소문이 나돌면서 도개산으로 명칭이 바뀌었다.

이제 단풍나무 가지로 뒤덮인 그 방문을 연다. 그 방은 다른 방과 달리 유독 미궁의 양상을 띠고 있다. 그 방에 가져다놓은 가구가 흐트러졌거나 방문 앞에 걸어놓은 이미지 그림에 누가 붓질을 했기 때문이 아니다. 원래 미궁에 빠진 기억의 대부분은 어린 시절에 몰려 있다.

이제 나는 그 미궁 속으로 들어간다. 그때 무슨 일이 있었는지, 어째서 열세 살 내 몸이 여기 이 차가운 자리에 홀로 남게 되었는지 기억들이 길을 찾아간다.

2

"우리 집에는 방이 열세 개나 있어."

* 도깨비의 고어가 돗가비인데 이는 돗구와 아비의 합성어로 돗구는 절굿공이나 메처럼 두드리는 기능을 가진 기구를 상징한다.

학년이 바뀔 때마다 반 아이들에게 이렇게 말하면 다들 우리 집이 부자라고 알아들었다. 그러나 사실 우리 집은 가난한 이들이 잔뜩 세 들어 사는 낡은 슬레이트 가옥이었다. 아침마다 한 개뿐인 공동 화장실 앞에 늘어선 줄에서는 원초적인 갈등이 벌어졌다.

"이제 그만 끊고 나오지!"

문간방 오씨 아저씨가 외쳤다. 바쁜 시간에 화장실을 차지하고 가장 오랜 시간을 보내는 사람은 고등학생인 석하 형이었다.

"재촉하지 마세요. 긴장하면 더 안 나온다고요. 남자의 성공은 배 속에 담긴 모닝 똥을 비우느냐 마느냐에 달려 있다고 우리 아버지가 말씀하셨어요. 이 시간은 편안한 마음으로 배설의 기쁨을 누리며 하루의 계획을 느긋하게 세우는……."

"에라, 문짝을 부숴버릴 거야. 그래도 느긋할 수 있는지 어디 한번 보자."

오씨 아저씨가 줄에서 이탈해 당장이라도 화장실 문짝을 뜯어낼 기세를 보이자, 사람들이 서둘러 그를 말리며 제자리에 밀어 넣었다. 분을 참지 못한 오씨 아저씨는 기어코 줄에 껴 있던 아버지를 찾아내 한소리 하고야 말았다.

"저놈 자식 어머니가 사장님 누님 되시죠? 그러니까 사장님이 알아듣게 교육 좀 시키세요. 공동 화장실에서 1분 이상 머물면 젊은 나이에 어떤 종말을 맞게 되는지 말이에요."

아버지는 사장님이 아니었지만 세입자들은 그냥 그렇게 불렀다.

아버지도 이 집에 사는 이상 화장실에 가려면 다른 세입자들과 마찬 가지로 줄을 서야 했다.

대체로 이 소란은 늘 술에 절어 사는 구석방 아저씨가 등장하면 마무리됐다. 얼굴이 시커멓고 키가 큰 구석방 아저씨는 줄을 설 필 요가 없었다. 다른 사람들도 암묵적으로 그의 새치기를 허용했다. 구석방 아저씨가 거친 어조로 "안에 있는 새끼, 셋 셀 때까지 튀어나 와!" 하고 말한 후 셋을 세면 상황 종료였다.

사람들은 석하 형이 구석방 아저씨를 무서워한다고 생각했다. 하 지만 석하 형이 무서워하는 것은 구석방 아저씨가 아니라 그 아저 씨가 살고 있는 구석방이었다. 정확히 말하면 아저씨에게 붙어 있는 구석방의 저주가 자기에게 전염되는 것을 두려워했다.

"구석방!"

우리 집에 사는 사람들은 모두 그 방을 구석방이라고 불렀다. 시 장 골목 안에 있었던 우리 집은 대문을 들어서면 축사처럼 길쭉한 건물 네 채가 담장 역할을 했다. 때문에 네모난 마당, 네모진 하늘이 우리 집의 정경이었다.

우리 가족이 사는 안채는 부엌과 대청마루를 둔 방 두 칸짜리였 다. 안방은 부모님이 갓난쟁이 여동생 명이를 데리고 주무셨고, 건 넌방은 내 방이었다. 원래는 두 살 어린 남동생 동하와 함께 썼는데 작년 여름 동하가 교통사고를 당한 후 나 혼자 차지하게 됐다.

싸구려 목제 책상 두 개와 벽에 걸린 흰 철제 옷걸이 몇 개, 구석에

개켜놓은 이부자리가 내 방 세간의 전부였다. 내 방은 겨울이면 아랫목만 절절 끓어 장판이 까무끄름하게 탔고 윗목은 냉골이었다. 밤에 자려고 누우면 등은 타들어갔고 입에서는 허연 김이 풀풀 났다. 밤마다 천장의 쥐들은 운동회를 벌였고 낮에는 시장 상인들의 고함과 경적 소리로 시끄러웠다. 또 여름이면 창문을 마음대로 열 수 없어 끔찍하게 더웠다. 창문을 열면 세입자들의 방문과 마주하기 때문이었다. 나는 내 방이 훤히 들여다보이는 게 싫어 창문을 꼭꼭 닫아놓고 지냈다.

대문을 들어서면 안채는 왼쪽에 가로로 길게 누워 있었다. 대문은 안채의 오른쪽 끄트머리에 있었다. 안채의 맞은편과 오른쪽 방들은 한 곳만 빼고 전부 툇마루로 연결된 방 한 칸짜리였다. 부엌이 따로 없었기 때문에 밥은 제각각 방 안에서 해 먹든, 방문 앞에 붙어 있는 자기 툇마루에서 해 먹든 자유였다. 툇마루는 찬장이라든가 상자 같은 걸로 명확하게 자기 구역을 갈라놓았다.

왼쪽 채의 방들은 각기 독립된 구조로 문이 두 개였다. 문을 열고 들어가면 부엌이고 그 안에 쪽마루 달린 방문이 또 있었다. 이중문은 사생활 보호가 되고 있다는 의미로 다른 방들보다 세가 비쌌다. 안채와 가장 가까운 왼쪽 채의 끝 방은 석하 형이 차지하고 있었다.

엎어지면 코 닿을 정도로 가까이 사는 석하 형이 큰고모에게 공부할 독방이 필요하다며 노래를 불렀다. 큰고모는 아버지에게 애가 마음잡고 공부를 하겠다는데 따로 내줄 방이 없으니 어쩌냐고 신세타

령을 했다. 그러자 마음 좋은 아버지가 때마침 비어 있던 그 방을 그냥 내주었다.

아버지도 다른 사람들처럼 석하 형이 구석방 아저씨를 지나치게 두려워한다고 여겼지만 석하 형은 내게 분명히 말했다.

"구석방 아저씨가 아니라 구석방 때문이라니까. 저번에 화장실 다녀오면서 봤는데 불 꺼진 빈방 문틈으로 눈이 시리게 파르스름한 빛이 새어 나오더라고. 맹세하건대 절대 형광등 불빛은 아니었어. 이를테면 암흑 상자 속에서 탈출하려고 상자 벽을 칼로 그으면 생길 것 같은 생채기랄까, 아냐 그보단 오히려 내 목을 겨누는 시퍼런 칼날이 어둠을 비집고 들어오는 쪽이겠다. 아무튼 진짜 오싹했어."

"그래서 가서 뭔지 확인해봤어?"

"어떻게 확인을 해? 그날 구석방 아저씨가 연자 데리고 한 며칠 어디 다녀온다며 방에 자물통 채워놓고 갔는데. 아무튼 그 사람들 그런 무시무시한 방에서 어떻게 사나 몰라. 문이 계속 혼자 저절로 덜커덕덜커덕 움직이고 있더라니까. 마치 누가 안에서 문고리를 잡아당겼다 놨다 하면서 장난치고 있는 것처럼 말이야. 어흑, 소름 끼쳐. 참, 맞다. 재작년에 그 방에서 할머니가 돌아가셨더랬지."

구석방은 한때 우리 집에서 내가 제일 좋아했던 방이었다. 생전에 할머니가 쓰시던 방이라 할머니의 기억이 고스란히 묻어 있었다.

구석방은 왼쪽 채의 방들처럼 부엌이 딸린 독립된 구조로, 맞은편 채의 오른쪽 끝과 오른쪽 채의 끝이 만나는 꼭짓점에 위치해 있었다. 그러니까 대문과 정면으로 마주한 자리였다.

구석방은 부엌으로 들어가는 바깥문을 닫아버리면 빛이 거의 안 들었다. 맞은편 채는 북향인 데다가 구석방 서쪽으로 난 창문은 손바닥만 했다. 그나마도 이름 모를 잡풀과 흙더미에 반쯤 묻힌지라 열 수도 없었다. 집 바로 곁에 경사가 급한 오르막길이 있었는데 하필 그 구석방이 오르막길 사면에 닿아 있었기 때문이다.

묵은 먼지로 테이프를 발라놓은 듯 구석방 유리창은 이미 오래진에 투명함을 잃었다. 그래도 해질녘이면 번지는 반쪽짜리 주황색 얼룩이 참 고왔다. 열린 바깥문 틈 사이로 엿보이는 한낮의 부엌 내부는 늘 그림자 연극이 한창이었다. 그곳은 은밀하고 아늑하고 신비로웠다. 창호지를 바른 미닫이 방문이 꽉 닫혀 있을 때면 마치 방 안에 달빛이 몰래 들어와 앉아 있는 듯 희끄무레한 빛이 어른거렸다. 가끔 근원을 알 수 없는 바람 소리와 함께 방문이 덜컹거리기도 했고, 젖은 나무와 축축한 비 냄새가 새어 나오기도 했다.

구석방은 오래된 가옥이 내뿜는 황홀한 어둠의 냄새로 끝도 없이 내 호기심을 잡아끌었지만 엄마는 할머니가 돌아가신 이후 구석방 근처에는 절대 얼씬거리지 말라고 주의를 줬다. 그 방에서 뿜어져 나오는 악마적인 유혹을 감지해 나를 통제한 것은 아니었다.

동하의 사고를 겪은 후, 엄마는 거의 모든 일에 무관심했다. 명이를 키우고 병원에 누워 있는 동하를 돌보러 다니는 것만으로도 늘 피곤했다. 엄마는 그 두 사람 말고는 아무것도 주의 깊게 살피지 않았다. 아버지와 나 조차도 엄마의 관심 밖으로 밀려나 있었다. 다만 엄마도 다른 사람들처럼 구석방에 살고 있는 아저씨를 겁냈을 뿐이었다.

구석방 아저씨에게는 연자라고 불리는 딸이 하나 있었다. 나보다 너댓 살 정도 많아 보였지만 학교는 다니지 않았다. 동네 사람들의 신고로 면사무소 직원이 몇 번 찾아와 연자 누나를 학교에 보내라고 했지만 아저씨는 오히려 병신 같은 놈들이 병신을 학교에 보내라고 한다며 그들을 내쫓았다. 공사판에서 일용직으로 노동일을 하는 구석방 아저씨는 언제나 술에 취해 있었고 자주 연자 누나를 때렸다. 연자 누나가 자기 아버지에게 머리채를 잡힌 채 끌려들어갈 때마다 사람들은 입으로만 말리는 시늉을 했을 뿐 아무도 행동에 나서지 않았다.

그렇게 얻어맞은 다음 날에도 연자 누나는 별일 없었다는 듯 부엌 바닥에 쪼그리고 앉아 흥얼거리며 자기 아버지의 속옷이며 양말을 빨았다. 머리카락은 뜯겨 나가고 입술은 퉁퉁 붓고 눈두덩에는 붉으 죽죽한 멍 자국을 한 채 말이다.

집안일이 끝나면 연자 누나는 그 꼴을 해가지고 평소처럼 목공소로 향했다. 연자 누나는 틈만 나면 목공소 맞은편 담장 밑에 쪼그리고 앉아 목수인 프란츠가 일하는 것을 구경하곤 했다.

프란츠는 한 석 달 전쯤 이 동네로 이사 와 목공소를 열었다. 부서진 상다리부터 장롱과 선반 수리뿐 아니라 책꽂이, 의자, 책상, 함,

문짝 같은 것도 만들었다.

아무도 프란츠의 진짜 이름을 몰랐다. 그가 그냥 프란츠라고 부르라고 했기 때문에 무슨 이름이 그래? 하고 다들 의아해하면서도 그냥 프란츠라고 불렀다. 얼마 지나지 않아 문맹에 속하는 동시에 귀가 어두운 시장 할머니 한 분이 프란츠를 "불알쯔?"라고 발음하는 바람에 프란츠의 목공소는 동네에서 모르는 이가 없게 됐다.

프란츠는 잘생기기도 했고 예쁘기도 했다. 나이는 스물 예닐곱 살 정도로 보였고 골격은 호리호리했으며 팔다리는 단단했다. 크고 시원스런 눈동자는 착한 멍멍이처럼 까맣고 깊었으며 목소리는 매력적인 저음이었지만 굵지는 않았다.

퇴근할 때 프란츠는 낡은 작업복과 슬리퍼를 벗고 질끈 묶은 머리도 풀었다. 찢어지고 해진 청바지, 흰 운동화, 깔끔한 면 셔츠를 입고 시장통을 걸어 나가는 목공소 청년 프란츠는 인기가 많았다.

"요즘 젊은 애들은 하고 다니는 꼬락서니가 왜 그 모양인지 모르겠어. 남자인지 여자인지 알 수가 없잖아. 이보게, 프 씨. 남자야, 여자야?"

물론 사람들은 프란츠가 남자라고 알고 있었다. 왜냐하면 프란츠는 남자 이름이었고 목수는 남자가 갖는 직업이었기 때문이다. 그런데 묘하게도 내 눈에는 프란츠가 여자로 보였다. 이름이야 멋대로 붙이면 그만이고 어차피 본명도 아니지 않은가. 게다가 여자가 목수를 하면 안 된다는 법도 없었다. 나는 헷갈렸지만 다른 사람들이 남자라니 남자인가 보다 여길 수밖에 없었다.

처음에 연자 누나는 목공소 맞은편 담장 밑에 앉아 있었지만 나중에는 목공소 작업장 안으로 진출했다. 거기서 프란츠와 마주 앉아 있을 때면 연자 누나의 뺨은 늘 홍조를 띠고 있었다. 연자 누나는 목공소의 좁은 작업장에서 분분하게 날리는 톱밥을 들이마시며 지저깨비와 대팻밥을 주워 모았다. 가끔 목공소를 나설 때 연자 누나의 손에는 프란츠가 만들어준 작고 예쁜 목공품이 들려 있기도 했다. 물론 집에 도착하기 전에 전부 다 동네 아이들과 아줌마들에게 빼앗겼지만.

저녁 바람이 산산했던 5월의 어느 날, 구석방 아저씨가 갑작스레 죽었다. 연자 누나는 아침에 일어나 부엌 바닥에 엄청난 양의 피를 토한 채 널브러져 있는 아버지를 발견했다. 연자 누나는 정신적 충격이 컸던지 미친 사람처럼 비명만 내질렀을 뿐 눈물 한 방울 흘리지 않았다. 사람들이 수군덕거렸다.

"술이 언젠가 사람 잡을 줄 알았어요. 세상에, 얼마나 마셨기에 부엌 문턱에 걸려 넘어져 죽었대요?"

"술이 아닐지도 모르죠."

"뭔 소리예요?"

"연자 아버지가 요즘 들어 연자가 밤마실 다닌다고 좀 때려잡았어요? 며칠 전 저녁에 내가 봤는데 연자 아버지가 외출하면서 문을 잠그더라고요. 그런데 다음날 아침에 보니까 연자가 어디서 땅을 파헤치다 왔는지 흙투성이지 뭐예요. 얼마나 놀랐는지. 도대체 개가 어떻게 밖으로 나갔을까요?"

"연자에게 열쇠가 있었나 보죠."

"밖에서 잠그는 자물통인데 열쇠가 있다 한들 무슨 수로 안에서 따요? 설사 어찌어찌해서 밖으로 빠져나갔다 해도 밤새 어디서 무슨 짓을 했기에 그 꼴이 된 건지 한번 생각해봐요."

"그러고 보니 그날 제 아버지 시신을 손가락질하며 연신 비명을 내질러대던 연자 몰골이 엉망이긴 했어요. 아침 이부자리에서 방금 일어난 애 옷이며 손발이 온통 흙투성이였잖아요."

"이 사람들이 지금 무슨 소릴 하는 거요?"

"나도 몰라요. 어쨌든 그렇다는 거예요. 가뜩이나 정상이 아닌 애였잖아요. 한순간 머리가 홱 돌아서 제 아버지가 제 아버지로 안 보였을 수도 있죠. 그동안 연자 아버지가 연자를 얼마나 학대했어요. 연자도 품은 게 있었을 거고."

"설마 연자가 술에 취해 몸도 못 가누는 제 아버지를 밀어 넘어뜨리기라도 했을까 봐요?"

"누가 꼭 그렇대요?"

"그러니까요. 연자가 좀 모자라긴 해도 얼마나 착한 앤데."

"아니면 연자한테 뭐가 쓰인 걸 수도 있죠. 연자가 밤마다 어딜 갔을 것 같아요? 누가 알겠어요? 산을 헤매던 연자가 도깨비 길에서 도깨비한테 홀려 어떻게 됐었던 건지."

"허긴 도개산이 옛날에는 돗구산이라고 불렸잖아."

"거참, 연자 아버지는 새벽녘 술에 전 채 들어오다가 부엌 문턱에 걸려 넘어진 것이 확실하답디다. 그러니 다들 괜한 소리 하지 마쇼."

그런데 얼마 후 괴상한 일이 생겼다. 면사무소 직원과 동네 사람들의 도움으로 장례를 치른 후 연자 누나가 감쪽같이 사라진 것이다. 어딘가 친척 집을 찾아간 모양이라고 다들 둘러 추측했지만 알 수 없는 일이었다. 세간 살림도 그대로였고 옷 몇 가지조차 없어진 것 같지 않았다. 하물며 맨발로 집을 나섰는지 신발조차 고스란히 남아 있었다.

아무도 연자 누나가 방 밖으로, 집 밖으로 나가는 것을 본 사람이 없었다. 연자 누나는 집 안에서 증발했지만 사람들은 집 밖에서 연자 누나를 찾았다. 일단 실종 신고를 해두었지만 별로 기대하지 않았다. 뭔가 적극적인 행동을 하기엔 다들 제 코가 석자였다. 그래서 안됐네, 하고 말하는 것이 전부였다. 연자 누나는 그렇게 잊혔다.

연자 누나가 사라지고 두어 주일이 지난 후, 학교에서 돌아온 나는 구석방의 바깥문과 방문이 모두 활짝 열려 있는 것을 보았다. 세간을 모두 처분했는지 방 안은 텅 비어 있었다. 네모난 상자 속에 더 작은 네모 상자가 들어앉은 것처럼 보이는 그 공간들을 다시 대면하는 순간 나는 전율이 일었다. 할머니가 돌아가시고 난 후에도 이와 똑같은 광경을 본 적이 있었다.

재작년 가을, 정정하던 할머니는 가벼운 감기에 걸리면서 덜컥 자리에 눕고 말았다. 오래 앓지 않았다. 돌아가실 때까지 그 며칠간, 나는 학교가 파하면 곧장 구석방으로 달려왔다. 임종 직전 나는 막대기처럼 뻣뻣해진 할머니의 손을 악착같이 잡고 있었다. 그때 할머니는 내 귀에 대고 속삭였다.

"차가운 자리다. 이 자리에 정 주지 마라. 그러면 쥐도 새도 모르게 그가 널 데려가버릴 거야. 그가 주는 것도 받지 마라. 받은 만큼 내놔야 하니까. 그늘은 준 것만큼 놀려받고, 받은 것보다 더 많이 놀려준다. 나는 받지 않았단다. 대신 다른 사람이 받는 것을 지켜봤지. 잊지 마라. 그가 주는 것을 받으면 무서운 것으로 변하게 된다. 옛날이야기에 나오는 그 남자처럼 말이야."*

할머니는 마지막으로 손가락을 들어 구석방의 쪽창을 가리키며 유언처럼 말했다.

"봐라, 저기서 그가 올 거야. 그는 천천히 나이를 먹는단다. 우리 찬하보다 더 어린 나이였을 때 나는 그를 처음 봤다. 그리고 인생의 절반을 넘겼을 때 두번째로 그를 봤지. 나는 늙었고 그는 예전 모습 그대로였다. 한 번 더 볼 수 있을 줄 알았는데…… 못하도록…… 너를…… 나는…… 안다……."

---

* 경기도 Y군 일대 지역의 향토문화연구회가 수집한 구비 기록에 따르면 남자인지 여자인지 알 수 없는 젊은이에게 됫구산 단풍나무 열매를 받은 어떤 남자가 홀어머니를 남겨두고 산으로 들어가 도깨비가 된 이야기가 전해져온다. 세월이 지나 남자의 홀어머니가 돌아가시자, 남자의 친구는 남자가 들어갔다는 산을 향해 소리쳐 부고를 알렸다. 그러자 어디선가 붉은 단풍나무 열매가 날아와 붉은 눈물을 뚝뚝 흘리며 울다가 날아가버렸다고 한다.

할머니는 도개산을 내려오는 단풍나무가 인간의 얼굴을 하고 있는 것을, 반백 년이 지나도 그의 모습이 거의 변하지 않은 것을, 또 나무인 그가 우리와 다르게 나이를 먹는 것까지 모두 본 것이다.

그 말씀을 마지막으로 할머니의 숨소리는 더 이상 내 귓가에 닿지 못하고 흩어졌다. 할머니가 숨이 가빠 미처 설명할 새도 없이 그저 나에 대해 안다고 했던 그것이 무엇인지 그때 나는 알지 못했다. 그 순간 나는 필사적으로 슬픔을 버텨내는 중이라 궁금할 겨를이 없었다.

할머니는 눈이 멀었을 때도 사물을 보는 다른 눈을 갖고 계셨다. 그러니 다른 사람들이 모르는 그의 얼굴도 두 번이나 알아보았을 테지. 분명 이 구석방에 대한 비밀도 보았으리라. 이 방이 마술 상자처럼 안에 들어간 사람을 사라지게 한 것도, 사라진 사람이 어디로 갔는지도 말이다.

연자 누나를 데려간 것은 구석방이었다. 연자 누나가 사라졌던 그날 밤, 나는 오줌이 마려워 한밤중에 잠을 깼다. 비몽사몽에 방문을 열고 마루로 나오다가 연자 누나가 맨발로 마당에 서 있는 것을 보았다.

"연자 누나?"

내가 부르자 연자 누나는 어둠 속에서 내 쪽을 돌아보며 빙긋 웃었다. 그러곤 자물쇠가 잠겨 있는 구석방 쪽으로 걸어가더니 잠긴 문을 그대로 통과해버렸다. 문을 통과할 때 문틈으로 새어 나온 희푸른 빛이 문 전체로 번지면서 누나의 그림자가 일순 선명하게 찍혔다. 누나의 머리 위로 사슴의 뿔을 닮은 커다란 나뭇가지가 자라나 있었다.

그 광경을 보고 어찌나 놀랐는지 하마터면 오줌을 지릴 뻔했다. 무서워서 화장실은커녕 마당에도 못 내려간 채 적당한 곳을 찾다가 안방 문 앞에 자리끼로 가져다놓은 주전자가 눈에 뜨였다. 급한 나머지 나는 거기에 소변을 본 후 허겁지겁 내 방으로 돌아와 이불 속으로 기어들어갔다.

자려고 눈을 감았지만 쿵쿵거리는 심장 소리 때문에 잠을 이루기는커녕 눈만 더 말똥말똥해졌다. 금방이라도 뾰족한 뿔을 가진 연자 누나의 머리가 내 방 창문을 통과해 쑥 들어올 것만 같았다.

벌떡 일어나 안방으로 갔다. 엄마 곁에 누우면 무섭지 않을 것 같았다. 아니면 아버지 곁에라도. 가만히 안방 문을 열었다. 나만 빼고 세 사람이 나란히 누워 자고 있었다. 엄마, 명이, 아버지. 내가 비집고 들어갈 자리는 없었다.

다시 내 방으로 돌아와 누웠다. 어두컴컴한 천장이 나를 짓눌렀다. 왼쪽으로 돌아누웠다. 예전에는 왼쪽으로 돌아누우면 동하의 자는 모습이 보였다. 그래서 어둠과 악몽으로 무서울 때면 나는 늘 왼쪽으로 돌아누웠다. 그러면 거기 동하가 있어서 안심하고 다시 잠을 청할 수 있었다. 나는 동하의 자리였던 방바닥에 뺨을 댄 채 동하를 생각했다.

불을 끄고 한 이불을 덮은 채 나란히 누워 장난치고 이야기하고 툭탁댔다. 한번은 이불을 더 많이 차지하려고 싸우다가 한겨울에 내복 바람으로 쫓겨난 적이 있었다. 엄마가 달려와 서로 치고받는 우리를 억지로 갈라놓은 후 뒷덜미를 잡아 대문 밖으로 끌어냈다. 쾅 하고 대문이 닫히는 순간 우리는 민망한 상황에 직면했다는 것을 깨달았다. 밤 11시쯤이었는데 따뜻한 코트를 입고 손에 군밤 봉지를 든 아저씨가 지나가다가 말을 붙였다.

"둘이 싸우다가 쫓겨났구나. 춥다. 얼른 집에 들어가서 잘못했다고 빌어라. 아저씨가 도와주랴?"

살그머니 어린 미소가 재미있어죽겠다는 표정이었다. 상황 파악을 정확하게 하고 있는 걸로 보아 분명 누구네 집 아버지겠지. 알지 못하는 사람으로부터 놀림과 동정을 받자 갑자기 오기가 생겼다. 그래, 나가준다. 내가 다시는 집에 돌아오나 봐라. 나는 모질게 입술을 깨물며 결심했다.

"우리 멀리 가버리자."

"싫어."

동하는 고개를 흔들었다. 좀 전까지 악의에 차서 서로 노려보던 우리는 잠정 휴전 상태가 됐다. 이제 동하가 밉기는커녕 의지가 됐다.

"알았어. 넌 네 마음대로 해. 난 갈 거니까."

나는 내복 차림에 맨발인 것도 개의치 않고 아무 데로 걸어가기 시작했다. 머뭇거리던 동하가 어쩔 수 없다는 듯이 곧 내 뒤를 졸졸 따라왔다. 우리가 시장 골목 모퉁이를 막 돌아나갔을 때였다.

"찬하야아! 동하야아!"

메아리처럼 끝이 길게 늘어지며 우리를 잡는 목소리는 엄마였다. 그러면 그렇지.

"엄마다. 형, 엄마가 불러. 이제 집에 가자."

"싫어."

나는 최대한 냉랭한 어조로 대꾸하며 좌판 밑에 몸을 숨겼다. 나는 화가 많이 나 있었고 쉽게 무너지고 싶지 않았다. 우물쭈물하던 동하가 내 곁으로 비집고 들어왔다. 나는 생각했다.

'우리가 없어졌으니 이제 엄마가 울며불며 쫓아 나오겠지. 여기 계속 숨어 있으면 못 찾을 테고, 그럼 온 동네를 발칵 뒤집으며 찾아 헤맬 거야. 아버지가 돌아오시면 엄마한테 화를 낼 거고 엄마도 후회하겠지. 엄마가 미안하다고 소리치며 우릴 찾으면 그때 엄마 앞에 나타나는 거야. 그럼 엄마는 달려와 우릴 꼭 끌어안아주겠지.'

하지만 그런 일은 없을 모양이었다. 엄마의 목소리는 전혀 가까워지지 않았다. 우리의 이름은 같은 자리에서 서너 번 더 불린 후 다시 들리지 않았다.

어찌된 일인가 싶어 우리는 집으로 되돌아갔다. 그사이 대문이 열려 있었다. 우리는 마당으로 살금살금 걸어 들어갔다. 안채 대청마루의 유리문은 닫혀 있었지만 안방 문이 조금 열려 있어 불빛이 하얗게 어른거렸다. 텔레비전 소리가 도란도란 들려나왔다. 엄동설한에 어린 아들 둘을 내쫓아놓고 뜨끈한 아랫목에 앉아 연속극이나 보고 있다니. 그게 아무리 재미있어도 눈에 들어오나?

엄마는 우릴 찾지 않았다. 울지도 않았다. 슬퍼하지도 않았다. 심지어 연속극을 보며 소리 내어 웃기까지 했다. 내 가슴속에서 싸한 공기가 맴돌았다. 내가 내뱉은 뜨겁고 격렬한 숨이 허공에 하얀 원망을 그렸다. 이제 정말 떠나지 않을 수 없게 되었다는 것을 깨달았다. 나는 엄마가 영원히 우릴 찾아 헤매게 만들겠다는 맹렬한 저주를 품은 채 말했다.

"동하야, 네가 몰래 들어가서 우리 옷 좀 갖고 나와."

"형, 그냥 들어가서 잘못했다고 빌자."

"시끄러. 난 떠날 거야. 너도 나랑 갈 거지?"

혹시 싫다고 하면 어쩌나 내심 걱정하며 동하의 표정을 살폈다. 동하는 잠깐 망설이다가 대답했다.

"응."

역시 동하는 날 배신하지 않았다. 그렇게 치고받고 싸웠어도 우리는 언제나 한편이었다. 동하는 내가 시키는 대로 우리 방의 창문을 가만히 열고 안으로 기어들어갔다.

이제 집을 나가면 다시는 엄마를 보지 못하겠지. 그 생각을 하자 문득 가슴이 시큰해졌다. 이상했다. 분명 나는 그 순간 엄마를 미워하고 있었다. 그런데 어째서 두고두고 그리워질 것 같은 예감에 마음이 울렁였을까. 도대체 엄마에 대한 미움과 그리움의 어느 부분이 서로 통하고 있었던 걸까.

동하가 옷가지를 주섬주섬 챙겨 다시 창문을 통해 기어 나왔다. 나는 옷가지를 받아든 채 뒤도 돌아보지 않고 내뺐다. 건널목을 건 넌 후, 어느 번듯한 주택가 골목길에 들어선 우리는 옷을 입기 위해 일단 남의 집 대문 앞에 멈춰 섰다. 한데 입으려고 보니 스웨터와 바 지뿐이었다.

"양말이랑 점퍼는?"

"몰라, 그냥 되는 대로 집어왔어. 형, 발 시려."

그제야 나는 우리가 여전히 맨발이라는 사실을 깨달았다. 아까 돌 아갔을 때 신발을 신고 나왔어야 했는데. 동하는 내게 물려받은 낡 은 스웨터를 뒤집어 입은 채 날 쳐다보고 있었다. 속눈썹이 젖어 있 었다. 우리는 한쪽 발을 다른 쪽 발등 위에 번갈아 얹으며 오들오들 떨었다. 신발도 양말도 점퍼도 없었다. 돈도 땡전 한 푼 없었다. 내일 아침을 생각해보았다. 이제부터 밥은 어디서 먹지? 잠은 어디서 자 고? 학교는? 사태가 점점 심각해지고 있었다.

우리는 포기했다. 아니 나는 포기했다. 처음부터 동하는 집에 들 어가 용서를 빌려고 했다. 다만 나를 버릴 수 없어 따라 나선 것뿐이 었다. 우리는 그 자리에서 얌전히 옷을 벗었다. 처음 쫓겨났을 때처 럼 내복 차림으로 집에 돌아가 잘못했다고 빌었다.

"왜? 다시는 들어오지 말지. 그러려고 옷까지 챙겨들고 나간 거 아니었어?"

엄마가 비꼬았다. 우리는 손을 파리처럼 비비며 애걸복걸했고 용서 받았다. 그날 동하와 나는 이불 속에서 밤새 서로 끌어안고 잤다. 토실토실한 동하의 팔이 내 옆구리를 감쌌다. 따뜻했다. 동하가 있어서 다행이라는 생각이 들었다. 엄마에게 야단맞아도 외롭지 않았던 건 동하가 있었기 때문이었다.

그런 동하가 이제는 삐쩍 마른 미라가 되어 누워만 있었다. 엄마가 움직여주지 않으면 손가락 하나 까딱하지 못했다. 말도 하지 못했고 생각도 하지 않는 것 같았다. 동하는 비행기 조종사가 되고 싶어했고 예쁜 여동생이 태어나길 기다렸다. 하지만 동하는 명이를 알아보지 못했다. 동하는 병원의 하얀 침대에 누워 그저 저승에 대한 꿈을 꾸는 것 말고는 아무것도 할 수 없었다.

동하가 눈을 번쩍 뜨고 일어나 앉았으면 좋겠다. 예전처럼 웃고 말하는 동하의 목소리가 못 견디게 그리웠다. 이렇게 누워 동하를 생각하자 가슴이 울먹거려 숨이 잘 쉬어지지 않았다. 돌아눕고 싶었지만 흘러내린 눈물 때문에 왼뺨이 바닥에 붙어버렸는지 꼼짝할 수가 없었다.

아침에 눈을 뜨니 베개를 다리 사이에 낀 채 맨바닥에 엎드려 있었다. 지난밤에 있었던 일이 모두 꿈처럼 느껴졌다. 세수하러 나가면서 나도 모르게 구석방을 흘끔거렸다. 큰 자물통이 채워져 있는 것이 똑똑히 보였다.

아침 밥상 앞에서 나는 숟가락을 입에 문 채 어젯밤 일을 고민했다. 뭔가 괴기스런 냄새를 풍기는 이 사건을 말해야 하나 말아야 하나. 할머니라면 망설일 것 없이 털어놨겠지만 엄마는 달랐다.

"물 좀 줘."

식사를 끝낸 아버지가 말씀하셨다. 그제야 어젯밤 내가 저지른 또다른 실수가 떠올랐다. 엄마가 아버지께 물을 드렸다. 물을 한 모금 삼킨 아버지가 희한한 표정을 지었다.

"물맛이 왜 이래?"

"왜요?"

엄마가 한 모금 맛보더니 인상을 찌푸리며 말했다.

"쉬었나 봐요."

"쉰 맛이 아닌걸."

아버지가 나를 힐끔 쳐다보았다. 아무래도 오줌 맛을 아시는 것이 틀림없었다. 아버지가 대충 짐작했으면서 굳이 내 과오를 파헤치지 않고 덮은 것은 나를 위해서가 아니라 예민한 엄마를 들쑤셔 시끄러워지는 것을 피하기 위해서였다. 아버지가 내게 당부했다. 엄마는 불치병 환자란다. 그러니까 부러 엄마 속을 긁는 말이나 행동을 해서 자극하지 말아라.

불치병! 암이나 백혈병에 걸린 줄 알았다. 동생 하나를 잃었는데 이번에는 엄마를 잃을지도 모른다. 식구가 자꾸 줄어든다. 엄마가 없으면 식구를 더 늘릴 수도 없지 않은가. 나는 가슴이 무너졌다. 밤새 훌쩍이고 있는데 아버지가 내 방으로 건너와 말했다.

"그리움도 불치병이야."

그제야 나는 알아들었다. 엄마도 나처럼 동하를 그리워하고 있다는 것을. 웃고 떠들고 장난치던 동하가 못 견디게 보고 싶어 병에 걸렸다는 것을. 어쨌든 죽을 염려는 없다는 게 아닌가. 그래도 조심하는 편이 좋다.

엄마가 짜증을 냈다. 아무리 날이 더워졌기로서니 어떻게 보리차가 하루 만에 상했지? 아버지가 나를 향해 은밀히 고개를 저었다. 나도 입 다물 테니 너도 입 다물어라. 고로 나는 어젯밤 본 것을 말하지 않기로 했다. 엄마는 보나 마나 이렇게 말할 것이 뻔했다. 얘가 지금 무슨 소릴 하는 거야? 너, 바보야? 나이가 몇인데 아직 꿈과 현실도 구분 못 해?

엄마는 이제 날 좋아하지 않는다. 아니 좋아하고 말고 할 마음의 여유가 없었다. 나도 이제 엄마를 좋아하지 않는다. 그래도 여기서 더 나빠지고 싶지는 않았다.

3

프란츠는 저녁 7시면 목공소 문을 닫고 우리 집 옆 오르막길을 산책 삼아 올랐다. 처음에는 그가 길을 잘 몰라 그러는 줄 알고 사람들이 말렸다.

"그쪽은 사유지로 통하는 길이라 막혀 있어."

"그래요? 그럼 갈 수 있는 데까지만 가보죠, 뭐."

"웬만하면 그쪽 길은 얼씬거리지 마. 괜히 늦은 시간에 올랐다가 사고라도 나면 어쩌려고? 그 길이 괜히 도깨비 길이라고 불리는 게 아니야."

"왜 도깨비 길인데요?"

"들어갔다 하면 길을 잃고 여러 날을 헤매게 되거든. 이상한 애들이 돌아다닌다는 말도 있고."

"이상한 애들요?"

"그게 그냥 애들이 아닐 수도 있어."

"그냥 애들이 아니면 뭔데요?"

"그러니까 옛날에 죽은 애들이지. 아무튼 직접 봤다는 사람이 수두룩해."

"수두룩요?"

"아니, 뭐 수두룩은 아니고 좀 있어."

"재미있는 이야기네요."

프란츠가 웃음을 터뜨리며 말했다.

"그렇게 웃을 일이 아니야. 새로 이사 와서 뭘 잘 모르나 본데, 좀 앉아봐. 이건 중요한 이야기니까."

동네 사람들이 프란츠를 붙잡고 도개산에 얽힌 이야기를 다투어 늘어놓았다.

도개산의 등산로는 모두 세 군데가 있는데 우리 집 옆 오르막길로 이어지는 3번 진입로는 커다란 주목이 서 있는 도개교를 건너 50여 미터 지점에서 폐쇄된 지 오래였다. 폐쇄 지점에는 지난 100여 년간 한 번도 열린 적 없는 목책이 가로막고 있었다. 목책 안쪽으로 펼쳐진 울창한 숲은 대낮에도 어두컴컴했는데 가만히 들여다보면 사람들이 도깨비 길이라고 부르는 좁은 오솔길이 보였다.

　동네 사람들 중 아침잠이 없는 어른들은 건강을 위해 새벽마다 도개산을 올랐다. 학교에서도 소풍을 가게 되면 주로 도개산으로 갔다. 그래서 동네 사람들은 그들이 자주 오르는 도개산의 지리를 잘 알고 있었다. 그러나 목책 너머 도개산의 지형에 대해서는 아무도 아는 이가 없었고 이런저런 기담들만 난무했다. 그중에 이런 이야기가 있었다.

　도깨비 길 너머에 특별한 단풍나무 한 그루가 있는데 신기하게도 수십 년에 한 번, 단 한 개의 열매만 맺힌다고 한다. 그 열매를 따서 날리면 소원을 이룰 수 있다는 말이 전해지는데 아무도 그 단풍나무가 어디 있는지, 언제 열매가 생기는지 알지 못했다. 그래서 열매가 생기는 해가 되면 단풍나무가 소원을 들어줄 사람을 고르기 위해 직접 도개산을 내려온다는 것이다.

　어른들은 그런 옛날이야기에 쉽게 흔들리지 않았지만 아이들은 달랐다. 때문에 아이들은 매년 자기들 멋대로 무리를 이뤄 사유지를 침범하곤 했다. 아이들은 복잡하게 생각하지 않았다. 열매가 하나뿐인 단풍나무만 찾으면 될 일이었으니까. 그러나 사유지로 들어가려면 도깨비 길을 통과해야 했다. 대개는 헤매다가 빠져나오지만 개중에는 간혹 길을 잃고 행방불명된 아이들이 있었다.

그런 이유로 꽤 오랫동안 이 길을 경계하던 주민들이 1900년대 초에 자발적으로 목책을 세우고 목책 너머의 땅을 꺼리기 시작했다. 사람들이 목책으로 영역의 선을 그은 후, 도개산의 이쪽과 저쪽은 완전히 다른 세계가 되었다. 더구나 노개산 일내가 여대 개발 금지 구역으로 남으면서, 대를 이은 소유주도 자기 땅임을 잊었는지, 그냥 그렇게 방치되어 있었다.

"오래전에 그 길에서 길을 잃고 죽은 애들일 거란 말이지."

"귀신이 나온단 말이죠?"

"그렇지. 그 길 끝에 버려진 지 오래된 공동묘지도 있다니까."

프란츠는 열심히 귀를 기울이고 있었지만 여전히 웃고 있었다.

"거참, 웃지 마, 이 사람아. 이거 웃긴 이야기 아니야. 이봐, 프 씨. 듣자니 거긴 위험한 야생동물들도 막 돌아다닌다더라고."

"어떤 야생동물요? 호랑이 같은 거요?"

프란츠가 겁을 먹기는커녕 오히려 그렇게 되묻는 바람에 말해준 사람들이 오히려 머쓱해졌다던가.

***

여름방학이 거의 끝나갈 무렵이었다. 개학을 며칠 앞두고 방학 숙제를 함께 하자며 친구들이 우리 집으로 몰려왔다. 소란을 싫어하는 엄마가 미간을 찌푸린 채 말했다.

"석하 방 비었더라. 거기서 해라."

우리가 석하 형 방에 둘러앉아 서로 상의해가며 밀린 일기를 쓰고 있는데 갑자기 방문이 드르륵 열리더니 석하 형이 들어섰다.

"뭐 하냐?"

"일기 쓰고 있어."

"어디 보자."

석하 형이 내 공책을 가져다 쓱쓱 넘겨보더니 막 웃었다.

"순 먹고 자고 싸운 이야기뿐이네. 가끔은 좀 그럴듯한 것도 써라."

"어떤 거?"

"예를 들면, 음…… 찬하네 집 구석방의 비밀을 염탐하다! 뭐 이런 거 하나쯤은 있어줘야지. 여름방학 특별 체험판으로 말이야."

친구들의 눈이 동그래졌다.

"결국 내 직감대로 구석방의 저주가 아저씨를 죽이고 연자를 먹어버렸잖아."

갑자기 분위기가 가라앉았다. 애초에 유쾌하게 말을 꺼냈던 석하 형도 덩달아 긴장한 듯 표정이 굳었다.

"아니면, 목공소 프 씨는 어때? 프 씨는 언제나 해가 지고 으슥해지면 산을 오르지. 그것도 도깨비 길 쪽으로. 좀 이상하지 않냐?"

석하 형이 내 친구들을 쭉 둘러보며 계속 말했다.

"너희들도 알고 있잖아? 도개산의 단풍나무가 인간이 되어 내려온다는 전설. 어쩌면 올해가 그해일지도 몰라."

"그래서 그게 프란츠라고요?"

친구 상후가 고개를 갸웃거리며 반문했다.

"그럴지도 모르지."

석하 형이 자못 심각한 표정으로 눈을 끔벅였다.

"에이, 말도 안 돼."

또 다른 친구 동원이 고개를 저었다.

"그리고 프란츠는 산을 내려오는 게 아니라 올라가요."

반장인 석재가 지적했다.

"물론 그렇긴 해. 그런데 말이야, 이상한 건 바로 그 점이야. 프 씨가 올라가는 걸 본 사람은 있어도 내려오는 걸 본 사람은 없거든."

"밤새도록 도깨비 길을 헤매느라 그런 거겠죠."

"그러니까 도대체 그 작자는 왜 매일 밤마다 그 짓거리인데?"

"혹시 그 단풍나무 열매를 찾으러 올라가는 게 아닐까요?"

상후가 머리를 긁적이며 물었다.

"아직 8월인걸. 단풍나무 열매는 가을에 열리잖아."

석재의 말에 석하 형이 금세 수긍하며 다른 의혹을 내밀었다.

"그렇군. 가만, 단풍나무 열매가 목적이 아니라면 혹시 도깨비 길 끝에 있다는 공동묘지?"

우리는 석하 형을 중심으로 조금씩 자리를 좁혀갔다.

"밤마다 묘지를 왜 찾아가는데?"

내가 묻자 석하 형이 말했다.

"그야 나도 모르지. 오늘 밤 그 비밀을 캐보는 거야. 그러면 오늘 일깃거리도 해결되잖아."

"형도 같이 가는 거죠?"

동원의 물음에 석하 형은 고개를 절레절레 흔들었다.

"나는 공부해야지. 그리고 이런 일은 너희들끼리 해야 의미가 있는 거야. 나 같은 고등학생 형님이 너희 같은 조무래기들과 어울려 다니면 창피하잖아. 자, 할 거면 빨리 쫓아가봐. 벌써 7시다."

우리는 다녀올 생각이 들었지만 한편으로는 엄두가 나지 않았다. 망설이는 우리에게 석하 형이 으름장을 놨다.

"사내자식들이 겁은 많아가지고. 여기 있는 놈만 몇 명이냐? 이렇게 몰려가는데 무섭긴 뭐가 무서워?"

센 척하기는. 자기도 구석방이 무서워 그쪽으로는 얼씬도 하지 않고 말로만 떠드는 주제에. 그러나 석하 형이 쑤셔놓은 호기심에 우리는 결국 도개산으로 달려갔다.

거대한 주목 앞을 지나 도개교를 건너 목책까지 이르는 동안 우리는 프란츠를 만나지 못했다. 프란츠가 목책 앞에서 돌아 나왔다면 틀림없이 우리와 마주쳤을 것이다. 그러니 프란츠는 목책을 넘어간 것이 분명했다. 우리도 프란츠를 따라잡기 위해 서둘러 목책을 넘었다. 마침내 어른들이 말하는 도깨비 길에 발을 들인 것이다.

무성한 숲이 숨처럼 내뱉은 축축한 안개가 우릴 휘감았다. 거기에 뜬금없이 부슬비까지 흩날리기 시작하자 우리는 서서히 공포에 젖어들었다. 100여 미터쯤 걸어 나간 후 뒤돌아보았을 때 우리는 우리가 지나온 길을 확신할 수가 없었다.

출발할 때 우리는 오솔길을 따라왔기 때문에 외길이라고 여겼다. 그런데 이쪽에서 보니 우리는 빽빽하게 들어선 나무와 나무 사이를 이리저리 지나온 것일 뿐, 애초에 길 같은 건 없었다. 그러니까 우리가 눈으로 그리기에 따라 어느 방향으로든 얼마든지 길이 만들어질 수 있었던 것이다.

왜 도깨비 길에 들어서면 헤맬 수밖에 없는지 이유를 알 것 같았다. 저 나무들이 우리가 돌아가는 길을 헷갈리게 만든 것이다. 그래도 우리는 계속 걸어 나갔다. 친구들과 머리를 맞대면 나가는 길은 금방 다시 찾을 수 있을 거라 여겼다.

그때 갑자기 부스럭거리는 소리조차 없이 그들이 나타났다. 우리는 걸음을 멈췄다. 너무 무서워서 땅바닥에 다리가 꽁꽁 묶인 것처럼 꼼짝할 수가 없었다. 등줄기를 타고 식은땀이 비질비질 흘렀다. 나무들 사이로, 수풀 사이로 너댓 명의 아이들이 떠들며 지나갔다.

건들거리며 걷는 사내아이들. 어른이 된다 해도 그 뒷모습만큼은 결코 변하지 않을 거라는 확신이 들었다.

그 아이들에게서 밤을 느꼈다. 어둡고 음습한 골목, 뿌연 가로등과 사악한 담배 연기, 찌그러진 맥주 깡통과 깨진 유리 조각, 먹다 남은 쓰레기가 뒹구는 빛의 뒷면이 아니라 빛의 또 다른 분신으로 존재하는 환상적인 밤. 그 아이들은 초승달 아래로 넘실거리는 나무들의 파도를 타고 하늘로 도약하는 야성의 늑대 무리 같았다. 그 아이들이 내뱉는 미지의 언어는 숲과 짐승이 주고받았던 오래된 밀약의 내용처럼 들렸고, 그 목소리는 메아리처럼 울림이 있어 뒷머리가 곤두설 만큼 오금이 저렸다.

아이들은 안개와 부슬비와 어둠 속으로 잠겨들며 서서히 멀어졌다. 그들이 완전히 보이지 않게 되자 내내 겁에 질려 숨을 죽이고 있던 상후가 훅 하고 큰 숨을 내쉬었다. 순간 마치 정지해 있던 것처럼 보이던 숲이 흔들리기 시작했다. 바람이 우리를 관통했다. 우리는 눈을 끔벅이며 서로를 쳐다보았다.

"뭐 해? 이러다 놓치겠다. 빨리 가자."

동원이 용감하게 앞장섰다. 우리는 방금 본 것을 보지 않은 척했다. 우리는 발목에 커다란 모래주머니라도 달고 있는 듯 힘겹게 걸음을 떼면서 서로 겁쟁이라는 소릴 듣지 않기 위해 꾸역꾸역 올라갔다. 그 시절 우리 또래 소년들은 패거리가 곧 한 몸이었다. 혼자 빠지고 싶어도 그럴 수 없는 무언의 규칙이 있었다. 안 하면 다 같이 안

해야 하고 하면 다 같이 해야 했다.

그때였다. 어디선가 "어이, 뭐지?" 하는 천둥 같은 목소리가 들렸다. 나는 움찔하며 사방을 돌아보았다. 아무도 없었다. 프란츠의 목소리인가 싶었지만 그 목소리는 프란츠가 아니었다. 지금 생각해보니 사람의 목소리가 아니었던 것 같다. 어쩌면 다른 소리를 착각했거나, 혹은 귀가 아닌 눈이나 콧구멍으로 들은 소리일지도 모르겠다. 헐떡이는 내 숨소리가 너무 크게 들렸다. 상후가 왜 그래? 하는 표정으로 날 건드렸다.

"방금, 그 목소리, 들었어?"

내가 먼저 입을 뗐다.

"무슨…… 목소리?"

상후가 더듬거리며 반문했다. 모두 날 쳐다보았다. 순간 누구라고 할 것 없이 우리는 동시에 비명을 내지르며 다투어 달려갔다.

커다란 그림자들이 우리 뒤에서 어른거리지도 않았고, 날렵하고 거친 발소리가 우릴 쫓지도 않았다. 우리는 그저 무언의 공포에 쫓겨 어디가 길인지 분간할 겨를 없이 뛰었다. 목책을 넘고 다리를 건넜다. 주목의 시선이 미치지 않는 곳에 이르렀을 때도 우리는 멈추지 않았다. 우리는 미친 듯이 각자 집을 향해 달리고 또 달렸다.

4

며칠 후, 프란츠가 우리 집 구석방으로 이사를 왔다. 이사 온 다음 부터 프란츠는 오후 7시가 되어도 도개산을 오르지 않았다. 아침저 녁으로 프란츠의 얼굴을 대하게 되면서부터 내 머릿속은 온통 그 여 자, 아니 그 남자에 대한 생각뿐이었다. 도대체 무슨 증상인지 모르 겠다.

아침에 마루에서 내려오다가 발을 헛디뎌 시멘트 바닥에 이마를 찧었다. 너무 아파서 세상 하직하는 줄 알았다. 엄마가 그 소리를 듣 고 놀라 부엌에서 튀어나왔다.

"천방지축 까불 줄만 알지 조심성이라곤 없어."

그때 명이가 안방에서 기어 나오다가 마룻바닥에 얼굴을 처박았 다. 명이가 울음을 터뜨리려는 순간, 엄마는 번개같이 달려들어 명 이를 안아 올리며 얼러댔다. 엄마의 정신없는 동작에 명이는 울 시 기를 놓쳤다.

"아팠어? 우리 아가 예쁜 이마, 누가 그랬어?"

엄마는 혀를 차며 눈물이 그렁그렁한 명이의 이마를 어루만졌다. 나도 눈물이 쏙 빠지도록 아팠지만 아무래도 엄마가 내 이마까지 만져줄 것 같지는 않아 그냥 혼자 일어섰다. 어지러웠다. 뻐근하고 진한 울림이 머릿속을 뱅뱅 돌았다. 엄마가 한숨을 내쉬며 내게 말 했다.

"안 다쳤으면 들어가. 아침 먹게."

엄마는 나만 보면 한숨을 쉬었다. 날 보면서 한숨을 쉬는 엄마를 보면 나도 저절로 한숨이 나왔다. 그러면 엄마는 한숨 쉬는 내 모습에 진저리를 치며 다시 한숨을 쉬었다. 엄마와 나의 대화 시간은 5분 이상 지속된 적이 없었다. 매초가 지날 때마다 내 머릿속은 점점 까매지고 심장은 오그라들어 결국 아무 말도 할 수 없게 되기 때문이었다. 그러면 엄마는 한숨을 쉬며 굳어버린 날 두고 부엌이나 안방으로 들어가버렸다.

그때마다 나는 엄마가 안아주면 이 마비가 풀릴 것을 본능적으로 깨닫곤 했다. 엄마도 그 방법을 알고 있을 것이다. 내가 아는 건 당연히 엄마도 알고 있을 테니까. 알지만 하고 싶지 않은 걸까? 아니면 동하를 덮친 사고의 충격 때문에 잊어버린 걸까?

그럼 너라도 엄마에게 안아달라고 말을 했어야지. 네 속마음이 어떤지 털어놨어야지. 비록 불치병을 앓고 있는 무심한 엄마였더라도 너는 계속해서 엄마의 귀를 두드리고 또 두드렸어야지. 그때 누군가 내게 그렇게 충고했다 한들 내가 과연 그렇게 할 수 있었을까? 만약 그렇게 매달렸다면 엄마와 나 사이에 존재했던 그 깊은 고랑을 메울 수 있었을까?

나는 그저 엄마가 예전처럼 날 다시 안아주길 바랐다. 한 번이면 족했다. 그랬더라면 나는 엄마의 손 대신에 그의 손을 잡지 않았을지도 모른다. 그러나 엄마는 자신의 두 손과 가슴이 내게 뭘 해줄 수 있는지 잊었다.

아침을 먹고 이리저리 빈둥거리고 있는 사이 엄마는 대강 집안일을 끝내고 병원으로 나섰다. 나도 따라가 동하를 보고 싶었지만 엄마는 언제나 나를 떼어놓고 명이만 데려갔다.

일요일인데 아버지도 공장에 일이 있다며 낡은 점퍼를 걸치고 출근했다. 아버지의 양복바지는 닳아서 여기저기 번들거리고 무릎이 튀어나왔다. 아버지가 다니는 영세한 식품 제조 공장은 집에서 한 시간가량 떨어진 곳에 있었다. 엄마는 얼마 되지 않는 아버지의 월급과 할머니가 물려준 이 낡은 집의 집세로 살림을 꾸리고 동하의 병원비를 냈다. 때문에 우리 집은 늘 쪼들렸다.

집에 혼자 남은 나는 마당을 오락가락하며 구석방을 기웃거렸다. 문은 잠겨 있지 않았다. 목공소가 오늘 문을 닫았으니 프란츠는 아마 안에 있을 것이다. 그런데 왜 이렇게 조용하지? 하고 생각하는 순간 말소리가 두런두런 새어 나왔다. 이어 딸그락거리는 그릇 소리와 함께 바스락거리는 움직임이 들렸다. 안에 손님이라도 든 걸까? 나는 바깥문을 슬쩍 밀었다. 열린 문 안으로 어두컴컴한 부엌이 드러나면서 푸르스름한 빛에 물든 창호지 방문이 보였다.

"누구?"

방 안에서 프란츠의 목소리가 또렷하게 들려오는 순간 방문을 물들였던 빛과 함께 다른 소리까지 모두 사라졌다. 방문이 벌컥 열렸고, 그린 듯 정갈하고 매혹적인 프란츠의 얼굴이 보였다. 나는 숨이 턱 막히면서 민망한 기분이 들었다. 프란츠의 섬세한 눈매가 우아한 곡선을 그리며 살짝 올라갔다.

"놀러온 거야? 들어와."

프란츠는 미닫이문을 다 열어 보이며 청했다. 방 안에는 아무도, 아무것도 없었다. 손님은커녕 이불 한 자락, 컵 하나 보이지 않았다. 머뭇거리던 나는 곧 누군가에게 등을 떼밀리듯 방 안으로 들어서고 말았다.

"앉아."

나는 주춤거리며 방문 가까이 앉았다. 빈 상자 같은 방 안에 프란츠와 나, 이렇게 둘만 있었다. 아무도 들어와본 적 없는 텅 빈 내 가슴속으로 돌아가신 할머니 대신 프란츠가 들어와 나와 마주하고 있는 기분이었다. 내가 이 방을 나가고 나면 프란츠는 이 방의 구석구석을 조사한다. 그러면 나는 꼭꼭 숨겨둔 내 가슴속의 비밀을 전부 들키게 될 것이다. 프란츠가 모두 알게 되면? 그다음엔 어쩌지? 내가 프란츠를 멀뚱멀뚱 쳐다보자 그가 웃으며 물었다.

"표정이 왜 그래? 나한테 뭔가 할 말이 있는 얼굴인데?"

"저기, 뭐 하나 물어봐도 돼요?"

"뭔데?"

"남자예요? 여자예요?"

"다들 남자라고 하던데. 왜? 네 눈에는 내가 여자로 보여?"

나는 고개를 끄덕였다.

"제법 눈썰미가 있네. 솔직히 말하면 난 남자도 아니고 여자도 아니야. 아니면 남자이거나 여자이거나. 왜냐하면 난 단풍나무거든."

"농담하지 말고요."

"도개산의 단풍나무 이야기 못 들어봤어? 내가 바로 그 단풍나무야. 난 말이지, 식물이라고."

프란츠가 웃었다. 나를 놀리는 게 분명했지만 기분이 나쁘지는 않았다. 나는 반박했다.

"교과서에 보면 뿌리를 묻고 움직이지 않는 것은 식물이고 움직이는 것은 동물이라고 되어 있어요. 그리고 식물도 암수가 있다고 했고요. 은행나무도 암나무와 숫나무가 있어서 숫나무에는 은행이 열리지 않는다고 배웠어요."

"맞아. 은행나무는 암수딴그루고 버드나무와 옻나무도 그렇지. 하지만 소나무와 밤나무는 암수한그루로 암꽃, 수꽃이 따로 피지. 대부분의 나무들은 양성 동주야. 단풍나무는 자라면서 스스로 성별을 선택할 수 있고. 난 나무야. 세 개의 눈을 갖고 있거든."

프란츠는 낮은 목소리로 속삭이듯 말했다. 물론 나를 바라보는 프란츠의 눈은 두 개뿐이었다. 그러나 나는 그 총총한 두 눈 뒤에 통찰력으로 심어진 또 하나의 숨겨진 눈동자를 상상할 수 있었다. 내 시선이 머리칼로 가려진 프란츠의 이마를 무의식적으로 훑었다. 나도 모르게 그의 말을 믿으려 든 것이다.

"그럼 나머지 한 개의 눈은 어디에 있어요?"

"글쎄, 어디에 달려 있을까? 맞춰볼래?"

프란츠가 되레 내게 수수께끼를 냈다.

나무가 장님이란 생각은 들지 않았다. 하지만 생각해보니 그네들은 얼굴이 없지 않은가. 볼 수 있는 눈과 말할 수 있는 입이 없음에도 우리는 그들이 세상 돌아가는 꼬락서니와 지나가는 사람들을 지켜보며 종내에는 시대 변천사까지 논할 수 있으리라 여긴다.

심각한 범죄 사건이 벌어지면 사람들은 근처에 있는 나무나 전봇대가 목격한 바를 털어놓길 바란다. 사건 보고서에 상투적인 감상 문구가 한 줄 들어가 있다면 모두 이렇다.

'나무는 모든 것을 지켜보았지만 말이 없었다.'

이는 누구도 나무의 눈을 본 적은 없지만 은연중에 나무가 눈을 갖고 있다고 인정한 것이다.

"나무는 눈이 세 개라서 사람들이 보는 것과 조금 다른 형태로 세상을 보지."

그렇게 말하는 프란츠에게서 나는 코끼리 두개골 3천 개를 바라보는 어느 지친 여행자의 눈동자를 떠올렸다. 여행자는 모래언덕 위에서 바람을 본다. 점묘법으로 그려진 어느 화가의 그림처럼 빛과 모래로 흩어진 세상의 풍경을 달관한 눈빛으로 좇는다. 여행자의 시선은 먼 곳을 돈다. 그는 사물에 가까이 다가가지 않는다. 진정한 여행자의 목적은 목적지가 아니라 길이기 때문이다. 여행자는 머물 곳을 찾지 않는다. 그저 갈 곳을 꿈꿀 뿐.

그 여행자는 아마 빛과 모래 만큼 헤아릴 수 없이 많은 눈을 갖고 있으리라. 조각난 세상의 풍경을 모두 좇아야 하니 말이다. 하나밖에 볼 수 없는 자는 진정한 여행자가 될 수 없는 법이다. 때문에 나는 아직 이 자리를 떠나지 못하고 있는 건지도 모른다.

"그리고 나무는 눈뿐 아니라 코로도 세상을 볼 수 있어."

"코로 본다고요?"

나는 프란츠의 코끝을 빤히 쳐다보았다. 프란츠가 빙그레 웃더니 손끝으로 내 코끝을 가볍게 치며 말했다.

"이른 새벽 나무가 코로 세상을 보고 있는 동안, 세 개의 눈은 꿈을 꾸고 있지. 코로 세상을 볼 때 가장 좋은 점이 뭔지 알아? 비가 오면 근사한 광경이 펼쳐진다는 거야."

코가 볼 수 있는 광경이란 것이 도대체 어떤 것인지 당시 나는 상상이 가지 않았다. 하지만 열세 살의 몸으로 남아 더는 앞이 보이지 않게 된 지금, 모든 것을 기억에 의존해야만 하는 내게 아침이 왔다거나, 구름이 잔뜩 끼었다거나, 비가 쏟아지는 것을 구별해낼 수 있는 건 오직 코가 가졌던 감각으로만 가능하다.

아침이 주는 몽롱하고 나른한 밝은 복숭앗빛 냄새, 구름이 주는 차가운 잿빛 그림자 냄새, 비가 내릴 때면 각기 다른 채도로 물 냄새를 풍기며 선명한 윤곽을 드러내는 흰색과 검은색 교차선들.

"정오의 해가 우리 머리를 따뜻하게 데우면 나무는 꿈에서 깨어나 하나의 눈을 뜨지. 다시 해가 기우는 사이 또 하나의 눈이 잠에서 깨고, 밤이 되면 마지막 눈을 떠. 그리고 세 개의 눈으로 모든 것을 보는 거야. 어둠, 그림자, 그리고 거짓으로 만들어진 빛. 우리는 코로 새벽과 아침이 오는 것을 보고 세 개의 눈으로 낮과 밤을 번갈아보지, 그래서 알아."

"뭘요?"

"말하지 않아도 안다고, 너를."

가슴이 철렁 내려앉았다. 그건 할머니가 돌아가시기 직선 내 귓속에 마지막으로 남긴 말이었다. 할머니가 알고 있는 것을 그때 프란츠도 이미 알고 있었던 것이다. 그들은 그때 내 미래를 보고 있었다. 그들이 안다고 말했던 것은 내 가슴속에 들어 있는 슬픔과 비밀을 안다는 것이 아니라, 내가 훗날 어떤 결정을 할지 이미 알고 언지를 준 것이다. 너의 고통을 털어버리라고, 그 결정을 바꾸라고.

그러나 아무것도 몰랐던 그때의 나는 그저 켜켜이 감춰둔 내 비밀을 들킨 것 같아 부끄럽기만 했다.

이제 나는 안다. 삶은 무의식적 안정을 제공하던 자궁에서 소란스러운 바깥으로, 죽음은 간신히 적응한 일상에서 다시금 가물거리는 기억을 안고 떠도는 그림자의 세계로 우리를 돌려보내는 것임을. 그 경계를 넘나드는 것은 단지 허깨비처럼 바스대는 청각뿐임을 나는 머잖아 알게 될 것이다.

5

자신이 단풍나무라고 고백한 후부터 프란츠는 등하굣길에 목공소 앞을 지나는 나와 눈이 마주칠 때면 한쪽 눈을 찡긋거리며 친하다는 신호를 보냈다. 프란츠가 내게 미소를 지으면 그 화사한 표정에 내 가슴은 자줏빛 붓꽃 향으로 벌렁거렸다.

이쯤 되자 나는 뭔가 이상하다는 생각이 들었다. 다른 사람들은 모두 남자라고 여기는 프란츠를 나 혼자 여자로 보고 있었다. 연자 누나도 프란츠를 오빠라고 불렀다. 즉 프란츠는 연자 누나에게는 세라피투스였고 내겐 세라피타였다. 그러려면 프란츠는 그의 말대로 단풍나무여야 했다. 그래야 이 혼란이 설명된다. 단풍나무는 일생동안 암수가 바뀐다. 암꽃을 피울지 수꽃을 피울지 우리로서는 종잡을 수 없다.

그 나이 때에는 모든 가능성을 상상할 수 있고 어떤 상상은 말로 내뱉어야 직성이 풀린다. 고민을 거듭하던 나는 비웃음을 무릅쓰고 결국 아버지에게 의문을 털어놓고 말았다.

"아버지, 그 도개산의 단풍나무 전설 말이에요, 진짜예요?"

"왜?"

"프란츠가 그 단풍나무래요."

아버지는 웃지 않았다.

"누가 그래?"

"프란츠가 그렇게 말했어요."

"프 씨가 그랬어? 자기가 도개산의 단풍나무라고?"

다들 왜 프란츠를 프 씨라고 부르는지 모르겠다. 좀 웃긴다는 생각을 하면서 나는 진지하게 대답했다.

"네."

"글쎄, 내 생각에 그건 그냥 목수 일에 자부심을 가지고 있다는 뜻으로 한 말일 거야. 유명한 바이올리니스드가 밀하기를 연주할 때 자기는 바이올린과 한 몸이라고 했거든. 그거랑 마찬가지야."

"그럼 대패나 톱질을 할 때 프란츠는 대패나 톱과 한 몸이 되는 거니까 자기는 대패나 톱이라고 말해야지 왜 나무라고 하는데요?"

"그건 바이올리니스트가 바이올린의 활을 켜면서 나는 활이라고 말하지 않고 바이올린이라고 말하는 것과 같은 거야."

아버지의 설명은 그럴듯했지만 내 의혹은 여전히 풀리지 않았다. 그날 밤, 나는 나무에 관한 꿈을 꾸었다. 무화과나무 밑에서 균류에 취해 선잠이 든 것도 아닌데 어째서 그런 꿈을 꾸었을까?

연분홍 꽃이 흐드러지게 핀 나무였다. 프란츠는 목장갑을 낀 길쭉한 손으로 울부짖는 나무의 사지를 찢었다. 피부를 벗겨내고 뼈를 깎고 세포 깊숙이 홈을 팠다. 피가 흐르지 않고 분말처럼 흩어졌다. 프란츠는 잔인했다. 가시랭이들이 희고 뾰족한 혀처럼 불거져 나와 고래고래 비명을 지르는 환청 속에서 나는 눈을 번쩍 떴다.

한밤중이었다. 온몸이 땀에 젖어 있었다. 악몽을 꾸면서 내가 움켜잡은 이불자락이 삼베 조각처럼 꼬깃꼬깃 주름져 있었다. 슬레이트 지붕을 따닥따닥 치는 빗소리가 들렸다. 그때 갑자기 번개가 번쩍였다. 이어 우르릉 쾅! 천둥소리가 울렸다. 소리와 빛의 교란으로 내 정신이 무방비해진 상태를 놓치지 않고 공포가 나를 향해 도약했다.

다시 번개가 번쩍 일었다. 천둥소리가 울렸다. 나는 질겁하며 눈을 질끈 감았다. 그 순간이었다. 동하가 보였다. 병원에 있어야 할 동하가 내 옆에 누워 있었다. 꼼짝도 하지 않고 누워만 있던 동하가 갑자기 왼팔을 번쩍 들어올렸다. 돌아가시기 전에 할머니가 그랬던 것처럼 동하의 손가락이 어딘가를 가리키고 있었다. 동하가 퀭한 눈동자로 나를 쳐다보았다. 바짝 말라버린 동하의 입술이 달싹였다.

"형, 저기 그가 와 있어."

나는 머리칼이 쭈뼛 섰다.

"어…… 엄마…… 엄마아아아!"

너무 놀라 엄마를 소리쳐 불렀다. 순간 동하의 손이 이부자리 위로 툭 떨어졌다. 거짓말처럼 반짝 뜨고 있던 동하의 눈이 감겼다.

내 방문이 벌컥 열렸다. 아버지가 문틈 사이로 얼굴을 내민 채 물었다.

"왜 그래?"

"도…… 동하가……."

"꿈꿨구나. 소리 지르지 말고 얼른 자라. 엄마 깰라."

아버지가 하품을 하며 문을 닫고 안방으로 건너갔다. 잠이 오지 않았다. 방금 전에 동하가 누워 있던 자리는 텅 비어 있었다. 내 방이 무섭게 느껴졌다. 정말 꿈이었을까? 동하가 말했다. 저기 그가 와 있다고. 동하의 손가락은 구석방이 있는 방향을 가리키고 있었다. 프란츠를 말하는 것이 틀림없었다.

나는 방에서 나와 툇마루 끝에 쪼그려 앉았다. 네모진 우리 집 마당에 비가 고였다. 시멘트 바닥에 고인 빗물이 촬촬 흘러 장독대 아래에 있는 공동 수도의 수챗구멍으로 향했다. 다시 번개가 칠 때, 나는 구석방의 바깥문이 조금 열려 있는 것을 보았다. 안에서 희푸른 빛이 새어 나오고 있었다. 프란츠가 아직 자고 있지 않다는 것을 알았다. 나는 운동화를 꺾어 신고 그대로 빗속을 건너갔다. 3초도 걸리지 않았지만 비가 억수같이 쏟아지고 있어 흠뻑 젖었다.

안으로 들어서자 프란츠가 기다리고 있었다는 듯 미닫이문을 드르륵 열고 들어오라며 손짓했다. 형광등을 켜지 않아 방 안이 어두컴컴했다. 그럼 좀 전에 내가 본 그 희푸른 빛은 뭐였지?

"불 좀 켜면 안돼요?"

"그럼 날 잘 볼 수 없을 텐데. 너, 나 보러 온 거잖아. 눈을 감아봐. 그럼 내가 훨씬 더 잘 보일 거야."

"눈을 감았는데 어떻게…… 봐?"

나는 멈칫했다. "먼저 눈을 감아야지. 그리고 네 고추를 봐라." 할머니가 그렇게 말했을 때도 나는 지금과 같은 말을 했다. "눈을 감았는데 어떻게 봐?" 방금 프란츠가 할머니와 같은 말을 했다.

"잠깐 기다려봐."

프란츠가 부엌으로 내려서더니 찬장을 뒤지며 중얼거렸다.

"여기 어디 초가 있는 걸 봤는데?"

나는 초를 찾는 프란츠를 바라보며 물었다.

"왜 이름이 프란츠예요? 진짜 이름 없어요?"

"없어."

"세상에 이름 없는 사람이 어디 있어요?"

"넌 여전히 믿지 않는 모양이지만 난 나무야. 대개의 나무는 이름이 없어. 사람들이 이름을 붙여주거나 나처럼 스스로 이름을 붙이기 전까지는. 프란츠는 이번에 내가 내게 붙인 이름이야."

"이번에요? 그럼 저번엔 다른 이름이었어요?"

"그렇지. 다음엔 또 다른 이름일 거고."

"왜 이름을 바꾸는 거예요? 범죄자처럼?"

"그때그때 취향에 따른 것이지. 이번에 산에서 내려올 때 어떤 음악을 들었는데 그 노래를 만든 사람의 이름이 프란츠였어. 아, 여기 있다."

프란츠가 초를 찾아 불을 붙인 후 다시 방 안으로 들어섰다. 어두운 방 안에 동그마니 불빛이 고였다. 프란츠가 그 불빛 가운데로 두 손을 쑥 담갔다. 벽에 프란츠의 손 그림자가 생겼다. 프란츠의 손가락 열 개가 길어지고 갈라지며 죽죽 뻗어 나가더니 울창한 가지를 이루었다. 나는 놀라 얼른 프란츠의 손을 쳐다보았다. 그의 손가락들은 멀쩡했다. 단지 촛불이 만든 그림자가 제멋대로 사물의 본체에서 일탈해 장면을 연출하고 있었을 뿐이었다. 프란츠에게서 뻗어 나온 거대한 나무 그림자가 금세 사벽과 천장을 검게 뒤덮었다.

"누구든 정체가 궁금한 사람이 있으면 한밤중에 촛불을 들이대 봐. 그림자를 통해 진짜 자기 모습을 드러낼 거야."

어슴푸레한 불빛 속에서 프란츠의 눈동자는 가을 단풍잎처럼 은은하고 화사한 붉은빛을 띠고 있었다. 프란츠가 웃었다. 그의 웃음소리를 따라 방 안을 가득 채운 나무의 그림자가 바람 속에 서 있는 것처럼 흔들렸다.

바람이 무성한 잎들을 휘저어 가르는 곳에는 골이 생긴다. 그곳으로 빛이 스며든다. 내 머릿속에도 그런 골이 생긴 것 같았다. 꼬불꼬불 갈라진 뇌의 틈새로 바람이 들었다. 눈이 아니라 머리가 환해졌다. 나는 그림자로 만들어진 이 작은 세계에 취했다.

"어떻게 한 거예요?"

"마술이지. 모든 마술에는 상자가 등장하잖아. 이 방이 바로 그 상자야. 우린 지금 마술 상자 속에 들어와 있는 거지. 내가 이 방을 텅 비워놓은 것은 그 때문이야. 여기에는 어떤 장치나 트릭도 없다는 뜻이지."

옛날에 공청옥이란 유명한 마술사가 있었다. 그의 아들 공해경도 마술사라고 했다. 그 사람들은 마술을 할 때 트릭을 쓰지 않는다고 했다. 그들은 도깨비 방망이처럼 뭐든 꺼낼 수 있는 주머니가 달린 코트를 입고 다녔다. 아무도 그들이 어디 사는지 몰랐고 만나는 방법도 알지 못했다.

나는 프란츠의 말을 믿으면서도 한편으로는 속는 기분이 들었다.

"그만 갈래요."

나는 자리에서 일어섰다.

"이 상자에서 나가고 싶어? 그런데 아무 데로 나가면 엉뚱한 곳으로 가게 될 텐데."

"저 방문만 열고 나가면 되는데 무슨?"

"정말 그럴까? 마술 상자의 뚜껑은 마술사가 열어줘야 모든 게 제자리로 돌아오는 거야. 넌 아직 여기서 나갈 수 없어. 그럴 타이밍이 아니거든. 자, 이리 와서 눈을 감아봐."

프란츠가 내 어깨를 잡고 벽과 마주 서게 했다.

"네가 나갈 문은 이쪽이야."

"에? 잠깐만요. 이쪽은 문이 없어요. 벽이라고요."

내가 저항하자 프란츠가 말했다.

"눈만 뜨지 않으면 돼. 눈을 뜨면 머리가 벽에 꼭 끼어버릴지도 모르거든."

어찌할 새도 없이 그가 내 등을 떼밀었다. 나도 모르게 눈을 감았다. 쿵 하고 벽에 부딪쳐야 할 내 머리가 벽을 통과했다. 갑자기 눈앞이 시원해지며 숲 사이로 구불거리는 길이 보였다.

"사람들은 저 길을 도깨비 길이라고 부르지만 우리는 검은 뼈다귀 길이라고 불러. 저 길을 무사히 통과할 수 있는 방법은 두 가지야. 저 길의 주인에게 초대를 받았거나, 이 구석방 자리처럼 주목을 이용해 들어가는 것이지."

"주목요?"

"저 길의 주인이 만든 일종의 장치야. 도깨비 길은 오래된 나무들이 만드는 거야. 예전에 저 길의 주인이 길 입구에 있는 돌다리 옆에서 깊은 잠을 자고 있던 오래된 수복을 깨웠어. 그래서 수복을 통해 저 길을 드나드는 것이 가능해졌지. 이 구석방 자리 아래에는 오래전에 잘린 또 다른 주목의 뿌리가 남아 있거든."

"그러니까 도깨비 길에서 길을 잃으면 주목을 표식으로 삼으면 된다는 거네요?"

"그럴 수도 있지만 아닐 수도 있지. 다른 입구가 생겼다는 것은 거기서부터 또 다른 새로운 길이 이어진다는 뜻이야. 저 길의 주인이 미로를 더 복잡하게 만든 것이지."

"저 길의 주인이 누군데요?"

"도깨비 길의 주인이니까 도깨비지."

"알았어요. 알았으니까 그만 놔줘요."

"쉿! 소리치지 마. 시끄럽게 떠들면 저 길의 주인을 깨우게 돼. 저 길의 주인은 아주 무서운 것이야."

아주 무서운 것이라는 말에 나는 얼른 입을 다물었다. 질척하고 비릿한 감각이 나를 곤추세웠다. 내 어깨를 잡은 프란츠의 손이 느슴해졌다. 프란츠가 천천히 내 어깨를 방 안으로 끌어당겼다. 나는 방금 내 머리가 빠져나온 자리를 황급히 돌아보며 손으로 짚어보았다. 단단하고 평범한 벽이었다.

"그 벽을 통과해 계속 길을 따라가다 보면 그 끝에 언덕이 있어. 언덕에 이르면 단 하나의 열매만 달고 있는 오래된 단풍나무를 볼 수 있을 거야."

우스꽝스럽게 일그러진 내 표정을 보고 프란츠가 말했다.

"이번에 소원을 들어줄 사람으로 나는 널 택했지만 내키지 않는다면 다른 사람을 찾아볼게."

"아뇨. 그게 아니라……"

나는 갑자기 마음이 조급해졌다. 그가 정말 다른 사람을 찾아 가버릴 수도 있다는 것을 깨닫자 새삼 절실해졌던 것이다.

"말해봐. 네 소원이 뭐지?"

"내 소원은…… 동하가 일어나는 거예요. 멀쩡하게 다 나아서 집으로 돌아오는 거요. 그러면……"

그러면 엄마도 예전처럼 웃어주지 않을까. 하지만 할머니가 경고했다. 그가 주는 것을 받지 말라고. 그가 주는 것, 단풍나무 열매다.

"그런데 왜 망설여?"

"우리 할머니는 당신을 두 번 봤다고 했어요."

"나도 네 할머니를 두 번 봤지. 네 할머니처럼 나를 두 번 보는 경우는 거의 없어. 대개 사람들의 수명은 나를 두 번 보기 전에 끝나거든. 혹은 그 전에 내 얼굴을 잊어버리거나. 설사 기억하고 있다 해도 알아보지 못해. 네 할머니가 날 알아본 것은 눈을 감고 나를 보았기 때문이야. 네 할머니가 내가 주는 것을 받지 말라고 했니?"

나는 고개를 끄덕였다.

"받은 만큼 내놔야 한다고 했어요. 나중에 소원을 이룬 대가로 내가 뭘 내놔야 하는 거죠?"

"그게 뭐든 네가 선택할 문제야. 받고 싶지 않다면 받지 않아도 돼."

"하지만⋯⋯."

"무엇을 선택하든 얻는 것이 있으면 잃는 것이 있기 마련이야. 그래도 사람들은 자신의 바람을 위해 계속 선택을 하지. 어떤 것을 갖고 어떤 것을 내놓느냐는 네가 결정하는 거야. 모두가 그 선택을 어려워하지만 잘해나가고 있지. 그게 사람의 삶이니까."

나는 프란츠의 유혹을 뿌리칠 수 없었다. 나는 내가 원하는 것이 무엇인지 잘 알고 있었다. 내가 가진 것 중에 무엇을 내놔도 내가 원하는 것보다 큰 것은 없었다. 멀쩡해진 동하와 그런 동하를 보고 다시 웃게 될 엄마보다 더 큰 것이 뭐가 있단 말인가.

"가겠어요."

"그렇게 선택했다면 나머지도 신중하길 바란다. 그 길에 들어서면 절대 뒤돌아보지 말고 앞만 보고 걸어. 만약 길을 잃었다 해도 함부로 다른 사람을 쫓아가면 안 돼. 알겠지?"

나는 프란츠에게 뭔가 더 묻고 싶었지만 프란츠의 손에 떼밀려 벽

밖으로 성큼 나서고 말았다. 엉겁결에 벽을 통과한 나는 좁은 길 중간에 서 있었다. 돌아보니 내가 방금 빠져나온 곳은 빽빽한 숲이었다. 숲 너머에서 프란츠의 목소리가 들렸다.

"자, 이제 가봐. 아, 참."

"뭐요?"

내 목소리가 덜덜 떨리고 있었다.

"신발 신고 가야지."

숲 속 어딘가에서 내 운동화가 날아와 툭 떨어졌다. 나는 축축하게 젖은 운동화를 신고 한 걸음씩 내디뎠다.

6

땅은 질척했고 희미하게 새어드는 달빛 자락 사이로 나무뿌리가 발가락 춤이라도 추는 듯 꼼지락거리는 게 보였다. 잘못 본 거라고 생각하며 나는 애써 시선을 돌렸다. 걸음을 옮길 때마다 이상한 소리들이 뒤따르는 것 같았다. 휙 돌아보면 나무 뒤편에 잔뜩 웅크리고 있는 어떤 것이 느껴졌다. 알 게 뭐야. 알 필요도 없었고 알고 싶지도 않았다. 알지 못하는 더 많은 존재들의 잠을 깨울까 봐 나는 최대한 발소리를 죽이며 부지런히 걸었다. 부슬비가 내리기 시작했다. 추적추적 내리는 비를 그대로 맞으며 한참을 걸었지만 언덕은 나타나지 않았다.

나는 혹시 길을 잘못 들었나 싶어 걱정이 되기 시작했다. 그래서 그만 프란츠의 말을 깜빡 잊고 무심코 뒤를 돌아보고 말았다. 분명 처음 출발할 때는 외길을 따라 걸었다. 그런데 돌아보니 내가 지나온 길은 길이 아니었다. 친구들과 함께 프란츠의 뒤를 쫓다가 똑같은 경험을 했던 기억이 났다. 그땐 친구들이 있었지만 지금은 혼자였디.

두려움이 밀려왔다. 어쨌든 나는 계속 길을 가야만 했다. 그런데 어디로 가야 할지 알 수가 없었다. 잠깐 뒤를 돌아본 사이 나는 그만 가던 길을 놓치고 나무들로 빼곡한 숲 한가운데 서 있었다.

이제 완전히 길을 잃은 것이다. 비는 끊임없이 내렸고 추위 때문에 생각이 둔해졌다. 잠자리에서 입고 있던 갈색 고무줄 반바지와 반팔 티셔츠 한 장만 달랑 걸친 채로 9월 하순의 밤을 산에서 보내자니 온몸이 오들오들 떨렸다. 사방은 온통 비와 바람 뿐이었다. 그렇다고 멈춰 서 있을 수도 없는 노릇이라 그냥 되는 대로 걸었다. 단풍나무고 뭐고 간에 그저 이 산을 내려가고 싶다는 생각밖에 들지 않았다.

희끄무레한 새벽이 눈에 보일 즈음 간신히 숲을 빠져나온 나는 다행히 내리막 산길을 찾았다. 모퉁이를 돌자 포장마차가 보였다. 안에서 희미한 불빛이 새어 나오는 것을 보니 벌써 문을 연 모양이다. 이렇게 이른 시각에 등산객이 있을 것 같진 않지만 문을 언제 열지는 부지런한 주인의 마음에 달린 것이니까.

폐쇄된 사유지 내에 포장마차가 있을 리 없으니 내가 도깨비 길에서 벗어난 것은 분명했다. 프란츠가 내게 다시 기회를 줄지는 알 수 없었지만 나는 지칠 대로 지쳤기 때문에 일단 집으로 돌아가기로 했다. 마음을 정하자 걱정이 밀려들었다. 엄마가 일어나기 전에 과연 내가 먼저 집에 들어갈 수 있을까.

나는 내려가는 길을 묻기 위해 포장마차 안으로 들어섰다. 조리대 안쪽에서 흥얼거리며 서 있던 남자가 돌아보더니 눈을 동그랗게 떴다. 큼지막한 입, 가무잡잡한 피부, 듬성듬성 성기게 난 수염, 거기다 포도 알처럼 뎅그런 눈알이 무슨 도깨비 탈 같았다. 못생긴 얼굴이었지만 눈은 한없이 다정했다.

"괜찮아. 들어와."

그는 눈을 있는 대로 가늘게 접으며 내게 친절하게 손짓했다. 그가 나를 보고 웃자 눈꼬리에 부챗살 같은 주름이 펼쳐졌다.

"이부자리에 콕 박혀 있지 않고 이 시간에 왜 이런 델 어슬렁거리고 있냐?"

"길을 잃었어요."

"길을 잃어? 너, 혹시 도깨비 길에 들어갔었냐?"

갑자기 그는 독수리 같은 표정으로 나를 쳐다보았다. 눈꼬리에 생겼던 주름이 없어졌다. 그 주름은 웃을 때만 생겼다. 웃는 주름을 갖고 있을 때와 갖고 있지 않을 때 그의 시선은 확연히 다른 느낌을 주었다. 그가 웃는 주름을 거둬들이자 나는 사냥하는 매의 시선에 갇힌 목표물이 된 기분이었다. 내가 대답을 머뭇거리자 그가 말했다.

"일단 앉아라. 따뜻한 우유라도 한 잔 줄 테니. 그나저나 집에서 걱정하고 있겠다."

"집에서는 아직 제가 없어진지 모를 거예요. 그 전에 들어가려고요."

"가족에게 알리지도 않고 혼자 산에 올랐어? 왜?"

나는 입을 다물었다.

"알았다. 안 물어볼게. 근데 왜 그렇게 날 쳐다보냐? 내가 많이 이상하게 생겼냐?"

"아, 아뇨. 그냥 아저씨가 새처럼 느껴져서요."

"무슨 새?"

"매 같은 거요."

"내가 그렇게 가볍고 날쌔 보여? 이래봬도 몸무게가 꽤 나가는데."

그는 이가 빠진 사기 컵에 우유를 가득 담아 내 앞에 놓으며 웃었다. 그의 입가가 올라갔다. 웃는 주름이 돌아왔다. 이상하게도 나는 점점 더 그 주름이 좋아졌다. 배가 고프던 참이라 나는 우유를 단숨에 비웠다.

"너, 새가 얼마나 가벼운지 아냐? 새들은 말이야, 절대 뱃속에 똥을 담아두지 않아. 무거우면 날 수 없거든. 그래서 머릿속이든 몸속이든 깔끔하게 텅 비워야 하지."

"머릿속엔 똥이 없는데 어떻게 비워요?"

"똥 대신 똥보다 더한 것들이 들어 있지."

"그게 뭔데요?"

"생각!"

"어떤 생각요?"

"마음의 짐이 되는 기억들이지. 근데 너, 혹시 단풍나무 열매를 찾는 중이냐?"

내 머릿속이 딩 하고 울렸다. 동시에 구석 자리에 홀로 앉아 있던 남자가 내 쪽을 흘낏 쳐다보았다. 남자의 눈동자는 칠흑처럼 새까맸다. 나이는 50대 초중반 즈음, 약간 마른 체구에 등이 다소 굽었고 거의 표정을 짓지 않았다. 어딘가 낯이 익었다. 친척인가? 아님 아버지의 친구분들 중에서 봤을까? 아냐, 그럼 저 남자가 먼저 날 알아봤을 거야. 그냥 시장통을 오가며 몇 번 스쳐본 사람일지도 모르지.

남자는 손가락으로 미간을 문지르며 잠시 망설이는 기색을 보이더니 건조하고 단호한 말투로 나를 향해 다짜고짜 말했다.

"하지 마."

"네?"

"그 단풍나무의 열매를 손에 쥐면 무서운 것이 될 수도 있다는 말, 못 들어봤어?"

딸꾹질이 나오려고 했다.

"단풍나무는 때가 되면 사람이 되어 내려온다지. 어떤 사람에게는 여자로, 어떤 사람에게는 남자로 보인다고 하더군. 그자가 자기 열매를 줄 사람을 어떻게 고르는지 알아? 자신의 성별을 다른 사람들과 유일하게 반대로 보는 사람이야. 너 혹시 그런 자를 만난 적이 있어?"

나는 대답할 수가 없었다.

"대답이 없는 걸 보니 만난 모양이군. 상관없어. 네가 누구를 만났건 넌 그 단풍나무의 열매를 딸 수 없어. 그 나무는 내가 오늘 안에 찾아내 베어버릴 거거든."

"베어버릴 거라고요?"

"내 동생이 그 빌어먹을 단풍나무 열매를 따려다 행방불명이 됐어. 세월이 이렇게 지났는데도 돌아오지 않는 것을 보면 죽은 거지."

내 동생 동하도 죽은 거나 다름없었다. 동하의 영혼도 육체 밑바닥으로 가라앉아 행방불명이 됐다. 동하가 산 사람들에게 반응하지 않게 된 후, 나는 날마다 해가 지고 밤이 되면 빈방에 홀로 누워 안방에서 들려오는 텔레비전 소리를 자장가 삼아 맛도 없는 잠을 잤다. 아무 의미도 없는 잠, 의무적인 잠, 그 잠에 매달려 뒤죽박죽인 꿈을 꾸면서 아침을 기다렸다.

세월이 지난 지금도 크게 달라진 건 없다. 가끔 나지막한 허밍 소리를 듣는다. 가만히 듣고 있노라면 소리는 점점 멀어진다. 소리가 끊겨도 내 머릿속에서는 여전히 그 가락이 맴돈다. 어떤 때는 노랫소리 대신 아득히 먼 곳에서 보리밭 나락에 닿는 바람 소리가 음악처럼 선율을 뿌릴 때도 있다.

나는 누워서 일상적인 아침을 생각한다. 방이 열세 개나 있었던 우리 집, 각 방마다 배당된 세입자들, 공동 화장실을 두고 벌이는 실랑이들, 메마른 엄마의 표정. 아직 엄마에게 다 하지 못한 말이 있다. 나는 엄마 곁에 두고 온 그 말들이 못내 아쉬워 잡아보려 애를 쓴다.

그러다 불현듯 엄마에 대한 그리움이 북받치면 진흙과 수초로 뒤범벅이 된 축축한 어둠 저편을 향해 엄마를 불러본다. 엄마, 날 찾고 있을까. 아니면 평소처럼 그저 몇 번 내 이름을 불러보다가 텔레비전만 보고 있을까.

사무치는 그리움이 선잠이 든 내게 치댄다. 불면에 시달리다 지친 나는 눈을 감고 조각조각 부서지는 햇빛을 떠올린다. 눈이 부시다. 수면에 떨어진 햇빛은 노랗고 미세한 유리알이 되어 구르다가 빛에 굶주린 내게 고요히 스며든다. 손톱과 머리카락 끝에 닿는 이 따스한 감촉. 그리움이 뼈를 녹일 지경에 이르고서야 생전의 감각이 생생하게 되살아난다.

남자가 말했다.

"어머니는 아직도 동생을 기다려. 이미 죽은 사람인데 말이야. 어머니는 이제 사실과 거짓을 구분하지 못해. 어떤 황당한 일도 충분히 일어날 수 있다고 생각하지."

엄마의 불치병도 엄마를 자주 그런 식으로 멍하게 만들었다. 본 것도 잊고, 들은 것도 잊고, 몇 번을 반복해서 이야기해줘도 그저 응응, 거리며 알맹이 빠진 대답만 할 뿐이었다. 그러면서도 텔레비전

드라마에서 벌어지는 사고나 갈등에는 민감했다. 엄마는 그렇게 가짜에만 진심으로 반응했다. 나는 그런 엄마를 원래대로 돌려놓고 싶었다. 그러려면 단풍나무 열매가 내 소원을 들어줘야 했다. 그런데 지금 저 남자가 단풍나무를 베어버리겠다지 않는가. 그럼 내 소원은? 프란츠는 어떻게 되는 거지?

"왜 그런 눈으로 날 쳐다보는 거야? 그래봐야 소용없어. 난 그 단풍나무를 반드시 베어버릴 테니까. 우리 어머니가 뭐라고 하신 줄 알아? 내가 진짜 기가 차서 말이 안 나올 지경이야. 당신께서 직접 그 단풍나무 열매를 따시겠대. 죽은 동생을 다시 보게 해달라고 빌거라나. 빌어먹을 그 나무 때문에 우리 식구 모두 하루하루가 살얼음판이야."

"하지만 그 단풍나무는 사유지 안에 있고, 사유지로 들어가려면 도깨비 길을 지나야 해요. 쉽게 찾을 수 없을 거예요."

내 말에 남자는 짜증이 난 듯 얼굴 표정이 어두워졌다.

"그래, 그놈의 도깨비 길, 그게 말썽이야. 그 길에서 죽으면 도깨비가 데려간다지. 난 말이야, 밤마다 밖에서 문 두드리는 소리만 들려도 동생이 도깨비가 되어 찾아온 게 아닌가 싶어 겁이 더럭 났어. 어머니는 비가 부슬부슬 내리는 날이면 절굿공이로 나무를 두드리며 동생을 부르지. 우리 아가, 어딨냐? 도깨비 길에서 죽었으니 도깨비가 됐냐? 도깨비가 되었어도 좋다. 에미 한번 보러 와라. 이게 다 그 묵은 단풍나무의 전설이 빚어낸 비극이지. 젠장, 내가 어린애를 붙잡고 지금 무슨 헛소릴 하는 건지 모르겠군. 그만 가봐야겠다."

남자는 주머니를 뒤져 테이블 위에 돈을 놓았다. 남자가 발치에 놓여 있던 배낭을 들고 자리에서 일어섰을 때 나는 그 남자가 단풍나무 있는 곳으로 갈 것임을 알았다. 남자를 따라 일어서는 나를 보고 포장마차의 주인 남자가 고개를 저으며 간절하게 말했다.

"제발, 따라가지 마라."

그러나 그때 나는 길을 잃었다 해서 함부로 다른 사람을 따라가지 말라던 프란츠의 경고 같은 건 이미 까맣게 잊고 있었다.

***

남자는 곧장 서쪽을 향해 가고 있었다. 나는 남자가 언제 도깨비 길에 들어섰는지 알지 못했다. 남자가 도깨비 길을 통해 언덕에 이르렀는지도 확실하지 않았다. 그저 정신없이 남자의 뒤를 쫓느라 주위를 둘러볼 겨를이 없었다. 무릎과 팔꿈치는 생채기로 쓰렸고 손은 온통 흙투성이였다.

땀으로 뒤범벅된 얼굴을 들고 마침내 단풍나무를 대면했을 때 내 눈은 불타는 바람을 보고 있었다. 붉은 잎들이 비 오는 소리를 내며 세차게 흔들렸다. 저 붉은 바람 속에 단 하나뿐인 소원의 열매가 감춰져 있는 것이다.

언덕 아래에는 납작한 검은 돌처럼 보이는 습지들이 군데군데 박혀 있었다. 습지 건너편으로 시선을 돌리니 부서진 돌 비석과 무너진 봉분들이 눈에 들어왔다. 언덕과 빼곡한 나무들의 그늘에 가려 축축하고 어두운 습지와 달리 메마른 묘지의 풍경은 고적하고 고아하기까지 했다.

남자가 등에 지고 있던 배낭에서 도끼를 꺼냈다. 나는 용기를 내어 말했다.

"안 돼요."

남자가 돌아보았다. 허탈하고 선뜩한 시선이 날 쏘아보며 따져 물었다.

"왜 안 돼? 너도 내가 잘못하고 있다고 생각해?"

남자는 도끼를 든 채 나를 향해 한 걸음씩 다가왔다. 나는 겁에 질린 채 뒤로 조금씩 물러서며 고개를 저었다. 그가 뭘 잘못했다는 게 아니라 단지 나무를 베지 말라는 것이었다. 왜냐하면 그건 프란츠를 죽이는 일이기 때문이었다. 그는 벌개진 얼굴로 화를 냈다.

"왜 그놈이랑 똑같은 눈빛으로 날 쏘아보는 거야?"

남자는 마른 입술을 혀로 훑으며 초조하게 말했다.

"내가 일부러 그런 게 아니야. 난 그저 매달리는 네 손을 뿌리치며 밀었을 뿐이야. 근데 재수가 없어서 네가 다리 아래로 미끄러진 거지. 내가 네 머리를 돌로 깬 게 아니라고. 네가 떨어지면서 머리를 돌에 처박은 거지. 솔직히 네가 미끄러진 거? 그거야 돌바닥이 비에 젖어 미끄러웠던 탓이지. 그러니까 집에 가라고 했잖아. 안 가고 귀찮게 달라붙은 건 너였어. 네가 아니라 나한테 주겠다고 했단 말이야.
이게 다 너 때문이야. 열매는 하나뿐인데, 소원도 하나뿐인데, 넌 집
에 가지 않고 자꾸만 따라오고. 그때 너만 나대지 않았으면……."

남자는 숨을 할딱거리며 사방을 두리번거렸다.

"제길, 다들 나만 나무라는군. 무조건 내가 잘못했대."

가래가 잔뜩 낀 것 같은 남자의 탁한 목소리가 나를 짓눌렀다. 나
는 더듬거리며 말했다.

"뭔가 착각하신 것 같은데, 전 아저씨의 동생이 아니에요."

남자는 내 말을 듣고 있지 않았다.

"머리가 다 부서졌는데 숨은 끊어지지 않았어. 툭 불거져 나온 네
눈알이 악착같이 날 쳐다보는데 너무 무서웠단 말이야."

그 눈이 얼마나 무서웠을지는 나도 알 것 같았다. 동하의 한쪽 눈
동자는 언제나 하얀 병원 천장에 고정되어 있었지만 다른 한쪽 눈동
자는 늘 나를 따라다녔다. 나만 좇는 동하의 한쪽 시선이 무서웠다.
그것을 보고 내가 발작을 일으켰기 때문에 엄마가 날 병원에 오지
못하게 했던 것이다.

"너 때문에 열매고 나발이고 까맣게 잊었어. 그저 널 어딘가에 숨
겨야 한다는 생각뿐이었지. 그래, 내가 숨이 붙어 있는 널 도깨비 길
에 버려두고 도망쳤어. 왜 그랬냐고? 네가 왜 그렇게 됐냐고 어머니
가 물으면 뭐라고 해? 내가 밀었다고 해? 빌어먹을, 환장하겠네. 어
차피 넌 가망 없었어. 그러니까 굳이 내가 그랬다고 말할 필요가 없

었던 것뿐이야. 나만 입을 다물면 누가 널 그렇게 만들었는지 아무도 모를 테니까."

남자는 초췌한 웃음을 흘렸다.

"하지만 나무들이 봤어. 다른 나무는 본 것을 말할 수 없지만 그 단풍나무는 다르지. 난 그놈이 사람이 되어 나타난 것을 봤어. 그러니 그놈의 입을 영원히 막으려면 베어버리는 수밖에. 이게 전부 그놈 때문이야. 그놈이 내게 열매를 주지 않았다면 그런 사고는 일어나지 않았을 거야. 그 사고 때문에 나는 동생을 잃었고, 동생을 잃는 바람에 소원도 잃었어."

남자는 푹 팬 뺨 위로 흐르는 땀을 닦으며 말했다.

"그런 복잡한 얼굴 하지 마. 어차피 넌 내 이야기를 아무에게도 말할 수 없을 테니까. 내가 네 모가지를 잘라 머리를 숨기고 신발과 옷을 벗길 거야. 네가 누군지 아무도 모르게 말이야."

남자가 턱을 갸웃거리며 눈을 부라리자 나는 눈앞이 아득해졌다. 남자가 지금 여기서 나를 죽여 입을 막으려는 것이다. 사방을 둘러보았지만 도와줄 사람이 없었다.

누구 없어요? 도와줘요!

소리쳐 부르고 싶었지만 목소리가 나오지 않았다. 도끼를 든 남자가 나를 향해 한 걸음씩 다가오고 있었다. 벌벌 떨며 뒷걸음치던 나는 관목에 걸려 넘어졌다. 나는 주저앉은 채 수풀을 움켜잡았다. 아무리 애를 써도 일어날 수가 없었다. 무릎이 덜덜 떨리고 발이 제자리에서 미끄러졌다. 남자가 도끼를 머리 위로 치켜들었다. 나를 노려보는 남자의 눈동자는 더할 나위 없이 깊고 맑았다. 어째서 이런 일이?

나는 비명을 지르며 눈을 감았다. 그 순간 기억났다. 내 머리가 구석방의 벽을 통과했을 때 프란츠가 말했다.

"절대 눈을 뜨지 마. 지금 네가 보고 있는 곳은 눈을 감아야 보이는 세상이야."

그러니까 벽을 통과했을 때부터 나는 내내 눈을 감은 채였던 것이다. 즉, 지금 나는 눈을 감은 것이 아니라 지금껏 감고 있던 눈을 뜬 것이다.

남자의 어깨 너머로 보이던 단풍나무가 사라지고 그 자리에 프란츠가 서 있었다. 나는 소리쳤다.

"프란츠!"

남자가 돌아보았다.

"뭐야, 너는?"

프란츠가 남자를 향해 성큼성큼 다가서며 낮은 목소리로 말했다.

"네 말이 맞아. 내가 여기 서서 네가 한 짓을 다 봤어."

남자는 흠칫 놀라 물러서려다 언덕 사면 아래로 미끄러졌다. 언덕 아래에는 캄캄한 습지가 깊은 우물처럼 입을 벌리고 있었다. 당황한 남자가 잡목의 가지를 움켜잡자 뿌리의 절반이 쑥 뽑혀 올라왔다. 뿌리 사이에 크고 시커먼 흙덩어리 세 개가 달려 있는 것이 보여 뭔가 했더니 뒤엉킨 머리카락에 흙을 뒤집어쓴 사람의 뒤통수였다.

프란츠가 말했다.

"골라봐. 네가 감춘 동생의 머리는 어느 것이지? 맞추면 못 본 걸로 해줄게."

똑같이 생긴 세 개의 뒤통수를 앞에 두고 남자는 입술을 깨물며 중얼거렸다.

"몰라. 모르겠어. 기억이 나지 않아."

울부짖던 남자가 갑자기 생각났다는 듯 말했다.

"그래. 알겠다. 잠잘 때 넌 언제나 내 왼쪽에 누웠어. 왼쪽이야!"

남자의 말이 끝나기 무섭게 오랜만이야, 하고 말하듯 제일 왼쪽에 있던 뒤통수가 돌아보았다. 이어 나머지 두 개의 머리도 동시에 고개를 돌렸다. 그 얼굴들을 보고 나는 자지러졌다. 반사적으로 손바닥을 펼쳐 눈을 가렸다.

그건 정말 바보 같은 짓이었다. 할머니가 말씀하셨다. 무서울수록 눈을 크게 뜨고 지켜봐라. 본 것은 하나도 놓치지 말고 모두 머릿속에 넣어둬. 당장은 그 눈이 본 것을 잊고 살 수도 있겠지. 하지만 훗날 그 기억을 다시 들여다봐야 하는 날이 온단다. 그때를 위해 잘 봐둬라. 아무리 기억해내려 해도 보지 않은 건 기억나지 않으니까. 할머니의 말씀이 옳았다.

기억나지 않는 것을 기억해내려고 애써본 적 있나? 질펀한 어둠을 헤매는 것과 같다. 앞으로 나가려 할수록 점점 더 발밑이 잠겨든다. 꼬리뼈는 아릿하고 심장은 관상동맥이 막힌 듯 답답하다. 거기서 더 나아가면 뇌는 달아올라 부글부글 끓어오르다가 이내 납처럼 딱딱하게 굳어버린다. 질려버린 뇌는 사고를 기피하고 멈춰버린다.

가운데 머리의 썩어 문드러진 입술이 달싹였다.

"잘 골라낼 줄 알았는데 틀렸네. 그새 내 뒤통수가 어떻게 생겼는지 잊었구나."

깜짝 놀란 남자가 쥐고 있던 관목의 가지를 놓아버렸다. 그 순간 남자는 내 쪽을 돌아보았지만 나를 보고 있지는 않았다. 남자의 손이 추락하는 빛처럼 멀어졌다. 언덕 아래쪽에서 픽 하고 둔탁한 소리가 들렸다. 불길한 느낌이 머리를 조여왔다. 나는 벌벌 떠는 심장을 주체할 수가 없어 한참을 그 자리에 주저앉아 있다가 간신히 용기를 내어 언덕 아래를 내려다보았다.

언덕 사면 중간쯤에 삐죽 솟아 있는 바위에 진득한 얼룩이 번져 있는 것을 보고 나는 사태를 파악했다. 머리를 바위에 부딪친 후 팅겨 나가듯 굴러떨어진 남자의 몸을 습지가 천천히 빨아들이고 있었다. 정수리까지 모두 잠긴 후에도 남자는 여전히 수면 밖으로 손을 내밀고 있었다. 마지막까지 남자가 잡으려고 했던 것은 무엇이었을까? 놓아버린 동생의 머리? 자신의 삶? 그러나 악착같은 갈망을 쥐고 있던 그 손도 오래지 않아 습지 아래로 잠겨버렸다.

손.

전율이 온몸을 관통했다. 동하의 손, 나를 향해 필사적이었던 찰나의 그 손, 그 손을 뿌리치고 나 혼자 뛰었다. 함께 손을 잡고 뛰었더라면, 내가 끝까지 동하의 손을 놓지 않았더라면…….

폭우가 쏟아지던 날이었다. 집을 나설 때는 빗방울이 날리는 정도였는데 문구점에서 조립 완구를 사 들고 집으로 돌아오는 도중 갑자기 하늘이 폭포 같은 장대비를 퍼붓기 시작했다.

우리는 신호등이 아직 설치되지 않은 건널목 중산에 서서 차들이 뜸해지기를 기다리고 있었다. 바람 때문에 함께 쓰고 있던 우산은 날아가버렸고 우리는 홀딱 젖어 있었다. 세찬 빗줄기 때문에 앞이 잘 보이지 않았다. 그때 갑자기 빗속에 숨어 있던 빛이 우리를 향해 돌진했다.

꽝! 하는 소리와 함께 지푸라기 인형처럼 동하가 공중으로 튀어 올랐다가 풀썩 떨어졌다. 모든 빛들이 동하가 있는 곳으로 모였다. 새빨간 피가 물감을 푼 것처럼 빗물에 번지더니 사방으로 줄줄 흘러내렸다.

나는 멍하니 서서 그 광경을 바라보기만 했다. 어디선가 날아온 붉은 단풍잎 하나가 내 뺨에 달라붙었다. 나를 탓하며 내 뺨을 후려친 누군가의 손자국처럼.

"네 잘못이 아니야. 운전사가 술에 취해 과속했어. 동하가 아프니까 이제 네가 동하 몫까지 엄마한테 잘해야 한다. 다 괜찮아질 테니까 울지 마라."

그렇게 나를 위로했던 아버지가 그 누구보다 많이 울었다. 그날 이후, 나는 더 이상 엄마 품에 안길 수 없었다. 엄마가 불치병에 걸린 건 내 잘못이었다.

어디선가 날아온 붉은 바람개비가 내 머리 위를 맴돌았다. 바람이 내 눈물을 훔쳐갔다. 나는 붉은 바람개비를 쫓아 달리기 시작했다. 등 뒤에서 커다란 단풍나무가 흔들렸다. 죽은 그 남자가 누군지 생각났다.

7

붉은 단풍나무 열매는 우리 집 대문 앞에 날 데려다놓고 또다시 저 혼자 어딘가로 날아가버렸다. 프란츠의 열매가 마술을 부려 상자 밖 세상으로 날 꺼내놓은 것이다. 마침 쓰레기를 버리러 부엌에서 나오던 엄마가 마당 한가운데 서 있는 나를 발견했다. 엄마의 매운 손이 다짜고짜 내 뺨을 철썩 때렸다.

"너…… 너 도대체 어딜 싸돌아다니다 이제 기어들어오는 거야?"

엄마의 목소리가 부들부들 떨렸다. 싸한 아픔에 고개가 돌아갔다. 눈물이 쏟아졌지만 억울하지도 기분이 나쁘지도 않았다. 엄마가 내게 손찌검을 한 것은 화가 몹시 났다는 뜻이었다. 내가 없어져서 나를 걱정하느라 어지간히 속을 끓였다는 증거였다.

여기저기서 방문이 열리고 무슨 소란인가 궁금한 사람들이 얼굴을 내밀었다. 석하 형이 제일 먼저 튀어나와 나를 감싸주었다.

"외숙모, 그러지 마세요. 무사히 돌아온 것만도 다행이잖아요."

그래놓곤 다짜고짜 내 뒤통수를 쥐어박으며 야단치기 시작했다.

"근데 너, 나흘 동안 대체 어디 있었던 거야? 아침에 일어났더니 네가 없어져서 일찍 학교 간 줄 알았는데 밤 늦도록 집에 돌아오지 않아 난리가 났었어. 경찰에 신고하고 며칠 동안 니 찾느라 다들 제정신이 아니었단 말이야."

"그만해라, 석하야! 그래, 이제 온 거냐? 늦었구나. 밥은 제대로 먹고 다닌 거냐?"

마루에 서서 이 광경을 지켜보고 있던 아버지가 물었다. 내게 할 말이 많은 듯했지만 꾹 누른 기색이었다. 엄마가 내 손목을 사납게 그러쥐며 화난 어조로 다그쳤다

"들어가자. 들어가서 이야기해."

엄마가 들어가서 나와 이야기를 하잔다. 무슨 이야기를 하지? 프란츠가 바로 전설에 나오는 그 단풍나무인데 자기 열매를 내게 준다고 했어요. 그러면서 구석방을 통해 나를 도깨비 길로 들어가게 해줬어요. 그런데 그만 내가 길을 잃고 이상한 남자를 만나서……. 아아, 내가 무슨 이야기를 하건 엄마는 믿지 않겠지.

엄마는 나를 보고 울지 않았다. 나는 그 이유를 알고 있다. 엄마의 눈물샘이 이미 오래전에 말라버렸다. 동하가 사고를 당했을 때 엄마

는 가진 눈물을 모두 쏟아냈다. 그 때문에 엄마의 감정은 늘 메말라 있었다.

나는 내 뺨을 때린 엄마의 매운 손과 까칠한 눈동자 속에서 엄마의 눌린 진심을 보려고 애썼다. 거기엔 틀림없이 내가 사라진 그 시간 동안 온갖 불길한 상상 속을 헤맨 끝에 반으로 쪼그라든 엄마의 심장이 있을 것이라고 믿어 의심치 않았다.

나는 엄마의 손에 이끌려 마루로 올라섰다. 아버지가 대청마루의 문을 닫았다. 엄마가 내 손을 놓고 물었다.

"말해봐. 지금까지 어디 있다 온 거야?"

나는 고개를 저었다.

"너 진짜……."

엄마가 말을 잇지 못하자 아버지가 다시 물었다.

"어떻게 된 거냐?"

아버지의 물음에도 나는 연신 고개를 저을 뿐이었다. 아버지가 엄마에게 말했다.

"여보, 저녁부터 차려. 찬하 밥부터 먹이게. 응?"

엄마는 얼굴을 찡그리며 마지못해 부엌으로 나갔다. 마당에서 귀를 기울이고 있던 사람들이 엄마가 나오는 것을 보고 우왕좌왕 흩어졌다.

아버지와 나는 내 방에 마주 앉았다.

"엄마는 불합격이냐?"

아버지가 대뜸 물었다.

"네?"

아버지는 내 책상 밑에서 눈에 익은 공책을 꺼내 펼쳐 보였다. 내 일기장이었다. 학교 제출용인 그 일기장에 나는 우리 가족에 관한 이야기는 절대 쓰지 않았다. 그런데 아버지가 보여준 그 일기장에는 내가 프란츠의 구석방으로 뛰어들어갔던 바로 그날 밤의 날짜와 함께 내 글씨체로 이렇게 쓰여 있었다.

비가 억수같이 쏟아지고 있다. 오늘 밤, 나는 가출 소년이 되어 엄마가 나를 얼마나 사랑하는지 시험해보기로 했다. 엄마가 나를 찾아내면 합격, 내 발로 돌아오면 불합격!

거기에 적혀 있는 것은 동하와 싸우고 엄마에게 쫓겨났던 그날 밤 이후, 내가 매일 되풀이했던 생각이었다. 나는 그 생각을 글로 쓴 적이 없었다. 하지만 그렇게 말해봐야 무슨 소용이 있을까.

"어디에 있다 온 거냐?"

나는 입을 다문 채 방바닥만 내려다보았다. 뭐라고 대답해야 할지 도무지 알 수가 없었다. 아버지는 다그치지 않고 기다렸다. 아버지라면 내 이야기를 이해해줄 수 있지 않을까? 하는 생각이 잠깐 들었지만 입을 뗄 수가 없었다. 아버지는 언제나 엄마 편이었다. 할머니가 살아 계셨다면 어떻게 된 건지 다 아셨을 텐데, 프란츠도 보자마자 알아보셨을 거고.

"단풍나무 열매를 찾으러 갔었어요."

내가 할 수 있는 대답은 그것뿐이었다. 아버지가 내 어깨를 토닥이며 물었다.

"도깨비 길에서 헤맸냐?"

나는 말없이 고개를 끄덕였다.

"알았다. 엄마에게는 내가 잘 말하마. 엄마도 이젠 달라질 거야. 좋아지고 있어. 그때까지 좀 기다려줄 수 있지?"

나는 속으로 생각했다. 그럼요, 기다릴 수 있어요. 단풍나무 열매가 곧 내 소원을 들어줄 거니까요. 그런데 프란츠의 단풍나무 열매는 어디로 날아가버렸을까? 프란츠는 내게 그 열매를 주겠다고 했지만 나는 그 열매를 손에 잡아보지도 못했다. 나는 열매를 얻은 것일까, 얻지 못한 것일까? 프란츠에게 물어보고 싶었지만 다시 만날 수 없었다. 아마 산으로 돌아간 모양이다. 그래도 내가 돌아올 때까지는 기다려줄 줄 알았는데.

다시 등교한 그 주에 공개수업이 있었다. 엄마는 명이를 돌봐야 하고 동하를 살펴야 하기 때문에 학교 일에는 거의 참석하지 않았다. 그날도 나는 엄마를 기대하지 않았다. 공개수업이 있다는 말조차 하지 않았다. 그러면서도 혹시나 하는 마음에 끊임없이 돌아보았다. 교실 뒤쪽에는 엄마 자랑 전시회라도 열린 듯 엄마들이 죽 늘어서 있었다. 저기 우리 엄마가 나와 있었다면 최고였을 텐데. 우리 엄마는 예뻤다. 엄마를 아는 사람들은 자주 내게 말했다. 엄마를 닮아서 크면 아주 잘생긴 청년이 되겠는걸.

부지런히 엄마들을 뒤지던 나는 내 눈을 의심했다. 엄마들 사이에 진짜 우리 엄마가 숨어 있었다. 짙은 자주색 블라우스에 회색 카디건을 아무렇게나 걸치고 서 있는 엄마는 차가워 보였다. 하지만 그게 무슨 상관일까. 나는 수업 시간 중간에 엄마가 그냥 가버릴까 봐 내내 힐끔거렸다. 엄마가 나를 보고 인상을 찌푸렸다. 눈이 마주치면 다른 엄마들은 자기 아이에게 웃어준다는 걸 알면서도 엄마가 내게 반응을 보인 것만으로 흥분했다.

수업이 끝나고 복도로 나와 신발을 갈아 신고 있는데, 엄마가 내 앞으로 다가와 섰다. 나는 말없이 책가방을 벗어 응석 부리듯 엄마에게 건넸다. 그러자 엄마는 못마땅한 표정으로 말했다.

"네 가방이니까 네가 들어."

머쓱해진 나는 다시 가방을 둘러메며 물었다.

"명이는?"

"이웃집에 잠깐 맡겼어."

엄마와 함께 나란히 교문을 나섰다. 다른 아이들은 엄마와 조잘조잘 잘도 떠들어대고 있었지만 나는 입을 다문 채 땅만 보며 걸었다. 문구점 앞을 지나면서 엄마가 말했다.

"준비물 있으면 지금 들러."

"없어."

우리는 또 말없이 걸었다. 엄마도 내게 손을 내밀지 않았고 나도 엄마의 손을 잡기가 두려웠지만 그래도 우리는 엄마와 아들이었다. 변치 않는 사실이었다. 그런데 건널목 앞에 선 엄마가 갑자기 내 손목을 덥석 그러쥐었다. 너무 세게 움켜잡아서 아팠다.

예전에 이 건널목은 신호등이 없어 눈치껏 마구잡이로 건넜지만 동하의 사고가 일어난 후 서둘러 신호등을 설치했다. 초록 불이 들어왔다. 엄마의 손이 덜덜 떨리고 있었다. 엄마는 내 손목을 바싹 잡아당기며 걸음을 옮겼다. 엄마의 손은 땀으로 흥건하게 젖었고 얼굴은 오래 앓은 환자처럼 창백하게 굳어 있었다. 빨간 불이 켜지려면 아직 멀었지만 엄마는 서둘러 건널목 끝까지 건너간 후 갑자기 내 손목을 놓았다. 그리곤 어딘가 숨을 곳을 찾는 사람처럼 혼자서 바삐 가버렸다.

나는 손을 들여다보았다. 버려진 그 손을 내 가슴에 댔다. 심장이 멎어버린 것 같았다. 단풍나무 가로수가 바람에 흔들거리자 또다시 생각났다. 프란츠의 열매는 어디로 날아갔을까? 나는 그 열매를 얻은 것일까, 얻지 못한 것일까?

이듬해 3월, 우리 집이 헐릴 예정이라 세입자들이 하나둘 빠져나가기 시작했다. 엄마는 매일 조금씩 이삿짐을 꾸렸는데 동하의 물건은 하나도 남기지 않고 모두 쌌다. 심지어 망가진 장난감과 작아진 옷까지 버리지 않고 종이 박스에 차곡차곡 챙겨 넣었다.

동하의 작아진 옷은 어차피 우리 가족 중에는 입을 사람이 없었다. 병원에 누워만 있어도 동하의 몸은 조금씩 자랐다. 명이는 여동생이라 입을 수 없을 테고 난 형이라 물려받지 못할 것이고 동네 아이들은 줘봤자 안 입을 것이다. 모두가 기억하는 그 사고는 처참했고 사고를 당한 아이가 입던 옷이나 장난감은 재수 없는 물건이라 다들 꺼렸다. 그러니까 가지고 있어봐야 엄마의 불치병이나 익화시킬 쓸데없는 짐이었다.

그런데 아무도 엄마에게 그 말을 해주지 않기에 내가 행동으로 보여주어야 했다. 나는 엄마가 집을 비운 사이 테이프로 봉해놓은 종이 박스들을 열고 안에 들어 있는 동하의 옷과 장난감들을 죄다 꺼내 시장 뒤편에 있는 쓰레기 집하장에 갖다버렸다. 뒤늦게 엄마는 종이 박스의 테이프가 뜯겨 있고 내용물이 사라진 것을 발견한 후 울며불며 뛰쳐나갔다. 엄마는 온 동네 쓰레기 더미를 뒤지고 다녔지만 누구네 것인지 모르는 멀쩡한 물건들이라 이미 사람들이 다 집어간 뒤였다.

"네 짓이지?"

엄마의 다그침에 나는 맞섰다.

"내다버리면 다시는 찾지 않을 거라고 생각했어. 그때처럼."

"그때라니?"

"동하랑 싸웠다고 내쫓았을 때 말이야. 그때 엄마는 우리 걱정 눈

곱만큼도 안 했어. 우리가 없어졌는데 웃으면서 텔레비전만 봤다구."

엄마는 잠깐 생각해보더니 조용히 시선을 내리며 말했다.

"어차피 집으로 돌아올 줄 알았으니까. 니들이 가봐야 어딜 가겠니?"

"어디든 갈 수 있었어. 그러려고 했단 말이야."

그날, 내가 마음을 모질게 먹었더라면 엄마는 영원히 우릴 잃어버렸을 수도 있었다.

"그래도 네가 있어서 걱정 안 했어. 어딜 가든 네가 동하의 손을 꼭 잡고 다녔으니까. 결국 둘이서 나란히 집으로 돌아올 거라고 생각했지."

지금 무슨 이야길 하고 있는 거야? 갑자기 가슴이 조여들면서 숨이 가빠졌다. 발바닥부터 뜨거운 고통이 차오르기 시작했다. 나는 잔뜩 달아오른 얼굴로 중얼거렸다.

"꼭 잡고 다녔어. 그날만 그렇게 된 거야. 내가 일부러 손을 놓은 게 아니야. 무서워서 그랬어. 무서워서 나도 모르게……."

눈물이 쏟아지려고 했다.

"얘가 지금 무슨 소릴 하고 있는 거니? 그 사고 이야긴 두 번 다시 내 앞에서 하지 말라고 했지."

엄마의 표정이 일그러졌다. 나도 알고 있다. 아무도 내 탓이라고 하지 않았다. 단지 나의 가책이 거기 묶여 있었을 뿐이었다. 잠자코 계시던 아버지가 내 어깨에 손을 얹었다. 나는 아버지의 손을 뿌리치고 내 방으로 들어가 문을 쾅 닫았다. 마음이 불편했다. 불을 끄고 누웠지만 잠이 오지 않아 뒤척거리다가 다시 일어났다. 슬그머니 방문을 열고 안방의 기척을 살폈다. 불 꺼진 안방에서 엄마가 흐느껴 울며 아버지에게 말하는 목소리가 들렸다.

"그애가 원망스러워요. 어떤 때는 그애를 보고 있는 것이 너무 고통스러워 도망치고 싶어요."

나는 귀를 틀어막고 내 방으로 돌아가 이불을 둘러쓰고 누웠다. 바람 소리가 무거웠다. 멀리서 비가 오는 모양이다.

나는 갈색 고무줄 반바지와 흰색 면 티를 꺼내 입고 집을 나섰다. 차가운 3월의 바람이 살갗을 저미며 지나갔다. 너무 추워서 이가 딱딱 부딪혔다. 구석방의 벽을 통해 도깨비 길로 들어갔던 그날과 같은 옷을 입은 것이 무슨 효과가 있을지는 나도 모른다. 그저 그날의 마술이 다시 통하기를 바랄 뿐이었다.

집이 헐리면서 구석방도 사라졌다. 옛집이 있던 자리는 새 건물이 올라가는 중이었고 도개교 입구에 있는 주목은 암만 살펴봐도 도깨비 길로 통하는 장치가 보이지 않았다. 프란츠의 마술을 어디서 찾아야 할지 알 수 없었던 나는 무턱대고 도개산으로 향했다.

목책을 기어올라가 똬리 튼 덩굴 가지를 비집고 몸을 들이밀었다. 내가 걷고 있는 길은 도깨비 길이었다. 운이 나쁘면 영원히 길을 잃을 수도 있었지만 두렵지 않았다.

숲이 깊어질수록 머리 위에 드리워진 그림자도 짙어졌다. 아무리 기억을 더듬으며 걸어도 내가 모르는 풍광만 펼쳐졌다. 그래도 나는 집으로 돌아가고 싶지 않았다. 그러다 문득 기억이 났다. 그날 이 길을 걸었을 때 나는 눈을 감고 있었다. 그러나 이제 마술은 사라졌고 아무리 눈을 감아도 내 앞에 보이는 것은 온통 불그스레한 어둠뿐이었다.

절망으로 숨이 꾹꾹 막혀왔다. 다시 눈을 뜨고 고개를 돌리자 커다란 웅덩이가 보였다. 나는 화풀이 대상으로 돌을 집어 웅덩이를 향해 던졌다. 퐁! 꽤 깊은 소리를 내며 돌이 가라앉았다. 수면에 동그란 파동이 번지며 뭔가 어른거렸다. 나는 그것이 무엇인지 좀더 자세히 보려고 웅덩이 앞으로 다가섰다. 웅덩이를 둘러싼 숲의 정경이 수면에 비쳤다. 수면이 물고기 비늘처럼 흔들렸다. 그 광경이 너무 아름다워 갑자기 눈물이 울컥 솟았다.

그때 조개껍질처럼 잔잔하게 퍼지는 물결 틈새로 거뭇한 그림자가 어리더니 커다란 손 하나가 쑥 올라왔다. 내가 아는 손과 닮았다. 내게 그림자를 만들어 보여주던 손, 나무를 다듬고 어루만지던 손, 날 부르며 손짓하던 손, 내 머리를 쓰다듬던 손, 나를 벽 밖으로 밀어냈던 바로 그 손이었다. 아무도 잡아주지 않던 내 손을 생각 없이 덥석덥석 잡아주던 그 손이 나는 너무도 반가웠다. 그러나 다시 보니 그건 프란츠의 손이 아니라 죽은 나뭇가지였다.

요즘도 나는 잠에서 설핏 깨어날 때마다 프란츠를 생각한다. 프란츠가 내게 손을 내미는 상상을 한다. 나는 언제나 구석방에 누워 있는 꿈을 꾸고 있다. 해질녘 구석방의 작고 더러운 창에 번지던 손바닥만 한 노을을 그려보며 날짜를 헤아려보지만 이제 나는 시간을 세는 일이 어렵다.

오래전에 차갑게 굳어버린 내 뺨 위로 눈물이 흐른다. 아니, 그건 아마 눈물이 아닐 것이다. 아무것도 볼 수 없게 되어버린 내 눈 속에 오랫동안 고여 있던 시간이 썩어 흘러내린 것이리라.

프란츠의 손을 닮은 나뭇가지가 수면 위에서 살랑살랑 움직였다. 언제나처럼 내게 손짓했다. 그 손을 보고 있자니 엄마의 손이 생각났다.

사실 나는 엄마의 생각과 상관없이 엄마를 사랑했다. 엄마의 손이 날 밀어내도 나는 그 손을 향한 욕망을 누그러뜨릴 수가 없었다. 나를 안고 싶어하는 듯했다가 또다시 뜨악하게 여기는 엄마의 그 손을 밤낮없이 잡아보려 궁리했다.

한때 동하와 내가 양쪽에서 나란히 잡고 가던 엄마의 손. 이제 엄마의 두 손은 명이를 안고 있었다. 아니면 한 손으로는 명이를, 다른 한손으로는 동하를 쓰다듬고 있거나. 알고 있다. 엄마는 손이 두 개뿐이니 이제 내가 양보해야 한다는 것을. 그래도 엄마가 짬을 내서 한 번만이라도 내 손을 잡아줬으면 하고 소망했다.

이제 나는 누구의 손이라도 잡고 싶었다. 그 손을 잡으면 두 번 다시 놓지 않을 자신이 있었다. 그래서 엄마 손 대신 프란츠의 손을 닮은 그 손을 잡았다.

'미안해, 엄마. 이렇게 될 줄 알았으면 동하의 물건은 버리지 말걸 그랬어. 내가 잘못했어. 엄마가 날 보는 것이 그렇게 고통스러우면 내가 없어질게. 나도 알아. 엄마가 날 보면 웃을 수 없다는 것을. 그날의 일이 자꾸 생각나니까. 내가 동하의 손을 놓지 않았더라면, 그 손을 잡고 함께 뛰었더라면, 하고 이제 돌이킬 수 없게 된 것을 바라며 원망하게 된다는 것도. 엄마가 다시 웃을 수만 있다면 나 같은 건 잊어버려도 괜찮아.'

그런데 왜 아직 소원이 이루어지지 않고 있는 것일까? 내가 프란츠의 경고를 무시하고 그 남자를 따라갔기 때문에? 아니면 열매를 받은 대가를 아직 주지 않았기 때문에? 나는 단풍나무 열매를 얻은 것일까, 얻지 못한 것일까? 프란츠가 내게 한 번 더 기회를 주면 좋겠는데. 프란츠는 언제 다시 돌아올까? 할머니는 반백 년이 지난 후에야 그를 다시 볼 수 있었다고 했다. 그러나 나는 엄마를 그렇게 오래 기다리게 할 수 없었다.

나는 꼭 끌어안으면 더할 나위 없이 행복한 감촉을 전하는 어린 동생 명이를 생각했다. 한때 세상에 둘도 없는 단짝 친구였지만 이젠 나무막대기처럼 꼿꼿하게 누워만 있는 동하를 떠올렸다. 아버지와 석하 형과 고모들과 우리 집 세입자들의 모습도 차례로 그려보았다.

발이 시리고 턱이 덜덜 떨렸다. 심장이 조금씩 얼어붙으면서 머릿속에서 거울이 깨졌다. 그러나 이 잔혹한 감각은 조금 후면 사라질 것이다. 눈을 가늘게 뜨고 하늘을 쳐다보았다. 뿌연 안개 속에 잠긴 태양이 우울하게 고개를 저었다. 희미한 빛이 흔들흔들. 더는 바라보기 힘들었다. 나는 마지막으로 엄마에게 인사했다.

엄마, 안녕!

어디선가 날아온 빨간 단풍나무 열매가 내 머리 위를 빙글빙글 돌더니 나를 따라 수면 아래로 깊숙이 가라앉았다. 바람이 단풍나무를 흔들자 내 눈 위로 찬란한 빛들이 퍼덕이는 새들처럼 지나갔다.

8

이 차가운 자리에 눕고 나서야 나는 그때 엄마의 말을 끝까지 듣지 않았다는 것을 알았다. "어떤 때는 그애를 보고 있는 것이 너무 고통스러워 도망치고 싶어요. 바보처럼 누워만 있는 그애가 너무 가여워서, 내가 해줄 수 있는 게 아무것도 없어서…… 동하가 쓰던 물건들은 하나도 버리지 않을 거예요. 난 절대 동하를 포기하지 않을 거라고요."

그애는 내가 아니라 동하였다.

내가 다시 살아 돌아갈 수만 있다면, 하고 후회해보지만 부질없는 갈망이다. 나는 이제 어른이 될 수도 부모가 되어볼 수도 없다. 나는 그저 오래전에 성장이 멈춰버린 뼈다귀 속에 갇혀 온통 뒤죽박죽이

되어가는 기억의 끝자락에 매달려 짧았던 생전을 끝없이 되새김질하며 천년이고 만년이고 이 자리에 누워 있어야 한다.

이제 그만 일어나고 싶은데 혼자서는 도저히 일어날 수가 없다. 세월이 지날수록 나는 점점 더 무거워지고 있다. 아마 내 머릿속에 든 이 똥 때문일 것이다. 그러나 망각조차 마음대로 되지 않는다는 것을 나는 나를 버리고서야 알았다. 언제쯤 나는 짓다 만 내 기억의 궁전에 있는 방들을 모두 비우고 이 자리를 떠날 수 있을까?

***

그가 내게 손을 내밀며 말했다.

"이봐, 데리러 왔어."

나는 그가 프란츠와 같은, 그러나 프란츠보다 더 시간을 많이 먹은 존재라는 것을 알아보았다.

"그만 망설이고 내 손을 잡아."

"하지만 난 아직 엄마와 화해하지 못했어요. 잘못했다고, 엄마 곁을 떠나서 미안하다고 말하고 싶어요."

"죽어도 네 머릿속의 그 똥들을 비울 수 없겠어?"

그의 머릿속에도 그런 것들이 담겨 있는지 나를 바라보는 시선에서 유대감이 느껴졌다. 그러나 그의 기억과 그리움은 내 것처럼 눈물로 질척이지 않았다.

"네 여동생은 나이를 먹었고, 네 남동생은 네가 누워 꿈을 꾸고 있는 동안 소박하고 따뜻한 보살핌을 받으며 살다 갔어. 다들 그렇게 주어진 삶을 사는 법이지. 네 삶은 오래전에 끝났어. 그러니 너도 이제 그만 가야지."

"그럼 엄마는?"

"이 세상에 없어. 기다려도 오지 않아."

그의 이야기를 듣고서야 나는 내가 생각한 것보다 더 많은 시산이 흘렀다는 것을 깨달았다.

"일어날 수가 없어요. 조금만 뒤척여도 내가 없어질 것 같아요."

"그건 너의 피와 살이 썩어 없어졌기 때문이야."

"그럼 나는 지금 어디에 있는 거죠?"

"네 두개골 위에 붙어 있는 단풍나무 열매에."

그가 건조한 목소리로 말했다.

"내게 열매가 있어요? 그런데 왜 나는 소원을 이루지 못했지요? 나는 열매를 얻은 건가요, 얻지 못한 건가요?"

"넌 열매를 얻었어. 하지만 경솔한 선택을 했지. 그래서 거기 그렇게 누워 있게 된 거야. 다 잊어버려. 그리워해도 돌아오지 않는 먼 과거가 되어버렸으니까. 넌 사실 그 열매를 가지고 너의 마음속에 숨어 있는 그 무덤 같은 방에서 나왔어야 했어. 너를 서서히 말려 죽이고 있던 그 가책을 극복하고 살아내야 했다고. 네가 네 남동생의 몫까지 엄마 곁에서 잘 살아내는 것이 열매가 원래 이뤄주고자 했던 소원이었어. 기다리면 넌 결국 네 엄마가 너로 인해 웃는 모습을 보게 될 수도 있었는데, 대체 왜 그런 선택을 했지?"

"그 남자처럼 되고 싶지 않았어요. 일그러진 주름으로 가득한, 비겁하고 우울하고 비밀이 가득한 눈을 가진 어른으로 늙고 싶지 않았다고요."

"그래서 그 붉은 녀석이 길을 잃어도 다른 사람을 쫓아가지 말라고 경고했던 거야. 아직 오지 않은 미래는 사실이 아니야. 그건 네가 만든 허깨비지."

내가 그 남자를 쫓아갈 수밖에 없었던 것은 그 남자가 언젠가 내가 될 수도 있었던 나이 든 내 얼굴을 하고 있었기 때문이다. 그 남자의 이야기가 모두 내 이야기였기 때문이다. 그러므로 그 남자의 이야기는 어쩌면 내가 지어낸 이야기일지도 모르겠다. 나는 여기 누워 매일 기억을 들추며 꿈을 꾸지만 그 기억 중 어떤 것은 사실이고 어떤 것은 상상이고 어떤 것은 소망이었다. 나는 이제 그것들을 잘 구분하지 못한다.

"나는 공윤후다. 내 손을 잡으면 너도 나처럼 무서운 것이 될 거야."

"나는 당신이 무섭지 않아요. 도깨비 길에서 죽으면 도깨비가 데려간다는데, 당신이 이 길의 주인이군요."

"모두 다 데려가는 건 아니야. 뼈다귀는 도깨비가 될 수 없어. 도깨비불을 만들 수는 있겠지만. 뼈다귀에 나무로 만든 오래된 것이 붙어 있을 경우에만 통하지. 네 머리에 내려앉은 그 붉은 바람개비처럼 말이야."

"연자 누나도 당신이 데려갔어요?"

그가 고개를 끄덕였다.

"연자 누나도 열매가 있었어요?"

"아니, 그때 그 아이에겐 마술 상자가 있었지. 이젠 없어졌지만."

나는 허물어진 다리를 일으켜 세웠다. 기억이 먼지가 되어 몸에서 우수수 떨어졌다. 마침내 나는 혼농의 시성에서 사리를 딛고 일어나 그의 손을 잡았다. 바람이 내 안으로 들어와 나를 삼켰다. 그의 손은 크고 단단했다. 그가 내 머리 위에 손을 얹었다. 머리가 뻥 뚫리며 빛이 쏟아져 들어왔다.

똘똘 뭉친 그리움이 실처럼 또르르 풀려나가 옷처럼 내 몸을 칭칭 감았다. 그리움의 옷을 입은 나는 온통 그리움이다. 그의 손이 내 안에 든 그리움을 꺼내 나를 다시 그리움 속에 가뒀다. 그러나 나는 이제 그리움 때문에 머릿속 한구석에서, 가슴 한편에서 숨어 울지 않는다.

나는 붉은 단풍나무 열매의 색을 띤 산도깨비가 되어 산바람에 몸을 싣는다. 허깨비가 된 나는 산과 떠들며 밤을 메고 다니던 그 허깨비 아이들의 무리 속으로 달려간다. 우리가 걷는 길은 늘 희푸른 불빛이 덩실덩실 춤을 추고 비바람 소리가 맴돈다. 어떤 이는 나를 볼 테고 어떤 이는 나를 보지 못할 테지만 상관없다. 그리워하는 쪽도 나이고 볼 수 있는 쪽도 나이므로.

활
과

공
유
윤
후

윤후가 낡은 소파에서 일어나며 왼쪽으로 고개를 돌렸다. 윤후의 하나뿐인 귀가 있는 방향이다. 또 누가 윤후를 찾고 있는 모양이다. 나도 덩달아 귀를 기울여보지만 내 귀에는 아무 소리도 들리지 않는다.

"여자야?"

윤후는 대답 대신 더 먼 곳으로 시선을 보낸다. 그의 시선이 이곳에서 멀어지면 멀어질수록 그의 표정은 더 깊고 풍부해진다. 사람의 탈을 썼으니 사람처럼 표정을 지을 수밖에 없겠지만 가끔은 서운하다. 어쩐지 우리보다 사람의 정서에 더 공감하는 듯 보이기 때문이다. 나는 그가 저쪽 세계의 역동성과 자극에 전염되지 않기를 바란다. 그에겐 이쪽 세계의 고요와 신비가 더 잘 어울리니까.

윤후의 하나뿐인 귀는 여자의 목소리에만 예민하다. 이 점도 윤후가 나무로 만든 어떤 물건과 관계있다는 증거였다. 나무붙이 도깨비는 남성으로만 존재한다. 때문에 그와 같은 족속은 아무래도 남자보다는 여자를 향하는 경향이 있다.

윤후는 본래 사람에게 손을 내밀어 동족으로 만드는 일을 꺼린다. 그 차갑고 축축한 길에 누워 같은 꿈만 꾸는 남자가 그토록 어린 소년이 아니었다면 윤후가 손을 내밀었을까? 윤후의 귀에는 여자와 아이의 소리가 아주 흡사하게 들린다. 그러니 어쩌면 내가 부탁하지 않았어도 윤후가 알아서 그 아이를 집어왔을 수도 있다.

윤후의 정체가 아무리 이질적이라 해도 그 역시 이 세계에 속해 있다. 왜냐하면 그도 물질적으로는 이 세계를 구성하는 원소들로 구성되어 있기 때문이다. 단지 동일 원소를 전혀 다른 방식으로 조합해 지니고 있을 뿐이다.

그와 그녀와 그것들의 이름

강원도 양구읍 함촌 동네 사람이 밤중에 술을 먹고 가는데 어떤 사람이 "아, 자네 어디 갔다 오냐?" 아는 놈이야 쫓아와. 수풀 속으로 가잔다고 옥신각신했어. 장두칼로 찔렀어. 자빠져. 날이 새서 아들한테 간밤에 살인했다고 그 아무 놈 이름까지 대. 아들이 가보니 방아팽이가 그 깨진 틈에 장두칼이 콱 찔려 자빠져 있어. 그 도깨비라는 것이 그렇게 헛것이지 실지가 아뉴.

　　　　　　　　—『한국구비문학대계』 1집 4책: 경기도 남양주군 미금읍 설화 편

1

　"펄펄 눈이 옵니다. 하늘에서 눈이 옵니다. 하늘나라 선녀님들이 송이송이 하얀 눈을, 자꾸자꾸 뿌려줍니다. 자꾸자꾸 뿌려줍니다. 자꾸자꾸 뿌려줍니다……."

　명이는 어린 시절 그랬던 것처럼 후렴구를 끝도 없이 흥얼거렸다. 이 동요는 그렇게 반복하면 계속 눈이 내리며 영원히 끝나지 않을 수 있었다. 인정 많은 저승사자라면 노래가 끝나길 기다려줄 테지. 그러면 노래를 부르고 있는 동안만큼은, 비록 삶의 끄트머리이긴 하나, 계속 이승에 머물 수 있다. 명이는 이 겨울을 좀더 보고 싶었다.

　창밖으로 보이는 세상이 온통 하얗다. 피부가 불그레한 더벅머리

사내아이가 반팔 티와 반바지 차림으로 마당에서 뛰어놀고 있는 것이 보였다. 명이는 노래를 멈췄다. 명이는 그 아이가 누군지 한눈에 알아보았다.

오래전에 실종된, 그래서 이미 사망신고가 된 큰오빠였다. 명이는 큰오빠를 실제로 본 적이 없었다. 그에 대한 기억도 없었다. 큰오빠가 실종됐을 때 명이는 고작 두 돌이 지났다. 살면서 사진으로만 봤던 큰오빠가 늙지도 않은 채 실종 당시의 모습으로 나타났다. 죽을 때가 되면 먼저 죽은 가족 중에 누군가 데리러 온다더니.

그러나 큰오빠는 명이를 데리러 온 저승사자가 아닐 것이다. 왜냐하면 큰오빠는 산도깨비가 됐기 때문이다. 명이는 그렇게 믿었다. 큰오빠는 도개산의 단풍나무 열매를 따러 들어갔다가 다시는 돌아오지 않았다. 큰오빠가 가지고 있는 진실은 비밀이 되었다.

'도깨비가 데리러 왔으니 나도 죽어 도깨비가 되려나?'

명이는 머리맡에서 무릎을 세우고 쪼그려 앉아 졸고 있는 남동생의 이름을 불렀다. 명이의 가냘픈 부름을 듣고 남동생이 고개를 들었다. 올해 고등학교에 들어가는 남동생은 명이와 열여덟 살이나 나이 차가 났지만 의젓한 구석이 있었다. 일찍 두 오빠를 잃은 명이는 가끔 그런 남동생을 오빠처럼 의지하기도 했다.

"나 좀 일으켜줄래?"

남동생이 명이를 부축해 벽에 기대 앉혔다.

"저기 봐."

남동생은 명이가 바라보는 곳으로 눈길을 돌렸다.

"보이니?"

"뭐야? 저게?"

그의 눈에 펼쳐진 광경은 경이로웠다. 물감으로 채색한 듯 온통 붉은 피부를 가진 작은 소년이 하얀 눈을 맞으며 강아지처럼 뛰어다니고 있었다. 명이가 말했다.

"산도깨비야."

"누나, 제발. 그런 게 있을 리 없잖아. 눈이 내리니까 어떤 흥분한 꼬마가 정신 나간 짓을 하고 있는 걸 거야."

"창문 좀 열어줄래?"

"안 돼, 감기 들어."

"잠깐이면 돼. 저 도깨비가 뭐라고 하는지 들어보고 싶어."

"무슨 바보 같은 소리야?"

"이게 내 마지막 부탁이 될지도 몰라. 그러니까, 응?"

"쓸데없는 소리 좀 하지 마."

그러나 남동생은 누나의 마지막 부탁이라는 말에 결국 창문을 열었다. 차가운 공기가 한숨처럼 불어들었고 명이는 기침을 했다.

"거봐, 내가 그럴 줄 알았다니까."

남동생은 다시 창문을 닫으려 했다.

"잠깐만!"

명이가 손을 내저었다. 창을 닫으려던 남동생의 손이 멈칫했다.

두 사람은 낭랑하게 울려 퍼지는 소년의 웃음소리를 들었다. 명이의 눈가에 미소가 어렸다. 사진으로 봤을 때는 생전에 절대로 그렇게 웃을 줄 모르는 사람처럼 굳은 표정을 하고 있던 큰오빠의 웃음소리였다. 이마를 잔뜩 찌푸리고 있던 남동생도 누나의 미소를 보고 움츠린 표정을 풀었다.

붉은 산도깨비가 명이를 향해 손을 흔들었다. 보고 싶었어. 아주 많이. 늦지 않아 다행이야. 붉은 산도깨비는 그날 어린 여동생의 마지막을 보러 왔던 것이다. 그가 기억하고 있는 가족 중 남아 있는 유일한 사람이었기에.

2

"1866년 7월 미국 상선 제너럴셔먼호가 평안도 연안에 나타났다."

모덕동 교수는 고개를 수그린 채 계속 자기 공책을 읽어나갔다. 턱이 세 겹 접힌 모덕동의 얼굴은 목부터 녹아내리고 있는 찰흙 반죽 두상처럼 보였다.

"상선은 중무장했고 물 깊이를 잰다는 이유로 보트를 타고 대동강을 거슬러 올라가면서 부녀자를 능욕했고, 그들의 행동을 살피던 우리 군인 세 사람을 잡아 두 명은 물에 던져 죽이고 한 사람은 가두었다. 7월 19일 상류로 올라와 대포와 장총을 쏘며 강가에 정박해 평양 관리에게 물러가는 조건으로 쌀 천 섬, 금과 은, 인삼을 요구했다. 조선은 유원지의라는 전통적 관행에 충실했고······."

모덕동은 안경을 벗고 잠깐 고개를 들어 학생들을 살피며 물었다.

"유원지의가 뭔지는 아니?"

학생들은 모덕동의 족제비 같은 시선을 피해 모두 고개를 숙였다. 아무도 대답하지 않았다. 대답할 필요가 없었다. 1분 안에 모덕동이 자답할 테니까. 그의 질문은 단지 질문을 위한 질문일 뿐이다. 자신이 계속해서 공책만 읽고 있는 것은 아니라는 것을 보여주기 위한 계산된 행위에 지나지 않았다. 모덕동에게는 성의를 다해 대답해봐야 어차피 교수 앞에서 알은척하는 놈으로 찍힐 뿐이었다. 때문에 알아도 모르는 척하는 편이 신상에 이로웠다.

"그래, 니들이 알 리가 없지."

모덕동은 학생들을 비웃었다. 학생들은 모덕동을 외면했다.

"먼 곳에서 온 사람들을 극진히 대접한다는 거야. 하지만 셔먼호는 작살났지."

모덕동은 다시 안경을 쓰고 자기 공책을 계속 읽어나갔다. 학생들에게는 절대 공개하지 않는, 도대체 몇 년이나 우려먹었는지 알 수 없는 너덜너덜한 공책이었다.

"셔먼호는 8월 15일 평안도 용강현 앞바다에 나타났다. 황주 목사가 방문해 외국 선박의 영해 항행이 금지되어 있음을 경고하면서도 쌀 한 섬과 쇠고기 오십 근, 닭 스물다섯 마리, 달걀 오십 개, 땔감 스무 다발을 주었고 박규수가 쌀 두 섬과 쇠고기 오십 근, 돼지 한 마리, 닭 스무 마리, 달걀 오십 개, 땔감 스무 다발을 추가로 제공했다. 그러나 셔먼호는 돌아간다는 약속을 지키지 않았다……."

학생들 중 일부는 부지런히 모덕동의 강의를 조사까지 받아 적었고, 다른 일부는 귀에 들어오는 단어들만 나열해 적었으며, 나머지는 연신 나오는 하품을 숨기며 세월아, 네월아, 시선 가는 대로 멍 때리고 있었다. 손을 놓은 학생들은 나중에 대가를 치르고 강의 내용이 정리된 공책을 빌릴 작정이었다.

아완은 원한 가득한 손놀림으로 열심히 받아 적었다. 어쩔 수 없었다. 모덕동의 시험은 지금 읽어주고 있는 내용을 시험지에 그대로 옮겨 쓰는 것이었다. 학생들 중 몇몇은 녹음을 하고 있었다. 녹음기를 동원하면 손가락이 빠져라 받아 쓸 필요는 없겠지만 대신 모덕동의 목소리를 또 들어야 한다. 그럴 바에야 차라리 손가락을 혹사시키는 쪽이 낫다고 아완은 생각했다.

학생들은 모덕동의 윤기가 자르르 흐르는 고급 슈트를 좍좍 찢어발기고, 납작한 코를 광대뼈 안쪽으로 더 깊숙이 무너뜨리고, 역겨운 비계로 덜렁이는 투실투실하고 땅딸막한 허벅지 살을 한 점씩 저미고 싶은 충동에 시달리며 수업 시간이 끝나기를 기다렸다.

아완은 기말시험에서 모덕동의 공책을 그대로 복사한 것 같은 답안지를 쓰고 싶었다. 사실은 절대 그렇게 쓰고 싶지 않았지만 모덕동이 주는 학점의 기준은 자신의 공책과 학생의 답안이 얼마나 똑같은지에 달려 있었기 때문에 어쩔 수 없었다.

아완은 닭의 숫자가 영 헷갈렸는데, 시험을 끝내고 나온 후 확인해보니 아니나 다를까 황주 목사와 박규수가 준 닭의 숫자를 바꿔 썼다. 정확한 숫자 기입이 틀렸다는 것은 강의 시간에 자기 말을 집중해서 듣지 않았다는 결정적인 증거라며 모덕동이 가장 선호하는 채점 기준이었다.

아완의 동기인 종석이 오만 인상을 찌푸리며 불평했다.

"야, 나 어떡하냐? 넌 닭을 쓰기라도 했지 난 통째로 빼먹었다. 미치겠네. 이거 뭐 산수 문제도 아니고. 오리뚱이 괜히 오리뚱이냐? 그까짓 닭 몇 마리 때문에 역사가 바뀌는 것도 아닌데, 진짜 사소한 거에 집착한다."

몇 년 전 수학여행 비행기 안에서 모덕동은 탑승권에 자기 이름의 영문 철자가 잘못 입력되어 Mou Duck dong이 아니라 Mou Duck dung인 것을 발견하고 극도의 분노를 표했다.

"dung이 분뇨란 뜻 아니니? 이 티켓 단체 구입할 때 명단 작성한 사람 너지?"

"맞는데요. 전 똑바로 기입했어요. 이건 아마 여행사 측 오타인 것 같은데요."

"내 이름만? 이거 아무래도 고의 같지 않니?"

옆 좌석에 앉은 조교는 뭐라고 대답해도 자기가 욕을 뒤집어쓸 터라 입을 다문 채 속으로 생각했다. 담당자가 이름만 보고도 당신이 오리똥 같은 놈인 줄 알았나 보지! 현임 조교가 전임 조교의 입을 통해 직접 들은 이야기였으므로 사실이었다. 이후로 모덕동은 오리똥으로 불렸다.

종석이 아완을 위로하며 말했다.

"됐어. 난 그냥 잊을래. 너도 잊어버려."

"그럴 처지가 아니야. 난 방학 때도 계속 오리똥 얼굴을 봐야 한다구."

"아참, 그렇지. 너 박물관에서 근로하지. 오리똥은 방학 때도 꼬박꼬박 나온다며?"

"응."

"안됐다. 그나저나 넌 박물관 때문에 방학 때 다른 알바 구하기가 좀 애매하겠다."

"그래도 3시면 끝나니까 오후에 할 만한 걸 찾아볼 거야. 넌?"

"고등학교 동창하고 배 타기로 했어."

"좋겠다. 그거 일당 세지?"

"그렇긴 한데, 내가 뱃멀미를 좀 하거든. 걱정이야."

"그럼 그냥 성적 장학금 노려보지 그랬어?"

종석은 한숨을 내쉬며 말했다.

"그게 나한테까지 차례가 돌아오겠냐? 닭이 있는지도 까맣게 잊은 이 닭 머리로? 차라리 몸으로 때우는 게 빨라. 닭이라니, 진짜 짜증 난다."

"미워하는 사람이 많아서 오리똥은 오래 살겠다."

"내 생각엔 주변에 원한 가진 인물이 많아 어느 날 변사체로 발견될지도 몰라."

"설마? 그거 그냥 헛소문 아니야?"

얼마 전, 재학 시절 모덕동의 수업에 대한 불만을 표출하다 학점을 구멍 맞은 졸업 선배가 모덕동을 죽이려고 칼을 품은 채 교내를 배회한다는 소문이 놀았다.

"진짜야. 저번에 한동안 오리똥이 학교 안 나오고 수업 몽땅 휴강시켰잖아. 그거 무서워서 그런 거야."

"그래서 신고했대?"

"신고했지. 목숨의 위협을 받고 있다며. 그 선배는 그 길로 튀었고. 그때 오리똥이 뭐라 그랬는 줄 아냐. 그 새끼 백수 된 게 내 탓이니? 어디다 앙갚음이니? 학점 잘 줬으면 제까짓 게 취직했을 것 같니?"

종석이 모덕동의 말투를 흉내 내자 아완은 저도 모르게 웃음이 터졌다. 그러나 종석이 이어 한 말을 듣고는 가슴이 서늘해졌다.

"그런 새끼는 두 번 다시 이 사회로 나오지 못하게 해야 돼."

모덕동은 확고한 주관적 잣대로 학점을 분배했으며, 가장 중요하지 않은 것을 강의의 핵심 주제로 삼았고, 작은 숫자 기록에 연연했으며, 말대답이나 질문이 많은 학생들을 절대 두고 보지 못했다. 그는 타깃이 된 학생을 수업 시간마다 두고두고 무자비하게 정신적으로 학대했다. 그의 작렬하는 똥고집은 그 어떤 비논리와 모순도 합리적으로 만들었다.

학생들은 칼자루를 쥐고 있는 모덕동을 이길 수가 없었다. 그에게 반항하면 열의 열 모두 목이 베였다. 학생들은 누군가 나타나 모덕동을 벌해주길 바랐다.

***

아완은 동네 베이커리에서 아르바이트를 구했다. 연한 분홍색 셔츠에 까만 베레모를 쓴 사장은 얼굴빛은 붉은데 한 꺼풀 벗기면 속살은 딸기처럼 무르고 하얄 것 같은 40대 중반의 남자였다.

"오후 4시부터 밤 11시까진데 할 수 있겠어?"

"그럼요. 집이 여기서 10분 거리라 괜찮아요."

"그래, 그럼 그렇게 하자. 사실 딱 학생처럼 인상 좋은 여학생을 원했거든. 그럼 내일부터!"

아완은 지난 학기에 박물관 근로 학생을 뽑는 면접 때에도 관장을 맡고 있는 오 교수에게 비슷한 말을 들었다.

"우리 박물관에 딱 어울리는 인상이야. 저기 걸려 있는 신윤복의 미인도랑 닮았네."

신윤복의 미인은 입술 선이 단정하고 눈썹의 결이 가늘고 뚜렷하며 동그란 이마를 가진 여인이었다. 고전적인 의미에서 고운 얼굴이

나 현대 여성들 중에 섞여 있으면 그다지 눈에 뜨이지 않는 옛날 여자의 얼굴이었다. 그럼에도 한번 눈에 들어오면 도저히 뿌리칠 수 없는 은은한 아름다움이 있었다. 아완의 인상이 딱 그러했다.

그러나 오 교수와 오 교수의 제자들이 아완에게 호의적인 것은 그녀의 참한 외모 때문이 아니라 뛰어난 눈썰미 때문이었다. 아완은 선배들이 발굴장에서 가져온 유물 조각들을 정리해주는 데 발군의 실력을 발휘했다. 아완은 깨진 조각의 일부분만으로 그 물긴 본래의 형태를 거의 완벽하게 유추해냈다. 수백 개나 되는 비슷비슷한 파편들을 눈으로 훑으면 아완은 어느 파편이 어디서 떨어져 나왔는지 금세 헤치고 골라낼 수 있었다.

사람들은 아완의 이 같은 눈썰미를 타고난 재능으로 여겼지만 실은 어린 시절에 본 어떤 회화나무 때문에 생긴 습관 덕이었다. 그 회화나무는 밤이면 어딘가로 사라졌다가 동트기 전에 돌아와 아무 일도 없었다는 듯 자신의 하반신에 땅을 주워 입었다.

나무가 한 걸음 내디딜 때마다 황백색 꽃으로 풍성한 나뭇가지들이 뭉텅뭉텅 오그라들어 손가락과 머리카락으로 둔갑하고 뿌리는 인어의 꼬리처럼 쩍쩍 갈라지며 씩씩하고 긴 다리가 되어 성큼성큼 걸어간다. 바라보고 있노라면 회화나무 특유의 향내가 사방으로 번지고, 나무는 바람의 신처럼 어느 틈엔가 저만치 앞서 가 있다. 나무의 걸음이 점점 빨라진다. 나무가 걸을 때마다 빗자루로 공기를 쓸어 담는 것 같은 커다란 바람이 따른다.

실제로 아완은 회화나무가 그렇게 둔갑하는 것도, 스스로 움직여 걷는 것도 본 적이 없었다. 단지 회화나무 자리가 밤만 되면 파헤쳐진 텅 빈 구덩이로 남아 있는 것을 보았을 뿐이었다. 회화나무는 아무도 알지 못하는 시각에 남몰래 자기 자리로 돌아와 어제와 다른 품새로 가지를 내뻗은 채 다른 곳을 쳐다보고 있었다. 그러나 사람들은 그 사실을 알지 못했다. 나무가 자리에 없을 때 아완은 사람들에게 말했다.

"여기, 원래 큰 회화나무가 있었는데 지금은 없어요. 봐요. 뭔가 뽑혀 나간 것 같은 흔적이 보이죠?"

"그래? 거기 그런 나무가 있었니?"

그들은 긴가민가했다. 회화나무가 제자리로 돌아왔을 때 아완은 다시 사람들에게 말했다.

"보세요. 어제는 이 자리에 나무가 없었는데 지금은 있잖아요."

"그래? 난 잘 모르겠네. 나무들이란 게 다 비슷비슷해서 말이야."

"잘 보세요. 이 나무의 가지가 어제는 동남쪽을 향하고 있었는데 오늘은 정남쪽을 향하고 있어요."

"나뭇가지는 원래 햇빛을 향해 자라니까 방향과 모습이 조금씩 달라지는 게 당연한 거야."

결국 아완은 자신이 목격한 마술적 현상을 햇빛의 과학으로 설명하는 사람들에게 입을 다물었다. 아완은 이후로 두 번 다시 회화나무가 밤마다 돌아다닌다는 이야기를 꺼내지 않았다.

거기 나무가 있었는지 관심도 없는 사람들에게, 어제와 오늘 나뭇가지의 구부러진 모양과 틀어진 방향의 작은 차이를 말해봐야 소용없는 일이었다. 그 회화나무는 어느 날 갑자기 자신이 서 있던 자리를 버리고 떠나서 다시는 돌아오지 않았다.

이후로 아완은 줄지어 선 나무나 숲을 보면 원래 있었는데 비어버린 자리가 있는지 찾곤 했다. 그 습관은 곧 사물들로 확대되었고 덕분에 사물의 잃어버린 조각이나 미묘하게 빠진 부분을 골라내는 눈을 갖게 되었다.

아르바이트를 시작한 첫날, 아완은 박물관 근무를 끝내고 버스 정류장에서 내려 베이커리 쪽으로 걸어오던 중이었다. 10여 미터 앞에 사람들이 웅성웅성 모여 있는 것이 보였다. 처음엔 전신주가 무너진 줄 알았다.

그런데 가까이 다가가보니 지름이 어른의 두 아름은 족히 넘어 보이는 거대한 회화나무가 보도블록 한가운데를 뚫고 거꾸로 박혀 있었다. 마치 수 킬로미터 상공에서 곤두박질치며 내리꽂힌 것 같은 모습이었다. 나무가 관통한 주변은 흡사 폭격이라도 맞은 듯 깨진 보도블록 조각들이 널려 있었다. 여기저기서 사람들이 휴대전화를 꺼내 사진을 찍어댔다.

"뭐야? 가로수가 쓰러진 거야?"

"이 동네 가로수는 다 은행나무잖아. 그리고 이렇게 큰 가로수가 어딨냐? 이건 암만 봐도 딴 동네에서 날아온 것 같은데?"

"이런 게 어디서 날아올 수 있어?"

"그럼 누가 일부러 가져다놓은 건가?"

"누가 갖다놨다면 본 사람이 있어야지. 게다가 이렇게 난장판을 벌이는데 아무도 몰랐다는 게 말이 돼? 10분 전에 내가 요 앞으로 지나갈 때만 해도 멀쩡했단 말이야."

"거참 희한하네. 나무가 사람들의 시선을 피해 제 발로 걸어와 여기에 머리를 처박은 건 아닐 테고."

제 발로 걸어와? 누군가 농담처럼 내뱉은 그 말이 아완의 기억을 흔들었다. 그렇지, 회화나무라면 그럴 수 있다. 회화나무는 자기 발로 자리를 옮길 수 있다. 또한 심기가 틀리거나 하고 싶은 말이 있을 때면 뿌리를 하늘에 두고 거꾸로 선다는 고사도 가지고 있다. 거짓말 같은 이야기였지만 그런 회화나무를 어린 시절 본 적 있는 아완으로선 고개를 끄덕일 수밖에 없었다.

아완은 다가가 나무를 살폈다. 정말 회화나무였다. 설마 이 회화나무가 그 회화나무일까? 알 수 없었다. 나무는 모든 것을 땅속에 숨긴 채 어딘가를 향해 손을 벌린 듯 보이는 선뜩한 벌거숭이 뿌리만 드러내고 있었다.

***

　모덕동은 60평이 넘는 아파트에서 혼자 살았다. 그의 아들은 일찌 감치 유학 중이었고 아내는 지방대학 교수였다. 주말부부였지만 실 제로 주말마다 보는 일은 드물었다. 주말이 되면 아내는 논문을 써 야 한다며 조용한 장소를 찾아 떠났고 방학이면 아들을 보러 출국했 다. 그래서 모덕동은 텅 빈 집에 들어서면 제일 먼저 텔레비전부터 켰다. 24시간 뉴스만 내보내는 케이블 방송에서 거꾸로 처박힌 회화 나무에 대한 보도가 나오고 있었다. 모덕동의 눈이 휘둥그레졌다.

　"그 나무다! 틀림없어! 그 도깨비 같은 나무가 대체 어디로 가버 렸나 했더니만."

　20여 년 전, 모덕동은 강릉에서 열린 학술회를 끝내고 고향 집으 로 가는 고갯길에서 이전에 한 번도 본 적 없는 회화나무가 흐드러 지게 꽃을 피운 채 도로변에 서 있는 것을 발견하고 다소 의아하게 여겼다. 가로등 조명 아래 흰 빛을 뿜고 있는 회화나무의 자태가 하 도 몽환적이라 모덕동은 저도 모르게 홀린 듯 차를 세웠다.

　바람이 불자, 아직 꽃이 질 시기가 아님에도 흰 꽃잎이 비누 거품 처럼 공중으로 산산이 흩어졌다. 그 광경을 바라보던 모덕동의 눈에 겹겹의 가지 사이로 몸을 숨긴 특별한 꽃 한 송이가 들어왔다. 지저 분한 빛깔과 축 늘어진 꽃잎들. 모덕동은 곧 그것이 꽃이 아니라 나 뭇가지에 꽁꽁 묶여 있는 색 바란 흰 비단 조각임을 알아보았다.

'누군가 정표로 남긴 손수건 편지 같은데?'

호기심이 든 모덕동은 그것을 풀어보고 싶었지만 손이 닿지 않았다. 모덕동은 둔한 몸으로 힘들게 나무를 기어올라갔다. 그러나 가지 사이에 공간이 없어 어떻게 해도 거기까지 손을 뻗을 수가 없었다. 기어이 그것을 손에 넣고 싶었던 모덕동은 결국 꽃가지 두 개를 억지로 꺾었다.

다음 날 아침, 모덕동은 고향 집 안마당에 떡하니 들어와 자리 잡은 그 나무를 보고 전율했다. 나무가 그를 따라온 것이 분명했다. 모덕동은 괴이한 마음이 들어 당장 베어버리려고 했지만 회화나무에 잘못 손대면 큰 횡액을 당한다며 어머니가 극구 반대해서 그냥 둘 수밖에 없었다. 이후로 그는 고향 집에 내려가는 것이 꺼려져 이런 저런 핑계를 대고 발걸음을 끊었다.

그러다 몇 년 전, 어머니의 성화에 못 이겨 고향 집으로 가던 모덕동은 국도에서 뭔가를 퉁 하고 쳤다. 모덕동은 정신없이 핸들을 꺾으며 브레이크를 밟았다. 가드레일을 들이받으며 튀어나간 그의 차는 경사진 길을 미끄러져 내려가다 잡목림에 막혀 간신히 멈춰 섰다.

에어백이 터지지 않은 것에 대해서는 나중에 화를 내기로 했다. 그는 하마터면 죽을 뻔했다는 사실에 극도로 겁에 질려 황급히 차에서 내렸다. 괴괴한 정적 속에 수풀이 서걱거리는 소리만 요란했다. 도로변에 서 있는 희미한 가로등 불빛을 제외하곤 사방이 컴컴했지만 범퍼가 크게 찌그러져 있는 것만은 똑똑히 보였다.

'뭐였지? 내가 뭘 친 걸까?'

모덕동은 벌컥거리는 가슴으로 좀 전의 상황을 찬찬히 떠올렸다.

'뭔가 슬근슬근 움직였어. 사람이면 어쩌지?'

상황을 확인하기 위해 허겁지겁 경사진 길을 기어올라간 모덕동의 입이 쩍 벌어졌다. 도로 한복판에 거목 한 그루가 뿌리를 하늘로 두고 서 있었다. 마치 누군가 거꾸로 메다꽂은 듯 나무가 처박힌 자리 주변의 아스팔트가 모두 깨져 있었다. 수피에 깊이 팬 상처가 보였다. 차에 부딪힌 흔적이 분명했다. 보면 볼수록 괴상망측한 광경이었다.

도로가 나기 전부터 이 고갯길은 이런저런 헛것을 봤다는 사람들의 해괴한 목격담이 전해지곤 했지만 귀담아듣지 않았다. 말 그대로 헛것이라고 여겼기 때문이었다. 그러나 지금 그가 보고 있는 것은 아무리 봐도 헛것이 아니었다.

어쨌든 사람이 아니어서 다행이라 여기며 모덕동은 자기 차로 돌아갔다. 20여 분쯤 분투한 끝에 모덕동은 차를 도로 위로 되돌리는 것이 불가능하다는 것을 깨달았다. 할 수 없이 모덕동은 다른 길을 찾기 위해 남의 밭을 막무가내로 가로지르며 이리저리 차를 몰았다.

그 와중에 모덕동은 백미러를 보고 깜짝 놀랐다. 누군가 다리를 절뚝이며 차의 꽁무니를 열심히 쫓아오고 있었다. 예감이 좋지 않았다. 사람은 아무리 빨리 달려도 자동차를 따라잡을 수 없다. 그런데 쫓아오고 있는 남자와의 거리는 점점 좁혀지고 있었다.

공포에 사로잡힌 모덕동은 속력을 올렸다. 비포장도로라 궁둥이가 깨질 것처럼 아팠지만 무조건 달렸다. 거리가 좀 전보다 멀어진 듯 여겨졌다. 모덕동은 미친 듯이 액셀레이터를 밟았다. 남자가 확연히 멀어졌다.

'됐어! 그런데 저 남자는 도대체 뭐야?'

모덕동은 범퍼가 찌그러져 덜컹거리는 차를 몰고 새벽 4시가 되어서야 간신히 고향집에 도착했지만, 마음이 영 뒤숭숭해 잠자리에 들 수가 없었다. 결국 모덕동은 그 길로 차를 끌고 다시 사고 지점으로 돌아갔다.

모덕동이 사고 지점에 도착했을 때 나무는 이미 사라지고 없었다. 그사이 누군가 아스팔트가 깨진 함몰 지역 근처에 비상 표시를 세워두었다. 모덕동은 헷갈리기 시작했다. 역시 헛것을 본 건가? 나무에 부딪힌 게 아니라 도로 지반이 내려앉은 충격으로 사고가 난 건지도 몰라. 범퍼는 관목림을 통과하면서 다른 나무에 부딪힌 거고.

그러나 자동차 바퀴가 지나간 주변을 아무리 살펴봐도 차의 범퍼를 찌그러뜨릴 만한 다른 큰 나무는 없었다. 모덕동은 생각했다. 내가 무엇을 쳤는지는 몰라도 사람만 아니면 문제될 게 없잖아.

모덕동은 아침 7시쯤 다시 집으로 돌아왔다. 대문을 들어섰을 때 모덕동은 마당에 있는 회화나무의 몸통에 패인 커다란 상처를 보고 번개에 얻어맞아 머리가 두 조각이 난 것처럼 얼떨떨해졌다.

"간밤의 그 나무가 이 나무였어?"

고향 집 마당을 무단 점령한 나무가 이번에는 자신을 죽이려 했다는 사실에 모덕동은 소름이 돋았다. 모덕동은 하루 빨리 이 해괴한 나무를 없애지 않고는 죽어도 발을 뻗고 편히 살 수 없을 것 같았다.

　작년에 어머니가 돌아가시자 모덕동은 당장에 그 회화나무를 베어버리려 했지만 살의를 느낀 회화나무가 먼저 알아채고 달아나버렸다. 이후로 한동안 잊고 있던 그 나무를 지금 텔레비전에서 다시 보게 된 것이다. 모덕동은 강원도 고향 집에서 서울까지 자신을 따라온 것이 분명하다는 생각이 들었다. 나를 찾고 있는 걸까? 모덕동은 극심한 불안에 휩싸였다. 자신이 나무를 죽이기 전에 나무가 먼저 그를 죽이게 생겼다. 나무가 멋대로 싸돌아다니며 나를 죽이려 한다고 경찰에 알려? 분명 웃음거리가 될 것이다. 젠장, 도대체 나한테 왜 그러는 거야? 내가 뭘 어쨌다고?

　모덕동이 초조하게 거실을 서성이고 있는데 초인종 소리와 함께 갑자기 현관문이 벌컥 열렸다. 낯선 남자가 신발을 신은 채 집 안으로 성큼성큼 걸어 들어왔다. 모덕동이 놀라 소리쳤다.

　"당신 누구요? 여기 어떻게 들어온 거요?"

　"공윤후. 문이 열려 있었어."

　"그럴 리가 없어요."

　"하지만 열려 있었는걸."

　남자가 천연덕스럽게 대답했다. 남자의 나이는 20대 후반에서 30대 초반, 눈썹에는 피어싱을 했고 왼쪽 귓불과 연골에는 흰 옥과

푸른 옥이 박혀 있었다. 모덕동은 장신구를 한 남자를 혐오했지만 이 남자만큼은 묘하게 잘 어울리는 것을 부인할 수가 없었다. 강도라고 보기엔 파란 재킷을 갖춰 입은 모습이 단정하고 깔끔했다.

"겁먹지 마. 난 그저 김씨가 훔쳐간 내 친구의 이름을 돌려받으러 왔을 뿐이야."

"사람을 잘못 찾은 것 같은데요. 난 김씨가 아니라 모씨요."

"네가 맞아. 네가 훔쳤어."

"무슨 소린지 모르겠군요. 나는 남의 이름은커녕 물건도 훔친 적 없어요."

"잘 생각해봐. 김씨는 그 친구의 이름을 훔쳤을 뿐 아니라 한 사람의 목숨도 훔친 적 있어."

모덕동은 어이가 없었다.

"도대체 무슨 헛소리를 하는 거요? 그리고 난 김씨가 아니라니까요."

"그건 중요한 게 아니야. 네가 다른 성으로 불려도 너는 너니까. 네가 훔쳤어."

"무슨 근거나 목적을 가지고 그런 소릴 하는지 모르겠지만 보아하니 나이도 나보다 한참 아래인 것 같은데 왜 계속 반말이에요?"

"그럼 김씨도 내게 반말을 하던가. 할 수 있다면 말이지."

"못 할 것도 없지……만, 음…….'

모덕동은 자신을 바라보는 남자의 시선에서 머리로는 좀처럼 가늠할 수 없는 장중한 시간의 무게를 느꼈다. 모덕동은 본능적으로 넘을 수 없는 벽을 감지했고 이에 따라 혀는 신중하게 처신했다.

"그러지 않을 거요. 나는 당신 같은 무례한 인간이 아니에요."

남자가 웃었다.

"그럴 리가? 김씨는 무례하려고 애를 쓰는데 정신이 저항하는 거잖아."

"그게 무슨 소리요?"

"김씨 머리가 너무 가벼워서 진짜 오래된 것이 지니고 있는 시간의 무게를 다른 사람보다 더 무겁게 느낀다는 뜻이야."

"이봐요, 난 학자요. 그런 내가 어떻게 다른 사람보다 머리가 가벼울 수가 있어요?"

"머릿속에 든 것의 무게가 아니라, 그 머리에 붙어 있는 김씨의 눈, 귀, 입이 이 세상을 보고 듣고 말하며 꺼내놓는 무게 말이야."

3

"안녕하세요?"

아완은 가게 출입문을 들어서며 명랑하게 인사했다.

"어, 왔어? 밖에 많이 덥지?"

사장이 카운터 안쪽에서 반갑게 아완을 맞았다.

"네, 장마도 끝났으니 이제부터 본격적인 더위 시작이죠. 근데 어제 요 앞에 거꾸로 서 있던 그 회화나무는 벌써 치웠네요."

"우리나라가 언제부터 그렇게 민원 처리가 빨랐다고. 그거 제 발로 사라졌어. 아침 나절만 해도 있었다는데 갑자기 증발해버렸대. 계속 그 곁으로 사람들이 쳐다보며 지나 다녔는데 언제 어떻게 없어졌는지 본 사람이 없댄다. 희한하지. 마술쇼가 따로 없다니까."

사장의 말마따나 마술쇼였다. 관중 모두 숨을 죽이고 무대에 시선을 집중하고 있었지만 무슨 일이 일어났는지 알지 못했다. 그 회화나무도 아완이 알고 있던 회화나무처럼 아무도 모르게 사라졌다. 아무래도 같은 나무가 아닐까? 도대체 그 나무는 무엇 때문에 한곳에 뿌리내리지 못하고 여태 정처 없이 방랑하고 있는 걸까? 누구에게 무슨 말이 하고 싶어 거기 그렇게 거꾸로 서 있었던 걸까?

그때 출입문이 열리고 한 남자가 들어섰다. 에어컨이 돌아가는 실내로 일순 뜨거운 바깥 기운이 어른거렸다. 아완이 돌아보며 인사를 했다.

"어서 오세요!"

보도에 떨어지는 뜨거운 햇빛이 희디흰 그림자를 남겼다. 흰 그림자가 출입문 유리에 반사되자 아완은 일순 눈이 부셨다. 문이 닫히면서 갑자기 젖은 흙과 풀 냄새가 뒤섞인 서늘한 바람이 아완의 코끝을 스쳤다. 냉방 중인 실내 공기가 아니었다. 방금 들어온 남자에게서 묻어나는 체취일 것이다. 남자의 등장은 갑자기 커다란 나무 그늘 속으로 통째 들어간 듯한 착각을 불러일으켰다.

남자가 입구에서 쟁반과 집게를 들었다. 남자가 입고 있는 파란색 재킷이 빛에 따라 조금씩 색을 바꿨다. 아완은 남자의 왼쪽 눈썹 끝에서 반짝이는 피어싱에 시선이 갔다. 나뭇가지에 맺힌 이슬처럼 보였다. 그대로 떨어져 뺨을 타고 흐르면 눈물처럼 보일 것 같았다. 사실 남자의 표정은 슬퍼 보이기는커녕 단호하고 시크한 쪽이었다. 그러나 그 눈에, 그 뺨에 눈물을 얹자 뭔가 말 못 할 사연이 남긴 깊고 처연한 얼굴로 바뀌었다. 그러니까 그의 왼쪽 눈썹에 매달린 은구슬이 보는 이로 하여금 변신을 유도하는 마술적 효과를 발휘한 셈이다.

남자는 쟁반 가득 빵을 집어 계산대에 올려놓으며 말했다.

"봉지는 필요 없어."

"네? 아, 네."

그럼 이 많은 빵을 어떻게 가져가겠다는 거지? 물론 아완이 알 바는 아니었다. 손님이 필요 없다면 내주지 않으면 그만인 것. 알아서 하겠지.

아완은 일단 낱개 포장된 샌드위치부터 계산을 시작했다. 남자는 계산이 끝난 샌드위치들을 차례로 재킷 주머니에 집어넣었다. 주머니라고 해봐야 손바닥만 했는데 샌드위치는 끝도 없이 들어갔다. 이번엔 도넛 다섯 개를 비닐봉지 하나에 담았다. 봉지가 제법 컸는데 그것도 계산이 끝나자 남자의 재킷 주머니로 쏙 빨려들어갔다. 산더미처럼 쌓여 있던 빵들이 모두 그의 주머니 속으로 사라졌지만 그의 주머니는 전혀 불룩하지 않았다. 어느새 사장과 매장 안에 있던 손님들의 시선도 남자의 주머니에 쏠려 있었다.

"어떻게 한 거예요?"

아완의 물음에 남자가 어깨를 으쓱하더니 말했다.

"마술이야."

"그럼 재킷 안쪽에 비밀 주머니가 있겠네요?"

"그런 게 있으면 재미없지."

남자는 마술사가 장미꽃이나 비둘기를 꺼내기 전에 빈 스카프라는 것을 관객들에게 확인시켜주기 위해 앞과 뒤를 털어 보이듯 재킷 안쪽을 보여주었다.

"빵은 모두 어디에 있어요?"

"봤다시피 이 주머니 속에 있어. 그건 그렇고 이 재킷의 안감을 어디서 본 것 같지 않아?"

"네?"

남자는 지갑을 열고 돈을 꺼내 아완에게 건네며 말했다.

"이 재킷의 안감과 똑같은 천에 쓴 편지를 가지고 있을 텐데? 편지 쓴 사람의 이름은 공랑이고."

"어? 그걸 어떻게 아시죠?"

"마술사마다 장기가 있는데 내가 제일 잘하는 게 바로 그거야. 타인의 오래된 기억을 맞추는 것. 그 편지를 돌려받고 싶은데. 원래 내 것이거든."

"그게 아저씨가 쓴 거라고요? 그러니까 아저씨가 우리 언니랑 약속했던 그 사람이에요?"

아완은 어리둥절해졌다.

"난 그 사람이 아니야. 단지 그 편지에 적힌 구문이 내 이름으로 된 약속이라서 내 것이란 뜻이지."

"무슨 말인지 모르겠어요. 그럼 그 사람과 아는 사이예요?"

"아는 사이이긴 하지, 자주 보지는 않지만."

"아저씨가 그 사람이든 아니든 언니 물건이에요. 돌려줄 수 없어요."

"돌려줘야 해. 그 편지는 네가 가지고 있어서는 안 되는 물건이야."

"어째서 안 되는데요?"

남자는 대답 대신 카운터에 꽂힌 메모지를 집더니 뭔가 적어주며 말했다.

"내가 자주 들르는 곳이야. 그 편지를 여기 포장마차의 주인에게 줘. 그럼 내가 나중에 찾아갈 수 있으니까. 그런데 이 친구는 맑은 날엔 장사를 하지 않아. 안개가 껴서 습하거나 비 오는 날에만 가게 문을 열지. 내일 밤이 딱 그럴 것 같은데."

밖은 햇빛이 쨍쨍하다못해 금방이라도 부서질 유리처럼 맑았다. 일기예보에서는 이번 주 내내 열대야에 주의하란 말뿐 안개나 비 이야긴 없었다. 무슨 근거로 내일 밤 날씨가 흐려진다는 거지? 그런데 여기가 어디야? 경기도? 도개산?

"오늘이고 내일이고 저는 매일 밤 11시에 알바가 끝나요."

"그래서?"

"그 시각에 여길 가라고요? 정 그러시면 일단 그냥 아저씨 전화번호나 주고 가세요."

"그 친구가 내 전화번호야."

남자가 단호하게 나오자 아완도 물러서지 않았다.

"어쨌든 전 그 편지를 돌려줄 수 없어요."

"그 물건의 임자는 거기 적힌 내 이름, 공랑이야."

"편지는 보내는 쪽이 아니라 받는 쪽이 임자예요."

"네 언니에게 보낸 편지가 아니야."

"네?"

"네 언니에게 한 약속이 아니라고. 그가 다른 여자에게 주려고 했던 편지야. 그걸 네 언니가 가져간 거지. 그래서 지금 네 언니에게 문제가 생긴 거야."

아완은 머리가 저렸다. 뭐야, 이 사람? 설마, 그 일을 알고 있는 거야?

"그게 전부 그 편지 때문이라고요?"

"그 친구의 가게는 밤새 열려 있으니 시간은 상관없어. 새벽닭이 울기 전까지만 오면 돼."

남자가 출입문을 열자 뜨거운 바깥 공기가 훅 불어들었다. 남자가 밖으로 나갈 때 아완은 출입문 옆에 붙어 있는 대형 거울에 아무것도 비치지 않는 것을 보고 깜짝 놀랐다.

'뭐야, 뱀파이어처럼? 아님 내가 잘못 봤나?'

아완은 황급히 남자를 뒤따라 나갔지만 그는 거리 어디에도 보이지 않았다. 아완은 도깨비에게 홀린 기분이었다. 단순한 마술이었을까? 그러려면 매장 거울에 미리 트릭을 써두지 않고는 불가능했다.

이름이 공랑이라고? 공랑은 남자의 진짜 이름이 아닐 것이다. 편지에 적힌 공랑의 한자는 단순히 공씨 성을 가진 남자란 뜻이었다. 하지만 아완은 그 남자가 누군지 알 것 같았다. 공윤후였다. 룸룸의 말이 맞았다. 기다리면 공윤후가 반드시 내 눈앞에 나타날 거라디니.

아르바이트를 끝내고 아완은 자신의 좁은 원룸으로 들어섰다. 스위치에 손을 얹었지만 불을 켜지는 않았다. 어두컴컴한 구석에 서서 말없이 자신을 바라보고 있는 언니 영완이 보였다. 영완이 책상 서랍을 가리키며 입을 동굴처럼 쩍 벌렸다. 하고 싶은 말이 있어도 영완은 소리를 낼 수 없었다. 영완의 눈이 커졌다. 하고픈 말을 그 눈에 담으려고 애썼다. 거미줄처럼 촘촘하게 엮인 붉은 혈관이 흰자 위로 불거졌다. 영완이 웃으려고 표정을 만들어 보일수록 얼굴은 점점 더 기괴하게 변했다.

"언니, 나 조금 무서워지려고 해."

아완은 영완의 시선을 피해 자신의 발등을 내려다보며 중얼거렸다. 그러자 영완은 알아들은 듯 고개를 저으며 사라졌다. 아완은 그제야 스위치를 눌렀다. 방 안이 환해졌다. 아완이 여태 불을 켜지 않고 있었던 건 영완을 배려해서였다. 아완은 영완이 가리키던 책상 서랍 앞에 주저앉아 망설였다. 서랍 안에는 쪽빛 천 조각에 한문으로 적힌 편지가 들어 있었다.

붉은 입술이 아직 숨을 쉬고 푸른 핏줄기가 아직 살아 있어 당신 앞에 나설 수가 없습니다. 세월이 지나면 나는 검어져 공의 소리를 낼 수 있지요. 그때까지 기다려준다면 나는 당신을 데리러 가겠습니다. 공랑의 이름으로 약속합니다.

번역하자면 이 같은 내용이었는데, 살아서는 만날 수 없는 처지니 죽은 후를 기약하자는 약속을 남긴 편지처럼 보였다. 언니에게 이것을 준 사람은 누굴까? 그는 왜 이런 글을 남겼을까? 또 한글이 아니라 굳이 한문으로 적은 이유는 뭘까? 내내 궁금했다. 한데 언니에게 보낸 편지가 아니라니. 아완은 맥이 빠졌다.

언니가 돌아온 것은 아마 이것 때문일 것이다. 아완도 어렴풋이 알고 있었다. 영혼은 본시 물건에 기대어 돌아온다고 하지 않던가. 이것 말고 언니의 물건은 이제 아무것도 남아 있지 않았다.

13년 전 영완은 다발성골수종을 앓고 있었다. 반듯하고 자존심이 강했던 영완은 다른 사람 앞에서는 절대 눈물을 보이지 않으려 했다. 영완이 세상에서 가장 두려워하던 것은 타인의 동정이었다. 때문에 영완은 울고 싶을 때면 병실을 빠져나와 울 곳을 찾아다녔다.

어느 날, 아완은 병원 뒷마당에 있는 커다란 회화나무를 앞에 두고 소리 내어 웃고 있는 영완을 발견했다. 의아해진 아완이 가까이 다가가 물었다.

"왜 혼자 바보처럼 웃고 있어?"

"웃겨서. 여기…… 어? 어디 갔지? 방금까지 있었는데?"

영완은 주위를 둘러보더니 실망한 기색으로 말했다.

"그새 가버렸나 보네. 다음에 또 올 거야."

"누가 오는데?"

"어떤 남자. 나한테 마술을 보여줘. 여기 오면 가끔 만날 수 있어. 근데 벙어리인가 봐. 아무리 말을 걸어도 대꾸를 안 해. 그래도 내 말을 알아듣기는 하는 것 같아."

영완에게만 마술을 보여주는 그 벙어리 남자가 누군지 궁금했던 아완은 언니가 말한 여기라는 장소를 늘 주시했다. 그러나 아완의 눈에 보이는 건 언제나 언니가 마주하고 서 있던 회화나무뿐이었다.

아완은 의심하기 시작했다. 왜 그 남자는 언니에게만 마술을 보여주는 걸까? 왜 내 눈에는 그 남자가 보이지 않는 걸까? 그 남자 같은 건 원래 없는데 언니가 날 속이고 있는 건 아닐까? 그게 아니라면 몸이 약해진 언니가 머리마저 어떻게 된 나머지 회화나무를 사람으로 착각하고 있는 것일지도 몰랐다.

그러다 아완은 회화나무의 비밀을 알아차렸다. 언니의 눈에 나무가 무엇으로 보이건 그 나무에 발이 달린 것만은 사실이었다. 그러나 아무도 그 사실을 깨닫지 못했고 아픈 언니에게는 차마 그런 괴상한 이야기를 말할 수 없었다. 회화나무는 영완이 죽던 날, 마치 영완의 뒤를 따라가기라도 하듯 그 자리를 떠났다.

영완의 장례가 끝난 후, 집으로 돌아온 가족은 그날 밤 죽은 영완이 돌아와 있는 것을 보았다. 한밤중에 두 딸이 함께 쓰던 방에서 달그락거리는 소리를 제일 먼저 들은 것은 잠귀 밝은 어머니였다. 그녀는 딸의 방문을 열었고, 열여덟 꽃다운 나이에 저버린 영완의 환영을 보았다. 어머니는 자고 있는 아완의 머리맡에 앉아 있는 영완을 보고 한동안 충격에서 벗어나지 못했다.

아완의 부모는 영완을 위해 할 수 있는 모든 방법을 동원했다. 그들은 마음을 다해 천도제를 올려주었고, 영완이 집착할 만한 생전의 물건들도 모두 태웠다. 그래도 영완은 아완의 머리맡을 지키고 앉아 떠나지 않았다. 몇 번이나 이사를 했지만 그때마다 영완은 가족을 따라왔다.

아완이 대학에 들어가고 나서야 영완은 나타나지 않았다. 부모는 그것으로 모두 해결된 줄 알고 있지만, 실은 그렇지 않다. 영완은 아완의 자취방으로 옮겨갔던 것이다. 아완은 그 사실을 부모에게 말하지 않았다. 아완에게는 아직 태워 없애지 않은 영완의 물건이 하나 남아 있었다. 아완은 부모가 그 물건에 대해 알기를 원하지 않았다.

영완이 죽은 후, 아완은 쪽빛 천 조각을 발견하고서야 그 남자가 실재했다는 것을 알았다. 편지의 내용을 해석해본 후, 아완은 죽은 언니가 매일 밤마다 돌아오는 이유가 편지에 적힌 약속 때문일지도 모른다는 것을 깨달았다. 그러나 아완에게는 단서가 없었다. 아완이 알고 있는 것은 편지에 적힌 공랑이라는 이름뿐이었다.

아완은 인터넷 검색을 통해 곧 공의 모든 것에 집착하는 룸룸의 블로그로 들어갔고, 공랑 고사는 공씨 삼부자의 이야기로 연결됐다. 공랑이라 적힌 편지의 이름과 언니가 말한 마술하는 남자는 공씨 성을 가진 마술하는 남자 공윤후와 일치했다. 이완은 공윤후를 직접 만나 사실을 확인하고 편지에 대해서 묻고 싶었지만 그를 만날 방법이 없었다. 공에 관한 정보만큼은 타의 주종을 불허하는 룸룸도 공윤후를 직접 만나본 적은 없다고 했다.

아완은 룸룸과도 실제로 만난 적이 없었다. 처음에 두 사람은 룸룸과 구두끈이라는 닉네임으로 서로 남자인지 여자인지조차 알지 못한 채 댓글을 통해 대화를 나눴다.

— 룸룸 님, 어떻게 하면 공윤후를 만나볼 수 있을까요?

— 구두끈 님은 불행하거나 슬픈 여자예요?

— 아닌 것 같은데요.

— 그럼 그를 만날 수 없어요.

— 그 이야긴 나도 알아요. 삼대가 모두 불행하거나 슬픈 여자들하고만 연애를 했다는.

— 여자들 입장은 모르겠지만 그자는 연애를 하는 게 아니에요. 그들이 하도록

이미 정해져 있는 일을 하고 있는 거죠. 그것이 그들의 속성이자 존재 방식이기도 하고요.

— 그들? 남자들? 하긴 뭐 그런 남자들도 있죠. 그가 그런 남자이건 말건 관심 없어요.

— 그건 그 남자를 아직 만나보지 못해서 그래요. 그를 만나면 무조건 홀리게 돼요.

— 전 그런 여자가 아니라고 자신해요. 일단 그를 만나본 사람을 만나보면 무슨 방법이 있지 않을까요?

— 그는 한번 만났던 사람 앞에는 다시 나타나지 않아요. 왜 그를 만나려고 하죠?

— 그냥 호기심이에요.

— 단지 호기심? 대개는 절실한 이유들이 있던데요. 왜요? 말해주기 싫어요?

— 그냥, 굉장히 독특한 사람이잖아요.

— 난 독특한 무엇이라고 생각해요.

룸룸이 던지는 말이 단순한 추정이나 잡담이 아니라는 것을 깨달았다. 어떤 목적이 느껴졌다. 룸룸은 의도적으로 호기심을 유발시켜 아완에게서 뭔가 알아내려 하고 있었다. 아완은 그의 불순함을 읽었지만 묻지 않을 수가 없었다.

— 그게 무슨 뜻인가요?

— 이 세상에 사람처럼 생겼다고 다 사람인 건 아니거든요.

— 그러니까 공윤후는 사람처럼 생겼는데 사람이 아닌 무엇이란 말이네요. 그
　게 무엇인데요?

— 하하!

사이버상에서 룸룸은 웃음만 던져놓고 물러났다.

사람이 아니면 도대체 무엇이라는 건데? 설마 신싸 도깨비란 뜻
은 아니겠지? 아완은 황당했지만 차근차근 생각해보았다. 허치수와
공랑의 고사에 등장하는 공랑은 도깨비라고 한다. 아완은 룸룸이 공
씨와 관련된 신기한 이야기를 모두 수집해 올리다 보니 당연히 공랑
고사도 포함된 줄 알았다. 그런데 이제 보니 '공의 모든 것'이란, 도
깨비와 관련된 모든 것이란 의미인 듯했다.

몇 가지 그럴듯한 근거가 짚이긴 했다. 공랑 고사에는 다리가 등
장한다. 찾아보니 도개교가 도깨비 다리라고 불리는 데다가 도개산
사유지의 주인이 공윤후라 한다. 그리고 사유지 내에 공동묘지까지
존재한다니. 우연치곤 딱 들어맞지 않는가. 하지만 거기에 허아요의
무덤이 실재하는지는 아직 아무도 모른다.

'공'이란 성도 의문스러운 구석이 있었다. 공랑鞏郞의 '공'은 성으
로 사용하지 않는 글자다. 그러므로 공청옥은 이 성을 예명으로 가져
다 썼을 확률이 높다. 그런데 왜 하필 공씨일까? 다른 성도 많은데?

도깨비는 허깨비라 불린다. 그런 의미에서 텅 빈 '공'이란 글자는

허깨비에게 딱 어울리는 성이긴 했다. 하지만 원래 도깨비들의 성은 김씨라고 전해진다. 도깨비는 사람을 부를 때도 김씨라 칭하고 사람이 그들을 부를 때도 김씨라 부르라고 한다. 그들에게 김씨는 사람을 의미했다. 그러므로 그들이 사람 속에 섞여들 때는 사람과 같은 성인 김씨였다. 공윤후의 가계도 공청옥 이전에는 김씨였지만 공청옥 대에 와서 공씨로 성을 바꿨을 수도 있다. 룸룸의 말대로 정말 도깨비라면 말이다.

아완은 호기심이 발동했다.

— 룸룸 님이 말한 그 무엇이 무엇인지 알겠네요.

아완의 글에 룸룸이 비밀글로 댓글을 달았다.

— 그걸 내게 말할 필요는 없어요. 어차피 난 긍정도 부정도 하지 않을 거니까요. 나는 내 블로그를 통해 구두끈 님뿐 아니라 다른 사람들에게도 넘치는 정보를 주고 있어요. 그걸 어떻게 받아들이느냐는 각자가 선택할 문제라고 생각해요.

대개의 사람들은 '공의 모든 것'을 재미로 읽는다. 그러나 절실한 사람에게 '공의 모든 것'은 하늘에서 내려온 동아줄이었다. 그 동아줄 끝에 무엇이 있는지 알고자 하는 사람들의 목적은 곧 룸룸의 목적과 일치했다. 룸룸은 '공의 모든 것'이라는 애매모호한 바다에 미끼를 던져놓고 거기에 낚인 다른 사람들을 통해 공의 또 다른 것을 얻어내고자 했다.

아완은 룸룸과 많은 이야기를 나눴다. 어느 시점에서 두 사람은 각자의 성별을 밝히고 말을 놨다. 그럼에도 아완은 룸룸에 대해서 아는 것이 없었다. '공의 모든 것'에는 공의 모든 것이 있었지만 룸룸 자신에 대한 것은 단 한 마디도 없었다. 그의 신상은 모두 비공개였고, 여행이나 읽은 책, 영화에 대한 감상은커녕 친구들과 찍은 사진 한 장 올라와 있지 않았다. 아완이 지금껏 룸룸과의 대화에서 알아낸 것은 그가 공의 모든 것을 제외하고는 다른 어떤 것에도 관심이 없으며, 공과 관련된 것을 얻기 위해서는 얼마든지 기다릴 수 있는 사람이라는 것이었다.

— 이제 좀 말해주지. 구두끈 님은 왜 공윤후를 만나려는 거야?

룸룸은 집요하게 이유를 물었다. 아완이 계속 대답하지 않으면 그도 아완이 알고 싶어하는 것에 대해서 말해주지 않을 것이다.

— 공랑이라는 이름이 적힌 편지를 갖고 있어. 우연인지는 모르겠지만 파란 천에 쓰인 거야. 이거 공윤후와 관계있는 거 맞지?
— 그걸 어디서 어떻게 손에 넣었지?

아완은 룸룸의 문장에서 들썩이는 감정을 읽었다.

— 죽은 언니가 가지고 있던 거야.
— 언니가 그를 만난 적이 있어?
— 모르겠어.
— 그거 나한테 팔면 안 될까?

아완은 룸룸에게서 조급함을 느꼈다. 원하는 만큼 값을 쳐주겠다
는 문장을 쓰려던 충동을 힘겹게 삼킨 것이 분명했다. 이 타이밍에
서는 편지의 내용 같은 것을 물어봐야 할 것 같은데 룸룸은 한번 보
지도 않고 공랑이라는 이름에 다짜고짜 팔라고 졸랐다. 아무래도 수
상쩍었다.

— 뭐야?
— 뭐가?
— 왜 그걸 탐내는 거야?
— 구두끈 님이 그걸 내게 팔면 난 구두끈 님에게서 내 인생의 한 조각을 사는
  거야.
— 공의 물건이 왜 룸룸 님 인생의 한 조각이야?
— 공의 모든 것이 내가 사는 세계니까. 내가 쫓는 세계의 중심에 그가 있어.
  그러니까 그가 있어야 내 세계가 유지되는 거지. 그의 물건은 내 세계를 구

성하는 일부고.

— 뭔가 딴 세계에서 혼자 사는 마인드네.

— 난 현실과 싸우기 싫어. 피곤해. 그래서 비현실을 상대로 살고 있지. 어쨌든 살아야 하니까. 살려면 사는 이유가 있어야 하고. 그 이유가 내겐 공의 모든 것이야. 그러니까 부탁할게.

— 미안, 그럴 수 없어. 언니의 유품이야. 공윤후를 만나려는 이유가 바로 그 편지 때문인데 어떻게 팔아? 그보다 내가 가시고 있는 편지에 적힌 공랑이 공윤후라고 확신하는 이유가 뭐야? 룸룸 님은 그 편지를 본 적도 없잖아.

— 편지에 공랑의 이름이 있다면서? 그리고 그 편지가 지금 어떤 문제를 일으키고 있지? 그래서 공윤후를 만나 물어보려는 거잖아?

아완은 할 말을 잃었다.

— 됐어. 그냥 한 가지만 약속해줘. 공윤후가 구두끈 님 앞에 나타나면 반드시 내게도 알려준다고. 그럼 구두끈 님이 어떻게 공윤후를 만날 수 있는지 알려줄게.

— 룸룸 님도 만나는 방법을 몰라 지금껏 그를 만나지 못했다면서?

— 꼭 그런 건 아니야.

— 여태 알면서 모르는 척했다는 거네.

— 솔직히 말하면, 알지만 내 쪽에서는 어찌할 방법이 없다는 거지.

— 그럼 공윤후 쪽에서?

— 그 편지가 공윤후를 불러낼 거야. 그러니까 기다려. 단, 절대 그에게 편지를 섣불리 넘겨줘선 안 돼. 편지를 가지고 있어야 계속 공윤후를 만날 수 있으니까. 알겠어?

— 응, 알겠어. 룸룸 님이 왜 내 편지를 막무가내로 사려고 했는지 말이야. 편지를 손에 넣은 후, 룸룸 님 혼자서 공윤후를 만날 작정이었던 거지?

아완은 묘한 배신감을 느꼈다.

— 약속이나 지켜. 이제 우린 한편이라는 거 잊지 말고.

— 내가 룸룸 님에게 알리지 않을 수도 있어.

— 그러지 못할 거야. 그를 만나면 궁금한 게 생길 거고 그럼 내 도움이 필요할 테니까. 전화번호 남길게.

***

이튿날 아침 아완은 룸룸에게 전화를 걸었다.

"룸룸 님 말대로 어제 공윤후가 찾아왔었어. 그런데 그 사람, 거울에 모습이 비치지 않더라고. 어떻게 그럴 수가 있지?"

"그가 거울 앞을 지나가는 것을 봤다고? 그럴 리가?"

"왜?"

"그가 일부러 들키고 싶은 게 아니라면 그걸 발견하는 건 불가능해. 이거 뭔가 이상한데?"

"뭐가? 그냥 마술 아닐까?"

"아니야. 그가 거울에 비치지 않는 건 허깨비이기 때문이야."

"하지만 눈에도 보이고 대화도 가능한데 어떻게 허깨비야?"

"이 세계에 존재하는 사물들은 객관적인 방식을 취하고 있어. 그런데 허깨비는 우리가 아는 객관적 사물과는 전혀 다른 입자 배열을 가지고 있지. 우리 눈에 보이는 사람이나 사물이 독립체로 세계의 구성 요소라면, 그들은 세계를 이루는 구조의 연속성에 포함되는 존재란 뜻이야. 즉, 자연이나 거리 풍경, 건물이나 사물이 가진 패턴에 일부러 숨어버릴 수 있기 때문에 잘 알아볼 수 없어."

"그래서?"

"사람의 눈은 정신의 지배를 받아. 지극히 주관적인 시각을 가진 인간은 선험적 정보를 통해서만 숨겨져 있는 형태를 의식할 수가 있지. 즉 없다고 여기면 보이지 않는단 뜻이야. 그러니까 거울에는 사람의 눈이 확인한 것만 비칠 수가 있어. 즉 허깨비인 도깨비는 비칠 수가 없다고."

"공윤후가 정말 도깨비라고 믿어? 아니, 도깨비라는 게 진짜 있다고 생각해?"

"단풍잎처럼 붉은 피부를 가진 산도깨비를 본 적이 있어."

"뭘 잘못 본 거 아냐?"

"내가 뭘 보고 있는 지는 누나가 알려줬어. 난 그때 내가 보고 있는 것이 정확히 뭔지 알지 못했거든. 이후에도 한동안 깨닫지 못했어. 누나를 잃은 후 남겨진 우리 가족의 사진들을 보고 알았지. 그 산도깨비는 우리 큰형이었어. 임종을 앞둔 여동생을 보러 온 거였지. 죽은 것처럼 잠만 자다 간 둘째 형, 마흔도 되지 않은 나이에 죽은 하나뿐인 누나. 나이 차가 많이 나서 부모님이 모두 돌아가신 내겐 그야말로 엄마 같은 누나였지. 어째서 내 형제들은 모두 그렇게 짧고 슬프게 살다 갔을까? 그중 한 명이라도 살아서 지금 내 곁에 남아 있었더라면, 언제나 그런 생각을 해.”

아완은 룸룸의 시간이 생전의 누나와 마지막으로 함께했던 그 순간에 멈춰버렸다는 것을 깨달았다. 때문에 룸룸은 그때 본 그 허깨비를 쫓으며 지금껏 홀로 긴 성장통을 겪고 있는 것이다.

“정말 그런 게 있다고?”

“있어.”

“좋아. 진실이 뭔지는 공윤후를 만나보면 알 수 있겠지. 약속 장소는 오늘밤 도개산 입구야. 같이 갈 거지?”

“아니. 오늘은 안 돼. 내가 나타나면 구두끈 님은 그를 만날 수 없어. 그와 약속한 사람은 내가 아니라 편지를 가진 구두끈 님이니까. 내가 있으면 그는 나타나지 않을 거야. 아니, 구두끈 님은 그를 볼 수 없을 거야. 난 나대로 그를 만날 계획이 있어. 구두끈 님이 제대로 도와주기만 하면 말이야.”

“무슨 말인지 이해가 가지 않는데?”

"일단 구두끈 님이 먼저 그를 만나. 그리고 말했다시피 편지는 절대 돌려주면 안 돼. 그가 편지를 되찾으면 다시는 구두끈 님 앞에 나타나지 않을 거야. 그리고 나에 대한 이야기도 해선 안 돼."

"공윤후가 룸룸 님을 알아?"

"알고 있다고 생각해. 늘 내가 그의 뒤를 쫓고 있으니까. 우리는 그 편지를 이용해 알아내야 할 게 많아."

"뭘 말이야?"

"구두끈 님, 눈썰미가 좋다고 했지? 공윤후의 손바닥에 새겨진 표식을 잘 보고 기억해둬. 그 표식만 갖게 되면 우린 그의 정체에 대해 아주 중요한 것을 알아낼 수 있을 거야. 물론 그가 사는 곳도 방문할 수 있게 될 거고."

4

아완은 베이커리 매장을 나와 지하철역까지 정신없이 뛰었다. 시외버스 터미널에 내렸을 때는 부슬비가 날렸고 이미 새벽 1시가 넘었다. 시내버스가 끊긴 터라 아완은 큰맘 먹고 택시를 잡아탔다.

20여 분 후 택시는 도개산 입구라고 쓰여 있는 버스 정류장 표지판 아래 아완을 내려놓았다. 조금 떨어진 곳에 아직 철거되지 않은 옛 버스 정류장 표지판이 그대로 방치되어 있었다. 거기엔 눈물처럼 흘러내린 녹물 자국 뒤로 돗구산 입구라는 옛 명칭이 숨어 있었다. 돗구산, 도깨비 산이라는 뜻이다. 이 산에 도깨비 길이 있어 들어가면 길을 잃는다 하여 붙여진 이름이었다.

도개산 자락을 따라 흐르는 하천을 가로지르는 돗구교도 도개교로 명칭이 바뀌었다. 돗구교 역시 도깨비가 만든 다리라는 뜻이다. 도개교라 이름이 바뀌어도 어차피 도깨비가 자기들 세계인 도개산과 인간 세계 사이에 길을 여는 다리인 셈이니 상징하는 의미는 크게 달라지지 않는다.

'그런데 왜 하필 도깨비 다리 입구에 있는 포장마차야? 게다가 안개가 자욱하게 낀 날이나 비가 축축하게 내리는 날만 골라 장사를 한다는 건 무슨 심보고? 진짜 도깨비인 거야? 아님 도깨비 콘셉트를 이용한 장사 수단이야? 한데 공윤후는 어떻게 일기예보보다 먼저 날씨가 바뀔 걸 알았을까?'

도개교 입구에서 아완은 주목 아래에 교묘하게 숨어 있는 포장마차를 발견했다. 주목은 오래전에 죽어 고목이 된 듯 나뭇잎 한 장 붙어 있지 않아 바오바브나무 같기도 했고 언뜻 거대한 장승이 연상되기도 했다. 메마른 주목의 가지들이 이리저리 뻗어나간 모습이 어떤 표정을 그리고 있는 듯 착각을 불러일으켰기 때문이었다.

포장마차 안은 사벽만 천막으로 가렸다 뿐이지 천장은 뻥 뚫려 있어 망망대해 같은 밤하늘이 우주의 쩍 벌린 아가리처럼 보였다. 밖은 한낮의 기운이 여실히 남아 있어 후덥지근했지만 안은 뒤통수가 으슬으슬할 정도로 서늘했다. 어지러이 널린 낡은 가구들을 탁자나 의자로 삼은 좁은 실내는 미로처럼 복잡했다.

아완은 입구에 서서 사람들의 얼굴을 살폈다. 눈이 마주치기 직전 그들은 모두 아완에게서 고개를 돌렸다. 오직 조리대 안쪽에 서 있는 주인 남자만 계속 아완을 쳐다보고 있었다. 마치 놀이동산 귀신의 집 입구 벽면에 부조로 새겨진 얼굴이 뭘 도와드릴까요? 하고 묻는 표정이었다. 그늘진 피부색, 굴곡진 이마, 톡 튀어나온 눈두덩, 갸름한 눈매, 부스스하게 솟은 머리, 길게 빠진 하관과 입매가 어디서 본 듯한 나무 탈을 닮았다.

아완은 그에게 다가가 물었다.

"여기서 공윤후 씨를 만나기로 했는데요."

"윤후를 보러 왔단 말이죠?"

남자가 웃으며 말했다. 눈가에 웃는 주름들이 생겼다. 다정한 눈매에 재미있는 얼굴이었다. 아완은 웃는 주름들이 만든 그의 독특한 표정 때문에 덩달아 웃고 싶어졌지만 참았다.

"네, 아저씨가 그를 만나게 해줄 수 있을 거라던데요."

"내가요? 윤후가 그렇게 말했을 리가 없는데? 그냥 나한테 전할 말이나 물건을 놓고 가라고 했을 겁니다. 뭔데요? 저한테 주고 가세요."

아완은 거짓말한 것이 들통 나자 자기도 모르게 얼굴이 붉어졌다.

"미안해요. 아저씨 말씀이 맞아요. 그런데 그렇게는 할 수 없어요. 공윤후 씨를 만나서 자초지종을 들어야 하거든요. 아저씨가 공윤후

씨의 전화번호라고 했어요. 제가 지금 그 번호를 눌렀으니까 아저씨가 공윤후 씨에게 신호를 보내주시면 안 될까요? 그동안 전 여기서 기다릴게요."

남자는 유쾌하게 웃더니 말했다.

"아주 작정하고 왔군요. 좋아요. 이름이 뭐예요?"

"허아완요."

"아? 아!"

남자가 감탄처럼 소리를 내뱉으며 경련이라도 일어난 듯 몸을 살짝 떨었다. 동시에 이 포장마차가 의지하고 있던 주목이 흔들렸다. 종을 치고 난 후 아련하게 소리의 여운이 퍼지듯 주변의 공기가 울렁였다. 남자가 말했다.

"나는 활이라고 해요. 알았어요. 거기 앉아서 기다려요. 우산 드릴까요?"

"아뇨. 가벼운 부슬비인데요, 뭘."

활은 뒷문을 통해 잠깐 나갔다가 곧 돌아와서 말했다.

"금방 올 거예요."

활의 말이 끝나기 무섭게 어디선가 바람 소리가 한바탕 밀려드는가 싶더니 출입문이 벌컥 열리고 공윤후가 들어섰다.

"봐요. 금방 왔죠."

활은 알쏭달쏭한 미소를 지으며 턱으로 공윤후를 가리켰다. 공윤후는 곧장 아완을 향해 걸어오더니 그녀의 왼쪽 옆자리에 앉았다.

"굳이 날 만나고자 하는 걸 보니 내 이름을 가져오지 않았군."

"그 전에 묻고 싶은 게 있어서요. 절 어떻게 알아봤죠?"

"마술로."

"마술은 모두 속임수예요. 저는 사실을 알고 싶어요."

"마술은 설명할 수 없는 어떤 것을 굳이 설명해야 할 때 붙이는 단어일 뿐이야. 난 그저 내 옷의 일부분을 느꼈어. 내가 이 재킷에 마술을 걸어놨거든. 너도 봤잖아? 빵이 무한대로 들어가는 것을 말이야."

"마술에 대한 설명 말고 사실을 말해줘요. 언니에게 준 편지가 아니라고 했는데 그럼 언니는 어떻게 그 사람으로부터 그 편지를 받게 된 거죠?"

"받은 게 아니라 스스로 가져갔어. 그 편지는 내 친구가 오래전에 어떤 여자에게서 받은 편지에 대한 답장이야. 결국 전할 수 없게 됐지만."

"언니 때문에 문제가 생긴 거네요."

"문제는 네 언니에게 생겼지. 그러니까 편지를 내게 돌려줘. 그럼 네 언니도 내 친구가 다른 여자에게 했던 약속에 매여 오도 가도 못하는 처지에서 벗어나게 될 테니까."

"그 편지에 적힌 내용이 도대체 뭐기에 죽은 사람조차 놔주지 않는 거죠?"

"그건 도깨비가 여자에게 약속을 걸 때 쓰는 구절이야."

"도깨비요?"

"붉은 입술은 나무가 피우는 꽃, 푸른 핏줄기는 잎사귀를 말해. 나무로 만든 물건이 오랫동안 사람의 손을 타 검어지면 도깨비가 되지."

"그래서 도깨비가 된 후 여자를 데리러 오겠다? 공랑의 이름으로 약속했으니 공랑은 결국 도깨비네요. 그런데 아저씨가 바로 그 공랑이고요?"

"그렇지."

공윤후가 고개를 끄덕였다. 아완은 어처구니가 없었다.

"그럼 아저씨가 그 사람인 거잖아요?"

"그 친구가 도깨비가 될지 어떨지는 기다려봐야 알 수 있어. 그래서 먼저 내 이름을 빌려서 약속을 걸어둔 거야. 그 친구가 도깨비가 되면 공랑은 그의 이름이 되기도 하니까. 하지만 아직 도깨비가 되지 못했으니 지금은 내 이름이야."

"아저씨는 도깨비고 아저씨의 친구라는 그 사람의 정체는 뭔데요?"

"음⋯⋯."

공윤후는 난처한 표정으로 활을 쳐다보았다. 가만히 듣고 있던 활이 결국 참지 못하고 가볍게 웃음을 터뜨렸다. 아완은 활이 뭔가 알고 있을뿐더러 지금 공윤후와 함께 자신을 속이고 있다는 확신이 들었다. 아완과 눈이 마주친 활이 웃음을 거두며 말했다.

"아, 미안해요. 원래 손님들의 대화는 들려도 모른 척해야 하는데, 그냥 들렸어요. 웃은 건 제 실수예요."

두 남자의 눈이 마주쳤고 두 남자는 동시에 아완을 쳐다보았다.

아완은 자신이 이들 두 남자의 장난에 휘말린 게 아닌가 하는 의심
이 들었다.

"두 분, 지금 절 놀리시는 거죠?"

공윤후는 활을 쳐다보며 투덜거리듯 말했다.

"사람들은 왜 믿지도 못하면서 늘 진실을 말해달라고 하는 걸까?"

활이 고개를 저으며 말했다.

"이봐, 그렇게 말하면 넌 꼭 사람이 아닌 것처럼 들려. 그러니까
농담도 적당히 하란 말이야."

"농담 아니야. 너, 잘 들어."

공윤후가 고개를 돌려 아완을 향해 말했다.

"그 구절이 오래된 사물이나 오래된 이름, 특히 우리의 이름으로
행해지면 복잡해지지. 오래된 물건들이 왜 가끔 문제를 일으키는지
알아? 갈 곳 없는 마음이 남아 있기 때문이야. 오래된 사물과 오래된
이름에 자신의 마음을 던져놓고 스스로 홀리는 거지. 우리와 우리의
이름이 거기에 마술을 걸 수 있도록 말이야."

아완은 공윤후의 말을 이해하기가 어려웠다. 공윤후는 자신과 우
리와 사물을 혼동했다. 정말 룸룸의 말대로 공윤후는 허깨비일까?
아완은 5초에 한 번씩 사람처럼 눈을 깜빡이는 공윤후를 슬며시 훔
쳐보며 생각했다. 말도 안 돼. 도대체 어디가 허깨비라는 거야? 거울
이 눈이 멀었지. 암만 봐도 공윤후는 틀림없는 실재였다.

갑자기 공윤후가 자리에서 일어나더니 아완이 앉아 있는 무거운

나무 의자의 양옆을 잡고 통째로 번쩍 들어 자신과 마주 보도록 돌려놨다. 순식간에 의자가 허공에 붕 떴다가 내려앉았다. 공윤후의 단단한 두 손이 여전히 의자의 양쪽 가장자리를 잡고 있었다.

아완은 꼼짝달싹 못한 채 그의 서늘한 눈을 똑바로 쳐다봐야만 했다. 아완은 고개를 돌리고 싶었지만 이상하게도 그에게서 시선을 뗄 수가 없었다. 그에게는 저항 불가능한 마력이 있었다. 아완은 자신의 몸이 그의 팔에 조금이라도 닿으면 먼지처럼 부스러질 것 같은 현기증이 일었다.

공윤후를 보면 무조건 홀리게 되어 있다고 룸룸이 말했을 때 아완은 절대 그러지 않을 자신이 있다고 장담했다. 그러나 아완은 지금 속수무책 그에게 끌리고 있었다.

"자, 이제 그만 내 이름을 돌려줘. 내 이름을 지니고 있으면 넌 평생 내게 쫓길 거야. 매일 밤마다 공포와 두려움으로 시들시들 말라가겠지. 왜냐하면 나는 굉장히 무서운 것이거든."

아완은 그 순간 그가 주는 알 수 없는 위압감에 머리털이 곤두서고 목이 뻣뻣해졌다. 아완은 어깨를 떨며 말했다.

"겁주지 말아요. 그런 식으로 스토커 짓을 했다간 경찰에 신고할 거예요."

"그러던지. 네가 무슨 짓을 하던 내게 불리한 일은 절대 벌어지지 않을 거야. 벌어져도 상관없고. 난 불리한 상황에서 벗어나는 재주를 타고났거든."

"아, 마술로요?"

"그래, 마술."

공윤후가 고개를 끄덕였다.

"그건 그저 트릭일 뿐이잖아요."

"나에 대한 증명이 필요하다면 뭐 이렇게 보여줄까?"

지켜보고 있던 활의 눈이 커졌다. '이봐, 안 돼, 하지 마!' 활은 공윤후를 막으려고 손을 뻗었지만 공윤후의 동작이 더 빨랐다 공윤후가 두 손을 펼쳤을 때 아완은 그의 손바닥에 새겨진 복잡한 문양의 표식을 보았다. 구부린 손가락 틈 사이로 파란 빛이 어른거리는 것도.

공윤후는 두 손으로 자기 머리를 재빠르게 잡아 돌렸다. 머리와 몸이 완전히 반대 방향으로 붙은 공윤후가 자리에서 일어나더니 돌아서서 아완을 내려다보았다. 아완은 공윤후를 머리부터 발끝까지 담담한 표정으로 훑어본 후 말했다.

"그로테스크한 기술이라는 건 인정할게요. 근데 그냥 쇼라는 거 알아요. 이렇게 가까이에서 본 적은 없지만 몸과 머리가 따로 노는 마술이 이전에 없었던 것은 아니니까요. 어떻게 한 건지 궁금하지만 물어봐도 어차피 영업 비법이라 말해주지 않을 거죠?"

"이거 트릭 아니야."

"아닐 수도 있겠죠. 그게 뭐 중요해요? 사실 전요, 어릴 때 이것보다 더 괴상한 것도 봤어요. 어떤 회화나무가 밤만 되면 그 자리에서 사라졌죠. 그건 마술이 아니라 실제였어요."

"알아."

공윤후는 머리를 원래대로 돌려놓으며 자리에 다시 앉았다.

"알아요? 혹시 그때부터 절 알고 있었어요?"

"네가 아니라 그 회화나무를 안다고. 그 몽유병 걸린 놈이 바로 내가 준 구절이 쓰인 편지를 네 언니에게 빼앗긴 녀석이거든."

"뭐라고요?"

"난 그 녀석을 19세기에 처음 만났어. 지금도 가끔 마주치곤 하지."

"무슨 소리예요? 아저씨, 1982년생이던데요?"

"음, 그렇긴 한데, 19세기에도 나는 살고 있었어."

"그래요? 그럼 그렇다고 해두죠."

"해두는 게 아니라 정말이야. 1866년 8월 15일이었지. 평안도 용강현 앞바다에 미국 상선이 나타났거든. 그거 구경하러 갔다가 만났어."

뭐? 그거 제너럴셔먼호잖아. 이 사람 지금 무슨 소릴 하는 거야? 아완은 어처구니가 없었다.

"그 몽유병 녀석, 그때 오래된 편지 한 장 달랑 들고 한 여자를 찾아 나선 길이었지. 그래서 내가 말해줬어. 그냥 원래 네가 있던 자리에서 꼼짝 말고 기다리라고, 나무는 원래 그런 식으로 사람을 기다리는 거라고. 그런데 몽유병 말이 아무리 애를 써도 그게 안 된다더군. 그러면서 그 여자가 남긴 편지를 내게 보여줬어. 흰 비단 손수건에 자신의 이름은 이화헌이고 이제 멀리 떠나게 됐으니 그리운 마음이 든다면 부디 찾아와달라고 쓰여 있더군. 사람이 마음을 매달아놓고 갔으니 도리가 있나. 그래서 말리지 않았어."

아완은 그의 이야기를 믿어야 할지 말아야 할지 헷갈렸다. 아완이 본 회화나무는 실제였다. 그럼에도 지금 공윤후가 말하는 회화나무의 이야기는 도무지 믿어지지가 않았다. 다른 사람들도 자신의 말을 그렇게 믿지 못했겠지.

"그리움은 다시 만나지 않으면 병이 깊어지지. 하지만 나무와 사람은 각기 다른 방식으로 시간을 살기 때문에 마술 같은 일이 벌어지지 않고는 다시 만날 방법이 없어. 그래서 내 재킷 안감에 우리가 쓰는 약속의 구절을 내 이름으로 적어준 거야. 마술이 이뤄지려면 내 이름이 필요하거든."

비슷한 이야기가 공청옥의 일화에도 등장한다. 공청옥이 이순옥에게 말했다. 내 이름을 아무 데나 적어. 그럼 달아날 길이 생길 거야. 공청옥의 말대로 그 이름은 마술을 부렸다.

"하지만 이미 150여 년이 지났어요. 회화나무가 찾는 이화헌이란 여자는 이제 세상에 없어요. 제게서 편지를 돌려받는다고 해도 전해줄 수 없다고요."

"세계가 계속되는 동안 사람은 한 번만 사는 게 아니야."

"나는 사람이고 한 번만 살 수 있어요."

"물론 한 번에 한 번씩만 살 수 있지."

공윤후가 검지를 들어 보였다.

"말장난 그만하고, 솔직히 말해봐요. 그 회화나무 이야기, 지어낸 거죠?"

"네가 봤다는 그 회화나무 이야기, 지어낸 거야?"

"난 아니에요. 하지만 아저씨 이야기는……. 됐어요, 중요한 건 언니가 본 건 나무가 아니라 사람이었다는 거예요."

"몽유병이 네 언니 눈에는 사람처럼 보였나 보지. 아님 몽유병이 사람 행세를 냈던가?"

아완도 실은 그런 의심을 했었다. 언니가 그 회화나무를 사람처럼 여긴 건 아닐까 하고.

"자, 이제 마술 타임은 끝났으니 그만 돌아가. 다음에 여기 들를 때는 날 찾을 필요 없어. 그냥 저 친구에게 맡겨. 문제 더 복잡하게 만들지 말고."

아완은 공윤후의 손을 보았다. 아직 저 손의 문양을 제대로 보지 못했는데……. 알고 싶은 것도 남았고. 아완이 우물쭈물하자 활이 말했다.

"미안해요. 가게 접을 시간이거든요."

부슬비는 어느새 그쳐 있었고 다들 언제 나갔는지 포장마차 안에는 손님이 한 명도 남아 있지 않았다. 아완은 가방을 챙겨들며 말했다.

"그럼 다른 데로 자리 옮겨요."

"싫어."

공윤후는 손을 저으며 얼른 가라는 신호를 보냈다. 머쓱해하는 아완을 향해 활이 말했다.

"저랑 같이 여기를 정리해야 하거든요. 보다시피 치울 게 많아서요."

어쩌지? 망설이던 아완은 용기를 내어 솔직하게 공윤후에게 부탁해보기로 했다.

"알았어요. 갈 테니까 아저씨 손 좀 보여주세요."

"왜?"

"궁금해서요. 아까 언뜻 보니 파랗게 빛이 나는 것 같아서요."

"도료의 특성상 그럴 때가 있지."

공윤후는 두 손바닥을 펼쳐 보였다.

"손바닥에 왜 이런 문양을 그려 넣은 거죠? 무슨 특별한 뜻이 담긴 건가요?"

아완이 문양을 부지런히 눈에 담으며 물었다.

"궁금하면 네가 알아봐."

포장마차 밖으로 나온 아완은 어지럼증을 느꼈다. 어디선가 닭 우는 소리가 들리는 것 같았다. 휴대전화를 꺼내 시간을 확인해보니 새벽 4시가 조금 넘었다. 아완은 포장마차를 향해 사진 몇 장을 찍었다.

돌아서서 몇 걸음 걷던 아완은 공윤후의 손바닥 문양이 잘 기억나지 않는다는 것을 깨달았다. 전체적인 윤곽은 떠올릴 수 있었지만 워낙 복잡한 문양이라 세세한 부분은 정확하게 그려낼 수가 없었다.

'어떡하지? 아, 그렇지. 왜 그 생각을 못 했지? 돌아가서 공윤후와

공윤후의 손바닥 사진도 찍어야겠다.'

그러나 아완이 다시 돌아보았을 때 포장마차는 어디에도 보이지 않았다. 아완은 황급히 주목 곁으로 돌아가 이리저리 살펴보았지만 흔적조차 찾을 수가 없었다. 아완은 뭐에 홀린 것 같았다.

아완이 잠깐 등을 돌린 1, 2분 사이에 정리를 하기엔 가구며 물건들이 너무 많았다. 설사 손이 빨라 모두 정리했다 쳐도 어디로 갔단 말인가. 자신이 있는 쪽으로 오지 않았다면 도개교 쪽인데? 그새 도개교를 건넜나?

자동차나 집을 통째로 없애는 마술이 있다. 아냐, 그건 화면상의 트릭이지. 커다란 천으로 뒤집어씌워 눈속임을 하고, 마술사는 트릭의 지점을 고의로 가리고 서 있고, 카메라는 다른 방향을 비추고. 혹시 공윤후의 마술?

아완은 휴대전화를 꺼내 방금 찍은 사진들을 뒤졌다. 포장마차가 찍혀 있어야 할 화면 속에 들어 있는 것은 모두 번진 어둠과 어둠에 반쯤 몸을 묻은 주목 한 그루뿐이었다.

도깨비 산에, 도깨비 다리에, 도깨비 포장마차에, 도깨비 같은 소릴 하는…… 잠깐만, 설마! 에이, 내가 지금 무슨 생각을 하고 있는 거야.

"조마조마해서 죽는 줄 알았다. 왜 그랬어? 너답지 않게? 아주 네 정체를 드러내고 싶어 안달이던데? 아니, 그 정도면 고백이나 마찬

가지지."

활은 고개를 절레절레 흔들었다.

"그냥 좀 흔들어보고 싶었어."

"네가 흔들린 게 아니고?"

"무슨 소릴 하고 싶은 거야?"

"규칙 하나, 같은 여자 앞에는 절대 나타나지 않는다. 그 여자와 관련된 여자와도 다시 엮이지 않는다. 규칙 둘, 불행한 여자의 눈물에만 접촉한다. 그런데 방금 네가 만난 여자는 너의 그 두 가지 규칙을 모두 위반한 여자야."

"단지 내 이름을 찾으려는 것뿐이야."

"하지만 이번엔 어쩐지 역할이 바뀐 것 같아서 그래. 네가 흔들린 건 너를 지금의 너로 만든 오래된 그 기억 때문이야. 나도 그 여자가 자기 이름을 말하는 순간 경련이 일었다구. '아' 하는 글자가 들리는 순간 말이야. 그러니 넌 엄청났을 거 아냐?"

"별로."

"아닌 척하지 마. 넌 그 여자를 김씨라고 부르지도 않았어. 너희는 다른 김씨들과 구별하고 싶은 인간을 보면 너라고 부르지. 넌 그 여자를 너라고 불렀어. 너라는 것은 나의 입장에서 언제나 하나만 가리킬 수 있지. 나와 너, 그리고 나머지는 모두 제삼자야. 그, 그녀, 혹은 그들이지."

"그만해."

공윤후의 시선을 느낀 활이 말했다.

"알았어. 그만할게. 한 가지만 묻자. 네 표식, 그래서 보여준 거지? 네가 누군지 알아보라고. 알아보면 너, 어쩔 거야?"

"그냥 시도해보는 것뿐이야."

"이봐, 친구. 하지 마! 위험하단 말이야. 난 정말 너와 오래오래 같이 지내고 싶어."

5

출근하자마자 연구실 책상에 엎드려 깜빡 잠이 든 모덕동은 잠결에 누군가 두런두런 말하는 목소리를 들었다. 웅얼웅얼, 조곤조곤. 뿌연 가루처럼 흩어져 공중을 배회하던 목소리는 이내 선명하고 작은 음표가 되어 그의 귓속으로 자박자박 걸어 들어왔다. 지친 남자의 목소리가 애원했다.

"왜 나를 모른 척하시오? 그 이름은 내 것이오. 내 사람의 이름이오. 내 여인의 이름이오. 그러니 이제 그만 돌려주시오."

모덕동은 잠에서 깨려고 했지만 아무리 애를 써도 고개를 들 수가 없었다. 처음엔 가위에 눌린 줄 알았는데 곰곰 생각해보니 아닐 수도 있다는 생각이 들었다.

예전에 학회가 끝나고 가졌던 저녁 술자리에서 지방대 박물관 관장으로 있는 동료 교수가 했던 이야기가 생각났다.

"그게 말이야, 박물관에 혼자 있다가 관재(관을 짰던 나무 조각)가 저혼자 넋두리하는 소릴 들었다니까."

당시 그곳 박물관에서는 12세기 고분에서 출토된 미라와 유물, 의복과 관재의 일부를 전시하고 있었다.

"술 마셨지?"

"뭐 조금 마시긴 했지만 정신은 말짱했어. 그래도 운전하면 안 되니까 연구실로 돌아와 소파에서 잠깐 눈을 붙였는데 누가 나한테 계속 말을 거는 거야. 거 혼자 드셨소? 남은 게 있으면 나도 한잔 주시오, 목이 마르오, 하고 말이야. 이게 무슨 소린가 싶어 잠이 쏙 달아났지. 처음엔 잘못 들은 줄 알았어. 그런데 눈만 감으면 자꾸 나한테 술을 달라는 거야. 겁이 나더라고. 그래서 주섬주섬 옷을 챙겨 입고 밖으로 나가려는데 전시관 안에 있는 관재 조각 하나가 눈에 턱 걸리는 거야. 뭐라 말해야 할지 모르겠는데 눈이 마주쳤다니까."

"나무 조각에 눈이 어디 달렸는데?"

"아무튼 딱 그런 기분이었어. 관재가 나한테 말을 건 게 틀림없다니까."

"나무 조각에 입이 어디 있어서?"

"모르겠네."

"그러게 작작 좀 마시지 그랬나."

다들 웃어댔다. 어쨌든 이후로 그는 두 번 다시 연구실에서 자지 않는다고 말했다.

지친 남자의 목소리는 모덕동의 책상머리에서 계속 졸랐다.

"그건 내 것이오. 내 사람의 이름을 돌려주시오……."

네 사람이 누군데? 도대체 무슨 이름을 돌려달라는 거야? 바로 그때 연구 조교가 문을 두드리고 들어오는 바람에 모덕동은 간신히 잠에서 깨어날 수 있었다. 모덕동은 깨고 나서도 꿈인지 실제인지 여전히 분간이 가지 않아 기분이 개운하지가 않았다.

"무슨 일이니?"

"손님이 오셨는데요."

연구 조교는 모덕동을 보고 깍듯이 인사를 하며 대답했다. 면전에서는 입속의 혀처럼 굴었지만 연구 조교는 자신을 싫어했다. 자신을 좋아하는 학생은 아무도 없었다. 박물관 부관장인 모덕동에게는 제자가 없었다. 아무도 그의 밑으로는 들어오지 않았다. 모덕동은 제자가 없다는 것이 창피해 학부 졸업반 학생들을 대상으로 은밀히 개인 접촉까지 시도했지만 소용이 없었다. 연구실의 학생들은 모두 박물관 관장인 오 교수의 제자들이었지만 모덕동은 자기 제자처럼 부렸다.

"누군데?"

"교수님이 가지고 계신 소장품과 관련된 일로 드릴 말씀이 있답니다. 일전에 교수님과 뵌 적이 있다던데요."

모덕동은 방문자를 좋아했다. 외부 방문자가 많을수록 인맥이 넓고 대외 활동이 많은 것처럼 보이기 때문이었다.

"들어오시라고 해. 차 좀 내오고."

그는 소파로 자리를 옮겨 앉았다. 연구 조교가 밖으로 나가고 손님이 들어왔다. 손님을 보자마자 모덕동은 눈썹을 찌푸렸다.

아완이 허둥지둥 박물관 사무실로 들어섰을 때 연구 조교는 차 쟁반을 든 참이었다. 연구 조교는 아완을 보자 쟁반을 내밀며 말했다.

"마침 잘 왔다. 이거 네가 좀 갖고 들어가라."

찻잔이 두 개인 것을 보고 아완이 물었다.

"안에 손님 계세요?"

"응. 너, 지각이라고 오리똥이 아까 뭐라 하더라. 그러니까 가지고 들어가서 눈도장 찍어."

"저, 지각 아닌데요. 딱 맞춰 왔는데요."

아완은 벽에 걸린 시계를 쳐다보며 말했다.

"누가 뭐래? 근데 오리똥은 그렇게 생각 안 해. 오리똥 왈, 눈치껏 해야 되는 거 아니니? 어떻게 학생이 교수보다 늦게 나오니? 그래가지고 나중에 사회생활 하겠니?"

연구 조교가 모덕동의 말투를 흉내 냈다. 아완은 그 말투가 짜증났지만 웃지 않을 수 없었다. 아완은 연구 조교가 내미는 쟁반을 받아들고 교수 연구실로 들어갔다가 모덕동과 마주 앉아 있는 공윤후를 보고 굳어버렸다. 공윤후는 아완을 보았지만 아는 척하지 않았다. 모덕동이 아완을 힐끔 보더니 나무랐다.

"넌 도대체 몇 시에 온 거니? 교수보다 늦게 나오면 그게 학생이니?"

"죄송합니다."

"어제 내가 조사해오라던 자료는 가져왔니?"

"네? 아직요. 다음 주까지 해오라고 말씀하셔서……."

"내가 언제 그랬니? 네가 게을러서 못 한 걸 지금 내 핑계를 대는 거니? 내일까지 내 책상 위에 가져다놔."

"조금만 더 시간을 주시면 안 될까요?"

"넌, 뭐가 그렇게 바쁘니?"

"박물관 근무 끝난 후 알바 하고 나면 11시가 넘어서요. 그리고……."

"그리고는 뭐가 그리고니? 그건 네 사정이지."

"네, 제 사정입니다."

아완은 입을 다물었다.

"그래서? 잠은 자니?"

"네."

"그 잠 안 자고 해오면 되잖니? 젊을 때는 날밤도 새우고 그러는 거야."

"네. 알겠습니다. 어떻게든 해볼게요."

아완은 매일 세 시간밖에 자지 못했다. 아완은 건널목 앞에서 신호등을 기다리며 졸다가 넘어진 적도 있고, 졸며 걷다가 가로등에 이마를 찐 적도 있었다. 아완은 늘 잠이 모자랐다. 특히 어젯밤은 거의 자지 못했다. 저기 앉아 있는 공윤후를 만나느라. 그런데 공윤후가 여긴 웬일이지? 모덕동하고 아는 사이였어?

아완이 찻잔을 놓고 방을 나오자마자 갑자기 안에서 모덕동이 버럭 소리를 질렀다. 무슨 일이래요? 아완이 연구 조교를 쳐다보았다. 그는 낸들 아나? 하는 식으로 눈만 끔벅였을 뿐이었다.

"훔치다니? 그건 그냥 임자 없이 나무에 매여 있었어요."

모덕동은 눈을 동그랗게 뜨며 화를 냈다.

"하지만 그 친구 말은 손에 꼭 쥐고 있는 것을 김씨가 억지로 팔을 부러뜨리고 가져갔다던데."

"이봐요, 지금 무슨 소릴 하는 거요? 나무라니까요."

"맞아. 그 나무가 자기 손수건을 돌려받기 위해 김씨의 집까지 쫓아갔는데 김씨가 끝까지 모른 척했다지."

모덕동의 안색이 창백해졌다.

"내 고향 집 마당에 있던 회화나무 이야길 하는 거라면?"

"그래, 그 회화나무. 김씨네 마당에 자리 잡고 김씨가 그 손수건 편지를 돌려주기를 기다렸지. 그러다 김씨가 일으킨 교통사고를 봤어."

"교통사고요?"

그 회화나무가 도로 한복판에 거꾸로 서 있던 그날의 사고 말인가? 이 남자가 그날 일을 어떻게 알고 있지? 아무도 본 사람이 없는데? 혹시 그날 내 차의 꽁무니를 쫓아오던 남자가 이 남자였나? 아니다. 그날 밤 본 남자는 사람이라고 하기엔 기괴하리만큼 키도 크고 걸음걸이도 이상했다.

"혹시 그 자리에 있었어요?"

"아니. 그 친구에게 들었어."

"나무가 말해줬다고요?"

모덕동은 코웃음을 쳤다.

"코웃음을 칠 일이 아닐 텐데. 그날 김씨가 차로 여자를 치어 죽였잖아."

"이봐요, 난 아무도 죽인 적 없어요. 그날 내 차와 부딪힌 건 여자가 아니라 나무였어요."

"그 친구는 여자가 김씨 차에 치인 걸 보고 달려들었다가 부딪힌 거야."

모덕동은 말문이 막혔다.

"그날 밤, 그 친구가 김씨의 차를 쫓은 것은 김씨의 차에 부딪힌 그 여자가 아직 살아 있었기 때문에 도움을 구하려고 했던 거야. 하지만 김씨가 그 여자를 버리고 도망가는 바람에 그 여자는 죽었지."

모덕동의 눈초리가 올라갔다.

"무슨 헛소릴 하고 있는 거요?"

"김씨가 잊고 있는 진실을 말해주는 거야. 그 고개에서 무슨 일이 벌어졌는지 얼른 기억해냈으면 해서 말이야."

"알겠군. 우리 집 마당에 있는 회화나무에 대해 무슨 소문을 들었나 본데, 그걸 가지고 이런 식의 협박을 하다니 더는 용납하지 않을 거요. 당신 말은 회화나무의 자명괴만큼이나 신빙성이 없어요. 난 그따위 말에 휘둘려 이화헌의 손수건을 내주진 않을 거요. 그럼 당신 말을 인정하는 꼴이 되니까."

"내 말이 자명괴만큼이나 믿음이 가지 않는다? 그럼 내가 진짜 자명괴를 띠디 주면 이화헌의 손수건을 돌려줄 텐가?"

모덕동은 의아해졌다. 그는 거절을 한 것이지 조건을 제시한 것이 아니었다. 자명괴는 아무도 구할 수 없다. 그런 것이 있다고 하지만 그건 문헌상의 이야기일 뿐이다.

"직업이 마술사라더니, 그래도 날 속일 순 없을 거요."

"직접 보면 그런 말 못 할 거야. 그런데 정말 괜찮겠어? 자명괴 소리가 생각보다 좀 시끄러운데."

"있다면 가져와봐요."

"좋아. 자명괴 소리가 울리면 김씨는 약속을 지켜야 해."

공윤후는 자리에서 일어나 방을 나갔다. 아완은 그가 나오는 것을 보고 뒤쫓아갔다.

"아저씨, 잠깐만요."

공윤후가 걸음을 멈추고 돌아섰다.

"왜?"

"모 교수랑 아는 사이였어요?"

"아니. 너처럼 받을 게 있을 뿐이야. 근데 너처럼 내놓지 않으려고 하네."

"모 교수랑 같은 취급을 당하니 굉장히 기분이 나쁘네요. 근데 뭔데요? 모 교수도 아저씨 이름이 적힌 물건을 갖고 있어요?"

"그렇다고 말하면 네가 훔쳐서 나한테 가져다줄래? 그 방 어딘가에 있는 건 확실하거든."

"그렇게 해주고 싶지만 어려워요. 모 교수 방은 항상 잠겨 있거든요. 방 열쇠를 우리에게 맡기는 일도 절대 없고요."

"못 해주겠다? 하지만 난 오리똥이 널 괴롭히면 혼내줄 수 있는데."

"네?"

그때 계단 쪽에서 박물관 선배들이 우르르 몰려나왔다. 아완이 그쪽을 쳐다보자 연구 조교가 말했다.

"야, 거기서 뭐 하나? 너도 빨리 잠깐 피해 있어."

"왜요?"

"오리똥 강의 공책이 백지 공책으로 둔갑했어. 누구 짓이냐고 지금 난리다. 강의 공책의 글자들을 누가 다 하얗게 지워버렸더라고."

아완은 공윤후를 쳐다보았다.

"학기 시작할 때까지 매일 잠 안 자고 새로 다시 쓰면 되겠네. 어차피 나이 들면 잠도 없어지는데."

공윤후는 그렇게 말하곤 아완을 향해 빙긋 웃어 보이며 돌아서서 로비를 천천히 걸어 나갔다. 아완은 햇빛에 녹아드는 그의 뒷모습을 바라보며 알쏭달쏭한 기분에 빠져들었다. 아, 맞다. 손바닥에 문양을 다시 확인했어야 했는데. 아완은 뒤늦게 후회했지만 공윤후는 이미 사라진 뒤였다.

***

베이커리가 여름휴가에 들어갔다. 오후 5시, 아완은 선배들이 모두 퇴근한 후, 혼자 연구실에 남아 창백하고 침침한 형광등 밑에서 공윤후에 대한 새로운 정보를 찾느라 여념이 없었다. 그러나 아완이 찾아낸 정보는 모두 룸룸의 '공의 모든 것'에 포함되었다. 룸룸은 그가 수집한 정보의 출처를 상세히 밝혀두었기 때문에 다른 뉴스나 기사, 자료를 뒤질 필요 없이 공의 모든 것은 룸룸의 블로그 하나면 충분했다. 새삼 그 사실을 깨달은 아완은 룸룸의 병적인 집착에 다소 두려움을 느꼈다.

공랑이 도깨비로 추정되는 이유는 허치수와 공랑의 내기에서 오간 어떤 물건 때문이었다. 오래된 물건은 도깨비가 된다. 공랑은 자기 자신을 걸고 내기를 한 것이고, 허치수는 공랑을 탐내서 손에 넣으려다가 되레 자기 딸을 빼앗긴 것이다.

휴대전화가 울렸다. 룸룸의 번호가 떴지만 아완은 내버려뒀다. 그러자 안달이 난 룸룸의 문자가 미친 듯이 밀려들었다.

— 갔던 일은?

— 이봐, 연락 줘!

— 뭐야? 뭘 알아낸 거지?

— 정보를 나누자고.

— 손바닥의 표식은 봤어?

— 나, 구두끈 님 때문에 미쳐가고 있어.

내가 너보다 더하다구. 자신이 뭘 알아냈는지 아완도 알 수 없었다. 머릿속이 뒤죽박죽이었다. 아완은 자신이 보고 들은 사실에 대해 어떤 판단을 내릴 수 있는 논리적인 근거가 필요했다. 그럴듯한 결론이 나오면 그때 룸룸과 다시 이야기할 작정이었다.

공윤후가 정말 오래된 사물이 변한 존재라면 그 손바닥에 새겨진 표식뿐 아니라 그의 이름이나 생김, 옷차림 모두 그 사물의 특징과 일치할 수밖에 없을 것이다.

아완은 일단 그들의 이름부터 따져보기 시작했다. 공윤후는 자신을 복수로 칭했다. 아마 그의 아버지나 조부를 포함한 의미일 것이다. 이름은 대상의 특징을 품고 있다. 공청옥의 이름은 파란 옥, 공해경의 이름은 바다처럼 파란 거울.

그러나 공윤후의 이름은 사물의 특징과는 관계가 없었다. 그의 이름은 있지만 없는 날인 '윤'과 얼마나 이어질지 알 수 없는 시간인 '후'다. 그리고 이 세 명의 이름 앞에 쓰인 성은 어디에도 없는 '공'이다.

아완은 공윤후가 입고 있던 재킷의 파란색을 떠올렸다. 그의 파란색 재킷은 공청옥 시대에는 파란색 도포로 등장했다. 왜 파란색이어야 하지? 물건에 쪽색을 입혔던 걸까?

파란색은 의미는 동쪽, 신화, 탄생, 천지개벽의 첫 순간이다. 조선은 파란색을 이상향의 색으로 삼아 청구 조선이라 불렀다. 그렇지만 현실에서는 파란색 옷을 그리 즐겨 입지 않았다. 그럼 비현실을 상징하는 의미로 파란색을 택한 것일까?

쪽 염료가 있긴 하지만 파란색은 자연계에서는 만들어낼 수 있는 재료가 없다. 그 색은 하늘이나 바다처럼 자연에서 가장 많이 보이는 색이지만 본래 없는 색이다. 그러니까 실제로는 거의 존재하지 않는 색을 사람이 눈으로 보고 만든 색이 파란색인 것이다. 허깨비의 색으로 이보다 잘 어울리는 색은 없을 듯했다.

그리고 그 물건이 무엇이든 나무로 만든 물건이어야 했다. 나무로 만든 오래된 물건이 변해 나타나는 도깨비는 반드시 남자의 형상을 하고 있다고 전해진다. 공씨 삼부자는 여성 편력으로 유명했지만 누구도 정식으로 결혼하지 않았다. 이들은 모두 아내가 없었으나 매번 아들이 등장한다. 남자로만 전해지는 가계, 어린 공씨도 늙은 공씨도 본 사람이 없다. 언제나 같은 얼굴을 한 같은 나이 대의 남자가 가계를 지키고 있다는 뜻이다.

1899년 공청옥이 처음 등장했을 때 25세에서 35세 사이였다. 이후 30여 년간 공청옥은 거의 같은 모습을 유지하고 있었다. 공청옥이 죽던 1933년 공해경이 등장했을 때 역시 25세에서 35세 사이였다. 공해경의 용모는 아버지인 공청옥과 거의 똑같았다고 전한다.

아완은 혼란스러워졌다. 컴퓨터 화면에는 공청옥의 오래된 흑백 사진이 떠 있었다. 공해경의 사진은 찾을 수 없었다. 룸룸이 구하지 못했다면 없는 것이다. 공청옥의 사진은 그가 형무소에 있을 때 찍어둔 것이었다. 단 하나뿐인 사진, 그나마도 복사본이고 오래된 것이라 흐릿했다.

그럼에도 아완은 알아볼 수 있었다. 조손지간이니 닮을 수 있지 하는 정도가 아니라 완전히 똑같은 얼굴이라는 것을. 같은 사람이 이름만 바꿔가며 존재했을 수도 있다는 의혹이 들기 시작했다.

공윤후는 1982년생이었지만 자기 입으로 19세기를 살았다고 말했다. 게다가 모덕동의 입에서 이화헌이라는 이름이 나왔다. 아완은 그날 전후 사정을 자세히 들을 수는 없었으나 모덕동이 하도 버럭버럭 소리를 질러대는 바람에 공윤후가 모덕동에게 이화헌의 이름이 적힌 흰 비단 손수건을 돌려주면 대신 자명괴를 주겠다고 말하는 것을 언뜻 들었다.

언니가 공랑의 파란 편지를 가로챈 것처럼 모덕동은 이화헌의 하얀 편지를 가져간 게 분명했다. 그래서 그 회화나무는 잃어버린 편지를 찾느라 밤마다 그토록 헤매 다녔던 모양이다.

회화나무에는 자명괴自鳴槐라 하여 스스로 우는 꽃이 나무마다 한 송이씩 있다고 한다. 이 자명괴를 얻는 방법에는 두 가지가 있다. 회화나무 꽃이 피기 시작할 때부터 한 송이도 땅에 떨어뜨리거나 빠뜨리지 말고 모두 모아 여러 개의 놋그릇에 나누어 담는다. 밤이 되면 놋그릇 가운데 하나에서 은은하게 쇠붙이가 부딪히는 소리를 들을 수 있다. 그러면 소리 나는 놋그릇의 괴화를 다시 여러 개의 놋그릇에 나누어 담고 밤새 지킨다. 놋그릇 하나에 괴화 한 송이를 담을 수 있을 때까지 반복하다 보면 마침내 소리를 내는 괴화를 찾아낼 수 있게 된다.

그런데 괴화가 땅에 떨어지기 전에 한 송이도 놓치지 않고 모두 얻는 것은 불가능하다. 회화나무의 꽃들은 그야말로 부지불식간에 떨어져버리기 때문이다. 아무리 지켜봐도 사람들 무리 속에 끼어 있는 도깨비를 알아볼 수 없듯, 어느 사이엔가 땅에 떨어져 있기 때문에 자명괴는 전설로만 남아 있을 뿐이다.

자명괴를 얻을 수 있는 또 다른 방법은 도깨비의 눈으로 보는 것이다. 하지만 이 역시 도깨비라는 있지도 않은 허깨비를 빙자했기 때문에 자명괴는 여전히 이야기 속의 꽃이었다. 그러므로 만약 공윤후가 진짜 자명괴를 가져온다면 그는 도깨비가 틀림없는 것이다.

휴대전화가 울렸다. 룸룸이다. 아완은 전화를 받았다.

"무슨 꿍꿍이야?"

룸룸의 목소리에 날이 서 있었다.

"미안, 바빴어."

"손바닥의 표식은 봤어?"

"봤어."

"옮겨 그릴 수 있겠어?"

"그건 어려울 것 같아. 그렇게 자세하게는 기억이 나지 않아."

"눈썰미 좋다면서?"

"그게 웬만했어야지. 굉장히 복잡한 문양이었어. 보여달란다고 그냥 보여주는 이유를 알겠더라고. 걱정 마. 대강 윤곽을 기억하니까 상징이나 도식 자료를 좀 찾아보려고. 같거나 비슷한 것을 보면 금방 알아볼 수 있을 것 같아. 그런데 그 문양으로 우리가 뭘 알아낼 수 있는 거지?"

룸룸은 낮은 한숨을 내쉬더니 말을 돌렸다.

"편지는 아직 돌려주지 않았겠지?"

"내 물음에 대답하지 않았어. 문양 말이야."

"뭔지 알아보려고 구두끈 님에게 부탁한 거잖아."

"아무래도 날 속이는 것 같은데?"

"오해하지 마. 문양을 직접 보긴 전까지는 아무것도 알 수 없어. 내 생각엔 그 문양이 공윤후의 본체가 숨겨져 있는 장소와 밀접한 관련이 있어. 그러니까 구두끈 님이야말로 뭐든 숨기지 말고 내게 알려줘."

"알았어. 그건 그렇고, 편지는 다음번에 만나면 아무래도 돌려줄 수밖에 없을 것 같아. 그럼 다시는 공윤후를 만날 수 없게 되는데 어쩌지?"

"구두끈 님에게 그럴 만한 용기가 있다면 그를 가질 방법이 전혀 없는 건 아니야."

"어떻게?"

아완은 자기도 모르게 침을 꿀꺽 삼켰다.

"그렇게 큰소리치며 자신 있다더니 구두끈 님도 별수 없이 홀렸군."

"그런 게 아니야."

"아니면?"

"그가 도깨비일지도 모른다는 룸룸 님의 생각에 동의한다는 뜻이야."

"좋아. 잘 들어. 도깨비가 좋아하는 것은 노래와 사람, 재미있는 이야기이고 도깨비가 무서워하는 건 바늘과 팥, 사람의 피야. 흰 실을 꿴 바늘로 그를 찔러. 그리고 그냥 지켜보기만 하면 돼."

"그럼 무슨 일이 벌어지는데?"

"사람의 바늘에 한 번 찔리면 스스로의 힘으로는 뽑을 수 없어. 그러니 몸에 바늘을 꽂은 채 달아날 거야. 그가 남긴 흰 실을 따라가. 그럼 길을 잃지 않고 도깨비 길을 무사히 통과할 수 있을 거야. 도깨비 길 끝에 뭐가 있는지는 알고 있지?"

"버려진 묘지가 있어."

"거기서 우리는 어쩌면 그의 본체를 찾을 수 있을 거야. 언제 다시 공윤후를 만나기로 했지?"

"아직 정하지 않았어."

"그와 만날 약속이 정해지면 내게도 시간과 장소를 알려줘."

"어쩌려고? 룸룸 님이 나오면 공윤후는 모습을 드러내지 않을 거라며?"

"구두끈 님이 그를 바늘로 찌를 작정이라면 내게도 기회가 생겨. 어때? 할 수 있겠어?"

"모르겠어. 생각 좀 해보고."

전화를 끊고 연구실을 나서는 아완의 마음이 복잡했다. 아완은 일단 공윤후가 진짜 도깨비인지 자신의 눈으로 확인하고 싶었다.

무르익은 여름 저녁 공기가 청명했다. 오늘 같은 날씨라면 포장마차는 서지 않을 것이다. 그렇다고 공윤후를 만날 방법이 전혀 없는 것은 아니었다.

도깨비 다리가 있었다. 도깨비를 만나고 싶으면 도깨비가 만든 다리를 두드리며 말을 걸어두라고 했다. 그러면 다리 주변에 있는 오래된 나무들이 그 말을 전해준다던가. 도개교 입구에 고목이 있었다. 그 늙은 주목이 내 말을 전해주면 좋겠는데. 아완은 도개산으로 향했다.

6

아완은 도개교에 서서 발을 구르며 소리쳤다.

"아저씨, 자명괴를 따러 갈 때 나도 데려가줘요. 그럼 공랑의 이름이 적힌 파란 편지를 돌려줄게요."

아완의 목소리가 도개산을 향해 울려 퍼졌다. 커다란 바람이 지나가고 주목이 크게 웃어 제치듯 기지개를 켜자 눈앞의 산이 넘실넘실 움직였다.

"꽤 똑똑한데."

아완의 등 뒤에서 공윤후의 목소리가 들렸다. 거대한 주목 뒤편에서 공윤후가 모습을 드러냈다. 그가 손을 내밀며 말했다.

"먼저 편지부터."

아완은 그의 손바닥에 새겨진 표식을 재빨리 눈으로 훑으며 기억해두려고 했다. 그러나 기억하려고 애쓰면 애쓸수록 자꾸만 허물어졌다. 이쪽 부분을 기억하면 저쪽 부분이 모래처럼 흩어졌다. 저쪽 부분을 눈에 담으니 다시 이쪽 부분이 빠져나갔다. 그 문양은 어디에서도 본 적 없었으나 어디선가 본 것 같기도 한 애매함을 반복적으로 자아내 아완을 답답하게 만들었다.

"지금은 갖고 있지 않아요. 하지만 아저씨가 자명괴 따는 것을 보여주면 반드시 돌려줄게요."

"정말 그 약속을 지킬 거라면 따라와."

공윤후가 걸음을 옮겼다. 아완이 그의 뒤를 쫓아가며 말했다.

"설마 했는데 정말 그런 식으로 나타났네요."

"네가 그런 식으로 불렀으니까."

"하지만 그런 식으로 나타나버리면 난 정말 아저씨에 대해 이상한 생각을……."

"해도 상관없어."

"내가 무슨 이상한 생각을 하고 있는지 궁금하지 않아요?"

"별로. 자명괴 따는 것을 보고 싶다면 그만 조용히 하지."

"알았어요. 근데 어디로 가요?"

"어디든 회화나무가 있는 곳이면 돼. 시내로 가자."

"얼마나 걸리는데요?"

"내 걸음으로 한 시간쯤. 조용히 하고 따라와."

"왜 조용히 해야 되는데요? 같이 대화하면서 걸으면 좋잖아요."

"자명괴 따러 가는 거잖아."

"그게 그러니까 조용히 하는 거랑 무슨 상관이……."

"쉿!"

공윤후는 조용히 검지를 들어 보였다.

"자꾸 이렇게 떠들면 너, 아주 곤란한 상황에 처하게 될 거야."

그게 어떤 상황이냐고 묻고 싶었지만 공윤후가 아주 심각하게 말했기 때문에 아완은 일단 입을 다물었다. 한 시간 내내 말없이 공윤후의 뒤를 쫓아가던 아완은 갑자기 중요한 사실 하나가 생각났다.

"그런데 말이에요, 아직 8월인데 꽃이 벌써 떨어질까요?"

공윤후는 대답 대신 멈춰 서서 거리의 회화나무들을 바라보았다. 사람들은 이 키가 큰 회화나무 가로수에 알알이 맺힌 황백색 꽃들이 소리를 낸다는 이야기를 아는지 모르는지 무심히 지나갔다.

여름 바람에 공윤후의 머리카락이 흩날렸다. 아완은 그때 그의 오른쪽 귀가 없는 것을 보았다. 이목구비 중 하나가 빠진 것이 잠깐 이상해 보이기는 했다. 하지만 머리카락이 다시 오른쪽 귀가 있어야 할 자리를 덮자 그의 모습은 금세 완벽한 그림으로 돌아갔다.

아완은 공윤후의 반듯한 콧날을 보면서 짙푸른 잎으로 가려져 있지만 곧장 햇빛을 향해 뻗어가는 나뭇가지를 떠올렸다. 조명을 향해 나가면서 점점 짧아지는 그림자, 서서히 걷히는 장막, 화사하게 드러난 객체 뒤로 아련하게 사라지는 진실. 바라보면 바라볼수록 아찔한 그리움이 아완의 마음속으로 자꾸만 스며들었다. 또다시 현기증이 일었다. 내가 왜 이러는 거지? 진짜 홀렸나 봐. 아완은 공윤후에게서 눈을 떼지 못한 채 물었다.

"제 이야기 듣고 있어요? 아직 꽃이 떨어질 시기가 되지 않았어요."

"떨어질 때까지 기다리지 않아. 나는 시끄러운 녀석이 필요하거든."

공윤후는 가까이 있는 회화나무를 향해 팔을 뻗었다. 그러자 회화나무가 공윤후를 향해 스스로 높은 곳의 가지를 굽혔다. 아완은 주변을 둘러보았다. 지나는 사람들 중 누군가 이 광경을 봤을까? 그렇다 한들 공윤후는 말할 것이다. 마술이야!

공윤후는 원추형 꽃들이 깃털처럼 잔뜩 달린 가지를 쥔 채 그중에서 한 송이를 골라내더니 툭 땄다.

"그게 정말 자명괴예요? 흔들면 소리가 나나요?"

그 물음은 당신 정말 도깨비예요? 라고 묻는 것과 마찬가지다. 공윤후가 뭐라고 대답할지 아완은 갑자기 겁이 더럭 났다. 진실을 말해줄까? 아니면 여전히 마술 타령을 할까?

"지금은 절대 소리를 내게 해선 안 돼. 그 소리를 듣고 따라올 거야."

"누가요?"

"이걸 먹고 싶어 하는 놈들이지!"

공윤후는 주먹을 쥐며 꽃을 숨겼다. 그의 손 안에서 파란 무늬가 희미한 빛을 뿌렸다. 공윤후가 주먹을 다시 펴자 꽃도 빛도 모두 사라졌다.

거리를 지나는 행인들이 많지 않았다. 그런데도 걸음을 옮길 때마다 누군가 아완의 어깨나 팔을 툭툭 치고 지나갔다. 아완이 이상하다 싶어 돌아보면 이번에는 또 다른 누군가가 그녀의 손을 슬쩍 만지고 지나갔다. 기겁한 아완이 사방을 두리번거리자 공윤후가 아완의 어깨를 자기 쪽으로 가만히 잡아당기며 속삭였다.

"모르는 척해. 쳐다보지도 말고."

웅성거리는 소리들이 도로변의 소음과 섞여 아완의 귓속으로 쏟아져들었다.

늦은 밤, 박물관에 혼자 있을 때면 아완은 가끔 이와 비슷한 상황을 겪곤 했다. 박물관 건물은 오래된 역사나 지하도처럼 울림이 좋아 고요한 와중에 귀를 기울이면 공중을 맴도는 모호한 소리의 여운을 느낄 수 있다.

어둠이 유리창을 두드리는 소리, 바람이 벽을 스치는 소리, 삐걱하고 나무가 비틀어지는 소리, 우는 것인지 신음하는 것인지 허밍하는 것인지 알 수 없는 가녀린 사람 목소리, 라디오의 잡음처럼 들리는 정체불명의 불쾌한 소리, 구석에서 배어 나오는 소곤거리는 말소리.

선배들이 말했다.

"오래된 사물들이 들썩이는 소리야. 품고 있는 이야기를 풀어놓고 있는 거지. 그러니 그냥 모른 척해. 박물관뿐 아니라 오래된 나무나 고분에서도 소리가 새어 나오는 일이 종종 있다잖아."

중종의 선정릉에서는 비만 오면 자신의 무덤이 물에 잠긴다고 한탄하는 목소리가 들린다고 한다. 백제 의자왕 때는 궁중의 괴목이 사람의 곡소리로 울었다는 기록이 있다. 진위면 봉남리 166번지 진위향교 안에 있는 회화나무는 1945년 8월 15일 이전에는 밤마다 나무가 울었으나 해방 이후에는 울지 않는다고 적혀 있다.

누군가는 대나무 부채의 사랑 회고를 남몰래 엿들은 적도 있다고 했다. 풀잎은 파랗고, 하늘은 푸르고, 옥가락지를 손에 낀 여자의 손이 내 뺨을 쓰다듬을 때, 그 손길을 생각하며 꿈을 꾼다는 구절까지 정확하게 읊었다.

고요한 밤, 모든 사물들이 제자리를 지키며 침묵해야 할 공간에서 슬금슬금 말을 걸며 심금을 파고드는 이 같은 괴이한 소리들은 귀를 기울이려 하면 어느새 거짓말처럼 잠잠해지곤 했다.

그러나 지금 이 소음들은 오히려 점점 더 선명해지더니 기어코 아완이 알아들을 수 있는 음절로 바뀌었다. 낯선 남자의 목소리가 상냥하게 말을 건넸다.

"내가 들어줄게. 나한테 주라."

"네?"

아완은 자신도 모르게 반문했다.

"말하지 마."

공윤후가 주의를 주자 아완은 그제야 정신이 번쩍 들었다. 아완의 주변에는 아무도 없었다. 누구도 자기에게 말을 걸지 않았다는 것을 깨달았다. 그러나 아완의 귀에는 여전히 목소리가 들렸다. 잘 들어보니 그 목소리는 하나가 아니라 여럿이었고 자신이 아니라 공윤후에게 말을 걸고 있었다.

"나한테 달라니까. 네 손 안에 있는 거 다 알아."

"안 돼."

"그럼 여자를 줘. 여자를 주면 달라고 조르지 않을게. 넌 여자 많잖아. 여자들은 모두 널 좋아하지만 우린 싫어해. 무서워한다고."

"멍청이들, 너희들이 무서운 표정을 하고 있으니까 그렇지. 그리고 여기엔 여자가 없어."

"방금 목소리를 들었단 말이야. 네 그림자와 네 주머니 속 중 한 곳에 여자가 있어. 내기하자. 우리가 답을 맞히면 그 여자와 그것 중 하나를 줘."

"닥치고 꺼져. 여기 널린 게 여자니까 저 여자들에게나 가봐."

"저 여자들은 우릴 몰라. 네 여자를 줘. 네가 손 안에 감춘 그것을 주면 더 좋고."

"무서운 꼴 보고 싶지 않으면 빨리 물러나는 게 좋을 거야."

"알아. 너는 무서운 것이야. 우리도 무서운 것이지."

공윤후와 목소리들의 대화를 들으며 아완은 기묘한 공포를 느꼈다. 아완은 자신의 발밑을 내려다보았다. 공윤후의 그림자가 자신에게 드리워져 있었다. 공윤후의 그림자는 공윤후를 닮지 않았다. 그림자는 길쭉하고 위쪽에 둥그스름한 형태가 날개처럼 달려 있었다.

공윤후가 손에 넣은 것은 진짜 자명괴가 틀림없었다. 그렇지 않고서야 이런 이상한 것들이 따라올 리 없었다. 자신에게 목소리를 내지 말고 조용히 따라오라고 했던 것도 분명 이 이상한 것들 때문일 것이다.

자명괴를 알아본 공윤후의 눈은 도깨비의 눈이다. 공윤후가 사람이 아니라 나무로 만든 오래된 어떤 사물이라면 그 사물은 지금 아완이 보고 있는 이 그림자의 형상을 가진 것이다. 뭘까, 이것은?

누군가의 그림자 속에 온전히 몸을 숨기고 길을 걷는 것은 결코 쉬운 일이 아니다. 한순간 아완의 팔꿈치가 공윤후의 그림자 밖으로 튀어 나갔다. 그때를 놓치지 않고 무언가 아완의 팔꿈치를 날쌔게 낚아챘다.

"여기 있네!"

심술궂은 목소리가 어린애처럼 좋아하며 속삭였다. 아완은 피부를 파고드는 딱딱하고 서늘한 감촉에 소스라치게 놀랐다. 아완이 저도 모르게 비명을 지르려는 순간, 공윤후가 아완의 팔을 재빨리 움켜잡으며 아완을 자기 품에 안았다. 아완은 그때 공윤후의 얼굴을 보고 충격에 휩싸여 그만 비명이 쏙 들어가버렸다.

그늘과 고랑이 진 자연의 얼굴, 폭풍에 일렁이는 불꽃처럼 치켜선 눈썹, 바다거북처럼 새까만 어둠이 배어 있는 검은 눈동자, 푸른 기운이 감도는 머리카락, 꾹 다문 입술 사이로 살짝 돌출된 검은 송곳니.

아완의 양 어깨를 잡고 있는 그의 크고 검은 손은 얼음보다 차가웠다. 아완은 절로 몸이 움츠러들었다. 그가 몰고 다니는 서늘함의 근원이 무엇인지 알 것 같았다.

자명괴를 탐내던 목소리들이 우왕좌왕 떠들어댔다.

"건드리지 마. 오래된 것이다!"

"우리 모두를 합친 것보다 더 오래됐어."

"진짜 무서운 것이야. 저 파란 것과는 머리를 마주할 수 없어."

"감히 쳐다보는 것도 안 되지."

공윤후가 낮은 목소리로 말했다. 아완은 그때 공윤후의 새까만 눈동자에 비친 무언가를 얼핏 보았다. 그것들은 피라미들이 흩어지듯 아주 빠른 속도로 사람들 틈을 비집고 사라져버렸다.

사람들은 정신 나간 표정으로 길거리에 멈춰 서 있는 아완을 흘끗 쳐다보기는 했으나 크게 신경 쓰지 않았다. 그들은 모두 자기 갈 길을 가느라 바빴다. 아완이 사람들 사이로 숨어버린 그 이상한 것들을 보지 못하는 것처럼, 사람들도 아완과 다른 사람들 사이에 있는 공윤후를 보지 못하는 듯했다.

그것들도 도깨비였을까? 도깨비는 언제나 사람들 속에 섞여 있다. 도깨비는 사람과 사람 사이에 섞여 있으면 알아볼 수 없다. 보고 있어도 보이지 않는다. 사람의 뇌는 보고 싶은 것만 본다고 한다. 보고자 하는 대상의 유무를 주관적으로 결정하는 것이다. 때문에 공윤후가 코앞에 있다 해도 모르고 스쳐 지나갈 것이다.

하지만 룸룸의 뇌는 온통 공윤후를 보겠다는 생각으로 가득 차 있다. 그는 비만 오면 공윤후를 보기 위해 도개교로 나간다. 그런데도 룸룸의 눈에는 공윤후뿐 아니라 포장마차도 보이지 않는다고 했다. 아완 역시 방금 전의 그 이상한 것들을 아무리 보려고 해도 볼 수 없었다. 대신 지금 아완의 눈에는 다른 사람들이 보지 못하는 공윤후만 보였다. 생각해보니 베이커리 매장에서는 그녀 말고 다른 사람의 눈에도 공윤후가 보였다.

그렇다면 보는 쪽이 아니라 보여주는 쪽이, 상대에게 자신을 보여줄지 말지를 결정하는 것이다. 도대체 공윤후는 어떤 방식으로 보여주고 싶은 사람에게만 자신을 보여줄 수 있는 것일까? 물어보면 또 마술이라고 대답하겠지.

"드디어 귀찮은 것들이 가버렸군. 웬만하면 이런 건 보여주지 않으려고 했는데 어쩔 수가 없었어. 겁을 줘야 쫓을 수가 있거든. 뭐야? 그런 얼굴 하지 마. 그냥 마술이야. 마술이겠거니 생각하라고."

공윤후는 쑥대머리가 된 머리카락을 매만지면서 말했다. 역시 아완의 생각대로 마술 타령이다. 그러니 뭘 물어도 소용없을 것이다. 어차피 모두 마술로 마무리할 테니까. 그래도 물어봐야지.

"아무래도 다른 사람들 눈에는 아저씨가……."

"내가 보이건 말건 관심 없어. 자명괴 따는 것을 보여줬으니 약속대로 편지는 활에게 맡겨. 그럼 넌 네 갈 길을 가. 난 내 갈 길을 갈 테니까."

"잠깐만요."

그러나 공윤후는 아완을 두고 사람들 사이로 금방 사라져버렸다. 아무리 눈을 씻고 봐도 어디로 갔는지 보이지 않았다. 아완은 가슴이 조여들어 몸을 부들부들 떨었다.

'저 사람, 진짜 도깨비야!'

한 세월을 살고 죽은 껍질을 둘러쓰고, 다시 또 한 세월을 살고 죽은 껍질을 둘러쓴다. 매시간 세상과 접한 가장자리의 감각만 남겨두고 온통 죽은 껍질들로 에워싸이고 또 에워싸여 사는 오래된 나무, 그 나무가 죽어 다른 무엇이 되고, 그 무엇이 또 다시 오랜 시간을 거쳐 변한 초자연적인 존재, 우리는 그것을 도깨비라고 부른다.

***

아완은 도깨비와 관련된 상징과 도식을 모두 뒤졌다. 오래된 문자와 거기서 파생될 수 있는 다양한 문양들도 놓치지 않았다. 그러나 어디에서도 그 비슷한 모양을 찾을 수 없었다.

아완이 애초에 그 문양을 옛 자료에서 찾을 수 있으리라 기대한 것은 어디선가 본 듯했기 때문이었다. 자신의 기억으로는 정확하게 그려낼 수 없었지만 일단 관련 자료들 중에서 같거나 유사한 것이 있어 다시 보기만 하면 곧 알아볼 수 있을 거라 여겼던 것이다.

아완은 자신의 판단이 틀렸다는 것을 깨달았다. 그것은 익숙해 보였지만 완전히 낯선 것이었다. 또한 어떤 상징도 될 수 있는 동시에 어떤 상징도 아니었다.

바람이 할퀸 자국처럼, 수면에 떨어지는 물결처럼 어디선가 본 듯하지만 곧 흘러가버려 기억에서 모호해지는 그런 것의 일종이었다. 그러므로 그것은 사람이 새긴 것이 아니라 자연이 새긴 것이어야만 했다.

그렇다면 물건을 만든 장인이나 소유자의 인장, 혹은 그러한 물건에 새기곤 하는 도식화된 고유 패턴이 아니라 그저 나무 고유의 문양이거나 풍상으로 닳은 시간의 흔적일 수 있었다. 아완은 그 문양으로는 어떤 물건도 짚어낼 수 없다는 것을 알았다.

룸룸이 아완 말고도 공윤후를 만났던 다른 사람들과 접촉해 표식에 대한 정보를 얻지 않았을 리가 없었다. 그럼에도 룸룸은 표식이 있다는 것만 알 뿐, 그 표식이 구체적으로 어떤 문양인지는 알지 못했다. 그것은 공윤후를 만났던 사람들 모두 그 문양을 제대로 기억하지 못한다는 뜻이었다.

아완은 남은 기억이라도 털어내 서둘러 문양을 종이에 그려보려 했지만 어쩐 일인지 점 하나도 찍을 수가 없었다. 머릿속으로는 대강 윤곽이 그려졌지만 밖으로는 절대 꺼낼 수 없다는 것을 깨닫자 아완은 크게 당황했다. 게다가 기억을 살리려고 애를 쓰면 쓸수록 그나마 남아 있던 기억 속의 문양마저 속절없이 흩어졌다. 공윤후가 그렇게 자신만만하게 손바닥을 펼쳐 보여준 이유를 알 것 같았다.

그것은 기억할 수도, 기억해서도 안 되는 표식이었다. 기억을 하려고 들면 그만큼 기억에서 허물어졌다. 아완은 속이 달아 죽을 것 같았다. 그 문양에 대한 생각을 지금 당장 그만두지 않으면 순식간에 모두 잊어버리게 될 것이다. 그러나 그냥 기억 속에 둬도 어차피 서서히 잊어버리게 될 테지. 어디에 그려둘 수도 없으니 미칠 노릇이다.

표식에 어떤 마술적 힘이 담겨 있는 것이 틀림없었다. 표식은 아마 공윤후를 발현시킨 물건에도 새겨져 있을 것이다. 아완은 공윤후 때문에 아무 일도 손에 잡히지 않았다. 밤낮으로 공윤후가 그리워 상사병이 날 지경이었다. 공윤후의 말이 옳았다. 그리움은 다시 만나지 않으면 병이 깊어진다. 아완에게는 아직 공윤후를 만날 수 있

는 기회가 한 번 더 남아 있었다. 공윤후가 편지를 활에게 맡기라고
했지만 아완은 그럴 생각이 없었다.

편지를 돌려주지 않으면 공포와 두려움으로 시들시들 말라가게
될 거라고? 아니, 편지를 돌려주고 나면 공포가 아니라 그리움으로
말라죽게 생겼다.

아완은 곰곰이 생각해보았다. 편지를 돌려주지 않고 계속 버텨?
아니면 룸룸의 계획을 실행에 옮겨? 어차피 양쪽 다 실패하면 다시
는 공윤후를 볼 수 없다. 그렇다면 공윤후를 영원히 가질 수 있는 쪽
으로 용기를 내야지.

***

월요일 오전, 박물관으로 출근한 모덕동은 잠긴 문을 열고 자기
연구실에 들어서자마자 깜짝 놀랐다. 공윤후가 그를 기다리고 있었
기 때문이었다.

"여긴 어떻게 들어왔어요?"

"마술로."

공윤후는 재킷 주머니에서 작은 금속 상자를 꺼냈다.

"뭐요?"

"자명괴."

"사람 놀리는 거요?"

"그럴 리가."

공윤후는 무대 위의 마술사가 관객들에게 표정 연기를 해 보이듯 싱긋 웃더니 상자 뚜껑을 열어 보였다. 그러곤 상자 안에 든 작은 황백색 꽃 한 송이를 꺼낸 후 상자를 닫고 흔들었다. 아무 소리도 들리지 않았다. 공윤후는 꽃을 다시 상자 속에 넣고 뚜껑을 닫은 후 흔들어 보였다. 한 번도 들어본 적 없는 청아하고 맑은 소리가 울렸다. 짤랑짤랑, 지렁지렁.

모덕동은 고개를 저었다.

"자명괴라니? 그런 게 있을 리가 없어요. 가짜죠?"

"진짜야."

공윤후는 모덕동에게 상자를 건네며 말했다.

"이제 이화헌의 손수건을 돌려줘."

상자를 받아든 모덕동이 말했다.

"아뇨. 일단 이게 진짜 자명괴인지 알아볼 시간을 좀 줘요."

"시간은 얼마든지 줄 테니 실컷 알아봐. 어쨌든 자명괴 소리를 들었으니 김씨는 약속을 지켜야 해. 이제 우리 다시 볼 일 없을 거야."

공윤후가 순순히 연구실을 나가자 모덕동은 어리둥절해졌다. 다시는 만날 일이 없을 거라고? 그럼 이화헌의 손수건을 포기했다는 뜻인가?

그때 누군가 모덕동, 모덕동! 하고 그의 이름을 불렀다. 누가 내 이름을 부르는 거야? 문 밖에서 학생들이 하는 짓이라고 생각한 모덕동이 연구실을 막 나서려는데 짤랑짤랑, 지링지링, 소리가 울리더니 다시 모덕동, 모덕동! 하고 자신의 이름을 부르는 소리가 들렸다.

모덕동은 자명괴를 넣어둔 상자 안을 들여다보았다. 꽃송이가 저 혼자 부르르 떨며 속삭이고 있었다.

"모덕동, 모덕동, 이 살인자! 내가 다 봤어. 너희 집 마당에서 눈이 오나 비가 오나 자리를 지키며. 모덕동, 모덕동! 네가 그 여인의 이름을 언제 내게 다시 돌려주나 기다리다가 그만 보고 말았지. 그 여자는 다리가 부러졌어. 내가 그 여자에게 한쪽 다리를 빌려줬지. 모덕동, 모덕동! 그 여자를 도와달라고 내가 널 쫓아갔지만 넌 그냥 도망갔어. 모덕동, 모덕동! 네가 그때 도망가지 않았다면 그 여자는 살았을 거야. 너 대신 내가 그 여자를 안고 사람들을 찾아 나섰어. 너는 여자를 보았지만 나라고 착각했고, 나를 보았지만 모른 척했지. 그렇게 고갯길 허깨비 전설 속에 네 과오를 묻어버렸어. 허깨비는 믿지도 않으면서 네가 본 것은 허깨비로 여기고, 방금 네가 본 허깨비는 진짜 허깨비인데 허깨비인지 알아보지 못하고……."

이게 대체 무슨 소리야? 이 해괴한 것이 지금 무슨 이야길 하고 있는 거야? 모덕동은 숨을 들이켰다. 그는 하마터면 신기한 자명괴라는 사실을 잊어버리고 꽃송이를 바닥에 던지고 짓밟아버릴 뻔했다. 모덕동은 이성을 찾으려고 애쓰며 생각했다.

자명괴를 먹으면 눈이 밝아져 모든 사물의 이치를 꿰뚫고 길흉을 예견할 수 있는 능력을 갖게 된다고 했다. 그러니 이 신묘한 것을 없애버릴 수는 없었다. 하지만 너무 시끄러웠다.

"모덕동, 모덕동! 네가 죽인 그 여자, 너 때문에 도깨비처럼 키가 쑥쑥 자랐는데 한번 보러 갈래? 내가 가자는 대로 가면 볼 수 있는 데, 그런데 그 여자가 널 알아보면 어쩌지? 모덕동, 모덕동! 이제 넌 큰일 났다!"

미치겠군. 이걸 어떻게 하지. 행여 남들이 이 말을 들으면 날 오해할 텐데. 그래, 그냥 먹어버리자. 그럼 아무 소리도 내지 못하겠지. 대신 나는 자명괴의 효과를 보게 될 거고.

모덕동은 자명괴를 입에 넣고 꼭꼭 씹어 삼켰다.

"모덕동, 모덕동! 내 여인의 이름을 내놔!"

모덕동은 화들짝 놀랐다. 그의 목에서 나는 소리였다.

"모덕동, 모덕동! 다리가 부러진 여자가 춤대."

이번엔 그의 가슴에서 소리가 났다.

제발, 그만해! 모덕동은 자기 가슴을 움켜쥐었다.

"모덕동, 모덕동, 네가 그랬지?"

이제 소리는 그의 배 속에서 울렸다.

그래, 내가 그랬다. 내가 여자를 쳤어. 아냐, 내가 그랬을 리가 없잖아. 내가 얼마나 신중한 사람인데. 그게 헛것이지 사람이 아니야. 그 고갯길은 원래 허깨비들이 많이 출몰하는 곳이라니까. 내가 친 건 그냥 나무였어. 허긴 그 나무도 이상하긴 했지. 그러니까 그 나무도 허깨비야.

"모덕동, 모덕동, 살인자! 네가 죽인 그 여자한테 가자!"

아니야, 아니라니까! 제발 그런 소리 하지 마. 모덕동은 학생들이 이 소리를 듣게 될까 봐 두려웠다. 일단 아무도 이 소리를 듣지 못하는 곳으로 가서 사태를 어떻게 수습할지 생각해보자. 내가 그 마술사 놈의 연락처를 받아뒀던가? 가만, 다시는 볼 일 없을 거라고 했는데? 그게 무슨 뜻이지? 설마?

모덕동은 황급히 캐비닛을 열었다. 이화헌의 손수건을 넣어둔 서랍이 비어 있었다. 이게 어떻게 된 거야? 그는 연구실 밖으로 뛰어나갔다. 배 속에서는 목소리가 계속 시끄럽게 떠들어댔다.

"모덕동, 모덕동, 살인자! 네가 그랬지?"

연구실 밖에 있던 학생들이 허겁지겁 뛰어나가는 모덕동을 보고 말했다.

"오리똥이 왜 저런다니?"

"복통이 났나 보지. 가다가 확 싸질러라."

학생들이 키득거리며 비웃었다.

7

아완은 찌그러진 우산을 쓴 채 이 비가 영원히 그치지 않기를 바라며 포장마차의 조리대 앞에 앉아 있었다. 아완의 손에는 공랑의 이름이 적힌 파란 천 조각이 들려 있었다. 활이 그것을 바라보며 말했다.

"그거 그냥 저한테 맡겨요."

아완은 고개를 저으며 말했다.

"아뇨. 받고 싶으면 지금 오라고 해주세요."

활은 난감한 표정을 지으며 눈썹을 모았다. 아완이 말했다.

"미안해요. 귀찮게 굴고 있다는 거 알아요. 그렇지만 전 꼭 그를 봐야겠어요."

"할 수 없네요. 저기 왔어요."

활이 시선으로 가리켰다. 아완이 돌아보자 공윤후가 바로 뒤에 서 있었다. 아완은 얼른 파란 천 조각을 감추려 했지만 공윤후의 손이 더 빨랐다. 공윤후는 파란 천 조각을 재킷 주머니 속에 넣으며 말했다.

"내 이름을 돌려받았으니 너도 이제 그만 가봐. 나도 지금 가야 하니까."

"난 아직 할 말이······."

그러나 공윤후는 아완의 말을 무시한 채 포장마차 밖으로 나갔다. 파란 천 조각을 가져갔으니 여기서 놓치면 이제 다시는 공윤후를 볼 수 없을지도 모른다는 생각에 아완은 황급히 그를 따라 일어섰다. 뒤에서 활이 말했다.

"또 보자, 친구! 잘 가요, 아가씨!"

공윤후에게는 다시 만날 것을 말하지만 자신에게는 잘 가라고 인사한다. 공윤후가 걸을 때마다 어디선가 짤랑짤랑, 지렁지렁, 청아한 소리가 울렸다. 갑자기 아완은 서글퍼졌다. 공윤후의 몸에서 나는 아름다운 소리 때문인지 활의 인삿말 때문인지 자신도 알 수 없었다.

"그거 무슨 소리예요?"

"자명괴."

공윤후가 대답했다. 아완은 자명괴의 소리를 처음 들어보았다. 가슴 한편이 녹아내리는 기분이었다. 무너진 그 자리에 자신도 모르는 오래된 어떤 기억이 묻혀 있었나 보다. 아련한 그리움이 조금씩 솟아오른다. 자명괴는 어찌 이토록 고운 소리로 사람의 가슴을 흔들어 시간을 되돌아보게 하는가.

"모 교수에게 아직 주지 않았어요?"

"줬어."

"그럼 지금 이 자명괴 소리는?"

"이 세상에는 회화나무의 숫자만큼 자명괴가 있어. 사람의 심장이 하나이듯 회화나무에도 하나씩 주어지는 것이지. 그럼, 난 이쪽으로 간다."

공윤후가 도개교 쪽으로 몸을 돌리며 말했다.

"잠깐만요."

아완은 달려가 공윤후의 앞을 가로막았다. 공윤후가 걸음을 멈췄다.

"우리 다시 볼 수 있어요?"

"아니."

"내가 여기 와서 저번처럼 이 다리를 두드려도요?"

"소용없을 거야."

"이제 내가 아저씨의 물건을 가지고 있지 않아서요?"

"그렇지."

아완은 다급한 마음에 그의 소매를 잡으려 했다. 그러나 그보다 더 빨리 공윤후가 아완의 손을 쳐내며 뒤로 물러섰다. 그런 식으로 공윤후를 잡을 수 없다는 것을 깨달은 아완은 감정이 격해졌다.

"이건 아니지, 이럴 거면 왜 내게 자신을 보여줬어요? 진실을 말하고 보여줬을 때는 이유가 있었을 거 아니에요?"

"난 원래 진실만 말해."

"진실만 말할지는 몰라도 정체는 감추잖아요. 하지만 나한텐 그러지 않았어요. 왜 그랬어요?"

공윤후는 새까만 눈으로 아완을 뚫어져라 쳐다보더니 물었다.

"그래서? 내가 어떻게 해주길 바라지?"

"아저씨를 갖고 싶어요."

덥석 말해놓고 아완은 스스로 놀랐다. 내가 지금 무슨 소릴 하고 있는 거야? 그러나 한번 쏟아진 말은 아완의 의지와 상관없이 그칠 줄 몰랐다.

"온기가 담긴 사람의 손이 필요하잖아요. 허아요가 그랬던 것처럼 아저씨를 가져줄 사람 말이에요. 사람은 한 번만 사는 게 아니라면서요? 아저씨도 그 회화나무처럼 옛날 연인을 기다려요?"

공윤후는 대답하지 않았다. 다만 수수께끼의 답을 찾는 아이처럼 순수하기 그지없는 표정을 일순 드러냈다.

"나는 전생을 기억하지 못하지만, 어쩌면 내가 허아요의 환생일 수도 있잖아요. 아저씨의 허아요가 되고 싶어요."

"넌 아요가 아니야. 우리는 그걸 알아볼 수 있는 눈을 갖고 있어."

"그럼 허아요가 돌아올 때까지 잠시 동안만이라도 내가 아저씨를 갖게 해줘요."

"돌아가."

"왜 안 되는데요? 아저씨 마음에 달린 거잖아요."

"선택은 언제나 내가 아니라 사람이 하는 것이야."

"아저씨가 아니라 내가 선택하는 거라고요? 그게 무슨 뜻이에요? 내가 지금 아저씨를 선택했잖아요?"

"그만 비켜주지."

공윤후가 손을 뻗어 아완의 어깨를 잡았다. 차갑고 단단한 손이 아완을 밀어내려하자 아완은 애원했다.

"알았어요. 그럼 마지막으로 아저씨의 손을 한 번만 잡아보게 해줘요."

"꼭 그래야 해?"

"인사니까요."

공윤후는 내키지 않는 듯 표정이 굳어졌다. 아완은 왼손을 내밀었다. 그러자 공윤후도 왼손을 내밀어 아완의 손을 잡았다. 아완의 손에 힘이 들어갔다. 공윤후가 아완을 쳐다보았다. 아완이 보기에 분명히 이상한 낌새를 느낀 눈치였다. 아완은 오른손잡이였다. 공윤후도 그것을 알고 있었다. 그러므로 왼손을 내밀었을 때 이미 의혹을 품었을지도 모른다. 그러나 공윤후는 이유를 묻지 않았고 자신의 손을 굳이 뿌리치지도 않았다.

'나 같은 여자가 힘을 쓴다 한들 충분히 제압이 가능하기 때문이겠지. 어쨌든 난 죽어도 이 손을 놓치지 않을 거야.'

아완은 오른손에 들고 있던 바늘로 꽉 움켜잡고 있던 공윤후의 왼손을 찔렀다. 순간 공윤후가 손을 빼며 뒤로 물러섰다. 그의 반사적인 행동에 따른 속도의 충격으로 아완은 뒤로 주저앉았다. 아완은 심장이 너무 세차게 뛰어 잠깐 자리에서 일어설 수가 없었다.

오른손으로 왼손을 감싸 쥐며 바닥 한쪽에 무릎을 구부린 채 공윤후가 고개를 들고 아완을 보았다. 그와 시선이 마주치자 아완의 숨이 가빠졌다. 자명괴를 따던 날 밤에 보았던 공윤후의 모습이 떠올랐다. 변할까? 이제 어떻게 되는 거지? 혹시 뭐가 잘못된 건 아닐까?

아완이 자리에서 일어나 다가가려 하자 공윤후는 몸을 틀며 벌떡 일어섰고 그보다 더 빨리 뒤로 물러섰다. 그러곤 순식간에 어둠 속으로 사라져버렸다.

아완의 주머니 속에서 흰 실패가 툭 떨어졌다. 흰 실패가 제자리에서 통통 튀며 감긴 실이 빠르게 풀려 나갔다. 아완은 서둘러 흰 실을 따라 뛰었다. 흰 실은 도개산 방향으로 가는가 싶더니 도개교를 채 건너기도 전에 포장마차가 있는 쪽으로 다시 돌아 나왔다. 포장마차는 어느새 보이지 않았고 스산한 자태의 주목만 그 자리를 지키고 있었다.

아완이 의아해하며 흰 실을 따라 도개교를 다시 건넜을 때 한 남자가 주목을 향해 바삐 걸어가는 것이 보였다. 주목을 이리저리 휘돌아 감은 흰 실 끝에 대롱대롱 매달린 바늘을 보더니 남자는 복잡한 표정으로 중얼거렸다.

"또 빠져나가버렸군."

"룸룸 님?"

남자가 아완을 힐끔 쳐다보더니 고개를 끄덕였다. 아완이 물었다.

"우리 실패한 거야?"

"완전히."

"지금이라도 쫓아가면,"

아완은 도개교를 향해 뛰어갔다. 룸룸이 쫓아와 아완을 제지했다.

"지금 들어가면 백발백중 길을 잃어."

"룸룸 님이 일러준 대로 했어. 그런데 뭐가 잘못된 거지?"

"잘못된 게 아니라 우리가 모르는 변수가 있었던 거야. 편지는 돌려줬어?"

"응."

"그럼 구두끈 님은 이제 기회가 없어. 그러니 공윤후 일은 잊고 그냥 살던 대로 살아."

"룸룸 님은 이제 어쩔 건데?"

"난 공윤후와 엮일 만한 또 다른 사람을 찾아서 기회를 봐야지."

"나도 함께해. 내가 도와줄게. 내가 그의 손바닥 문양을 확실하지는 않지만 어느 정도 기억하고 있어. 그러니까……."

"지금 내 눈 앞에서 그 문양을 그려낼 수 있어?"

"당장은 어렵지만, 기억해낼 수 있을 거야."

"안 된다는 것을 구두끈 님도 알 거야. 공윤후는 한 번 나타난 사람 앞에는 다시 나타나지 않아. 무슨 말인지 이해하지? 오늘 이후로 우리가 다시 볼 일은 없을 것 같네. 바래다줄 테니 가자."

아완은 도개산과 룸룸을 번갈아보더니 고개를 저었다. 룸룸은 잠깐 기다려주었지만 결국 어쩔 수 없다는 얼굴로 말했다.

"별수 없네. 그럼 마음이 풀릴 때까지 여기 있던가. 뭐 구두끈 님을 여기 두고 간다고 해서 무슨 일이 생길 것 같진 않으니까. 그럼 나먼저 갈게."

룸룸은 혼자 길을 내려가기 시작했다. 바람이 주목의 가지를 스치자 어디선가 짤랑짤랑, 지렁지렁, 소리가 울렸다. 자명괴 소리다! 그가 돌아온 걸까? 아완은 사방을 두리번거리며 공윤후를 찾았다. 자명괴 소리에 실려 속삭임이 들렸다.

'너에게 주려고 했는데……. '아'라는 소리에 흔들려서, 어쩌면 너

에게 날 줄 수도 있었는데……'

나에게 줄 수도 있었다고? 아완은 열심히 귀를 기울였지만 바람이 지나가자 자명괴 소리는 이내 아득해졌다.

선택은 언제나 내가 아니라 사람이 하는 것이야. 공윤후가 했던 그 말의 의미를 아완은 그제야 깨달았다. 공윤후가 아완에게 기회를 주려고 했던 것을. 그래서 자신을 드러낸 것이다. 나를 가져. 가질 수 있으면 가져봐.

'그런데 나는 공윤후를 갖고 싶은 마음에 툼툼의 유혹을 뿌리치지 못하고 바보 같은 짓을 했어.'

아완은 그 자리에 털썩 주저앉아 울기 시작했다.

여자의 울음소리를 듣고 멀리서 도깨비들이 귀를 기울인다. 그도 듣고 있다. 이제 길에서 아완은 그를 만나도 그가 먼저 손을 내밀지 않는 이상 그를 알아볼 수 없을 것이다. 그러나 아완은 알고 있다. 단지 알아볼 수 없을 뿐 그는 언제나 사람들 속에 있다는 것을. 어디선가 그가 들려 준 자명괴 소리가 울리면…….

그래, 자명괴 소리! 아직 끝난 게 아니야. 공윤후는 자명괴 대신 자명괴 소리를 남기고 갔다. 어쩌면? 아완은 눈물을 닦고 벌떡 일어나 도개교로 달려갔다. 그녀는 돌다리를 발로 구르며 도개산을 향해 외쳤다.

"공윤후! 기다려. 내가 널 꼭 가질 거야!"

활과

공유윤후

"손은 어때?"

"그럭저럭. 몽유병 때문에 별일을 다 겪었네."

"너희들이 쓰는 약속의 구절을 몽유병에게 내준 것은 너야."

마술 같은 일이 벌어지기 위해서는 주문처럼 그의 이름이 등장해야 한다. 그의 이름이 마술을 기약하기 때문이다. 그러므로 언젠가 회화나무는 잃어버린 옛 연인을 마술처럼 찾게 될 것이다.

"아팠냐?"

"아팠어."

"정말? 우리가 그런 자극을 알아? 아니면 너만 그런 거야?"

"육체적 아픔이 아니야. 정신적 쇼크지."

"음, 그걸 아프다고 해?"

"아픈 건 아픈 거야."

"아무튼 너, 나 아니었으면 큰일 날 뻔했어."

"상관없어."

"너, 진짜!"

"내가 뭘?"

"네 손이 얼마나 빠른지 내가 알지. 바늘에 찔리기 전에 그보다 더 빨리 피할 수 있었는데 그러지 않았어. 네 성격에 여자 하나쯤 하고 자만했던 건 아닐 테고. 봐준 거지? 너 바보냐? 굳이 아완 씨의 손을 잡을 이유가 없었잖아. 아완 씨가 어떤 마음을 품고 있었는지 자명괴가 미리 말해줬는데 왜 당해준 거야?"

"그냥."

"그래도 기대했구나?"

"글쎄."

"실망했겠네. 하지만 사람이란 원래 그런 거야. 제 마음을 저도 어쩔 수 없어 변하는 마음을 힘겹게 따라가는 갈등 많은 복잡한 존재지."

"그건 살아 있기 때문이야."

"그러니까 아완 씨를 탓하지 않는다?"

"가끔 꿈을 꿔. 전통적인 방법으로 자명괴를 따는 꿈 말이야. 그때의 여름이 지금보다 훨씬 더 깊고 고요했던 것 같아."

"그거 꿈 아니잖아."

윤후가 허아요의 것이었던 시절, 그는 놋그릇에 괴화를 수북하게 담아두고 연인과 함께 밤을 지새우곤 했다. 그는 이미 어느 것이 소리를 내는 꽃인지 알고 있었지만 말해주지 않았다. 작은 소리에도 꽃이 내는 소린가 싶어 귀를 쫑긋 세우는 그 여인의 모습을 지켜보는 것이 즐거워 끝내 모른 척했다. 자명괴를 고르느라 여러 날을 새우고 나면 그들은 묵향이 번지는 회화나무 아래에서 서로 손을 잡고 낮잠이 들었다. 그렇게 괴안국도 다녀왔다던가.

윤후의 기억은 모두 꿈으로 남는다. 이런저런 모든 일들이 그에게는 천년만년 세세토록 영원한 기억이 된다. 함께 시냈던 사람은 가고 윤후만 홀로 남아 다시 그 기억을 꿈으로 삼는다. 그 꿈을 꾸기 위해 윤후는 언제나 대상의 모든 것을 눈에 담아둬야 한다. 윤후는 그 모든 기억을 온몸으로 지고 헤아릴 수 없는 이후의 시간을 살아야 하기 때문이다.

"자명괴 소리를 들어보지 않은 지 오래됐어. 그런데……."

"그런데 그만 아완 씨의 이름에 들어 있는 '아'라는 소리에 흔들렸지. 그 '아'라는 소리가 '잠시 동안'이라서 말이야."

대개 여자 이름에 쓰이는 '아'는 아름다울 아雅이거나 예쁠 아娥인데 아완의 이름에 쓰인 아俄는 잠시 동안이란 뜻으로 하필 허아요의 아와 같은 글자였다. 물론 우리는 그 글자의 의미를 이론적으로 아는 것이 아니다. 그 이름이 소리로 불렸을 때 와 닿는 감각으로 알게 된다.

윤후나 나 같이 상대를 홀리는 족속들도 가끔은 반대로 어떤 대상에게 걷잡을 수 없이 홀리곤 한다. 예를 들면 같은 소리, 같은 장소, 같은 물건, 같은 냄새 등등. 사실 열거하자면 끝이 없다. 우리처럼 오랫동안 시간에 단련된 단단한 마음에도 약한 부분이 있기 때문이다. 그것은 기억이다. 상실한 것에 대한 그리움으로 가끔 물렁해지는 자리, 눈물은 흘릴 수 없으나 간혹 젖어 있는 자리.

"아무래도 아완 씨가 네 마음을 알아차린 것 같은데, 이제 어쩔 거야? 아완 씨가 너를 갖겠다고 작정했어."

"다음에 무슨 일이 벌어질지는 나도 모르지. 우리도 현재를 사는 존재잖아. 벌어지는 대로 받아들이는 수밖에."

"예외는 언제나 다른 상황을 만들어."

"그래봐야 잠시 동안이지."

"그냥 좀 그 자리에 있으면 안 되겠어? 백골이 되었을지언정 허아요의 품이 네가 가장 편안해하는 잠자리잖아. 그런데 왜 자꾸 거길 떠나려는 건데? 이제 그만 허아요를 잊겠다는 거야?"

"잊고 싶어도 잊을 수 없는 게 나야. 기억은 모두 내 안에 있고 그 기억이 곧 나 자신이니까."

"그런데 왜 그래? 새삼 외로워져서?"

"난 물건이야. 그 물건이 사람의 손을 탄 덕에 내가 되었지. 그러니까 누가 나를 가져주는 게 정상이라고."

"하지만 허아요는 죽을 때 너를 아무에게도 주지 않았어. 허아요가 너를 무덤으로 데려간 것은 너를 가지려는 사람들로부터 너를 자유롭게 살게 해주려던 것이었어."

"알아. 나는 아요의 소유로 한생을 살았어. 내가 가진 기억 중 가장 행복했던 시간이었지."

"가고 없는 사람과 함께했던 추억을 홀로 끝없이 되새기는 것이 얼마나 힘든지 나도 이해해. 그래도 난 반대야. 다소 쓸쓸하더라도 넌 네 세계에 묻혀 있는 편이 나아. 그게 안전하다고."

"그냥 묻혀 있다고 영원히 안전한 건 아니야. 언젠가는 누군가의 손에 의해 노깨비 길이 뚫릴 수도 있으니까."

"룸룸 같은 사람에게 말이지. 그래서 그런 사람 피하자고 널 또 다른 사람에게 주겠다고? 널 완전히 줄 만큼 믿을 수 있는 사람이 세상에 있을까?"

"아요는 그랬지."

"그러니까 허아요 같은 사람이 또 있겠냐고? 혹시나 했지만 결국 아완 씨도 너를 시험했어. 네가 얼마나 위험했는지 방금 당해놓고 잘도 그런 소리가 나온다. 게다가 누군가 또 너를 자기 심장에 박아 넣지 않으리란 보장도 없어. 네가 어떤 물건인지는 네가 제일 잘 알잖아?"

그것을 다룰 수 없다면 구하지도, 함부로 남에게 주지도 마라. 한 번 보면 쉽게 버릴 수 없는 것이다. 그것이 너를 믿으면 그것은 오랫동안 너의 것이 된다. 그러나 감당할 수 없게 되면 그것으로 너의 심장을 찌르지 않고는 결코 헤어날 수 없다. 그것이 바로 윤후다.

"대체 사람 손에 들어가서 좋을 게 뭐야? 사람 손에 있으면 누구에게든 빼앗길 수 있어. 원하지 않는 사람의 손에 들어가면 어쩔 건데? 그러니까 앞으론 절대 함부로 흔들리지 마. 아완 씨와 잘됐다 해도 나는 별로였을 거야. 어차피 시간이 지나면 아완 씨는 죽을 거고 넌 다시 살아야 해. 정들면 새로운 슬픔과 그리움만 하나 더 지게 되는 거야."

"그만한 무게는 질 준비가 되어 있어."

"이제 보니 안전을 위해서가 아니라 정말 외로움에 절어서 그러는 거였군. 그래, 이해해. 불사는 축복이 아니라 저주지. 혼자만 끝도 없이 살아나가야 하니까. 들여다보면 모든 삶은 지루하기 짝이 없는 반복이야."

"외로워서가 아니라 사람의 손을 탈 타이밍이 됐기 때문이라니까."

"그게 그 소리야."

"이봐, 난 단지 내 정체성에 관한 이야길 하고 있는 거야. 난 사람의 손을 타야 하는 물건이라고."

"그러다 룸룸 같은 사람에게 걸릴까 봐 걱정이지. 그나저나 그 어린 녀석, 계속 그렇게 내버려둘 거야? 한번 만나주지. 그러고 나면 그 녀석도 포기할 텐데."

"만나고 싶지 않아."

"왜?"

"무서워서."

"뭐라고?"

"무서운 것보다 더 무서운 것이잖아. 난 무서운 거 싫어. 나를 바늘로 찌르라고 사주한 것도 사실 그놈이고."

"웃기고 있다. 내가 네 속을 모를 줄 알고? 일부러 놔두는 거잖아. 너랑 대치하고 있는 게 재미있어서 말이야. 사람의 모습을 하고 사람처럼 살지만 진짜 허깨비인 너와 허깨비로 살지만 결국 사람일 수밖에 없는 그놈. 둘 다 세상과 소통하는 자기만의 매개체가 있어. 너에겐 도개교가 있고 그놈에게는 네모난 컴퓨터의 모니터가 있지. 그런데 재미있게도 각자 바라보고 있는 세상은 반대야. 넌 그놈이 사는 저쪽을 향해 있고 그놈은 네가 숨어 있는 이쪽을 향해 있지."

"뭐라는 건지 모르겠군. 시끄러워."

"남자의 삶에는 반드시 세 사람이 필요하지. 연인, 친구, 적. 그중에서 적 역할을 룸룸에게 시킨 거잖아. 나는 친구 역할이고. 혹시 아완 씨에게 연인 역할을 줄 생각은 아니지?"

윤후가 자리에서 일어섰다.

"어디 가? 내 이야기 아직 안 끝났어. 네가 아완 씨에게 자명괴의 소리를 들려준 건 고의였어. 다른 사람들은 그 소리를 모르지만 아완 씨에게 그 소리는 네가 곁에 있다는 것을 알게 하지. 이봐, 아완 씨는 없는 것을 찾아내는 눈을 갖고 있어. 내 생각엔 말이야."

"네 생각이니까 너 혼자 계속 떠들어라. 난 간다."

"알았어. 그만할 테니까 조금만 더 있다 가라. 내가 중고 컴퓨터를 하나 주웠는데, 인터넷만 연결할 수 있으면……."

"됐어. 난 이미 가지고 있으니까."

"뭐? 그런 말 안 했잖아."

"말해봐야 너한텐 무용지물이잖아. 난 여기 올 수 있지만 넌 내 집에 못 오니까. 이제 너도 컴퓨터가 생겼다니까 털어놓는 거야."

"불공평해."

"언젠가 너도 나처럼 되면 이렇게 상대를 배려하게 될 거야."

"그게 배려하는 거야? 약 올리는 거지."

"긴 시간을 살려면 여러 가지 수단이 필요하다는 말을 하고 있는 거야."

"또 숙연해진다. 알았으니까 가지 말고 저 거지 같은 컴퓨터나 좀 고쳐봐. 해봤으니까 할 줄 알 거 아냐."

"컴퓨터는 어디 있어?"

"저기."

윤후가 낡은 컴퓨터를 향해 손을 내민다. 그의 마술이 필요한 시간이다. 그의 손바닥에 새겨진 누적된 지혜의 흔적이 빛을 내기 시작한다. 그 표식은 오래된 허깨비들의 문자다. 비와 바람이, 흙과 짐승이 그들에게 남기고 간 자국이다. 사람의 눈에는 저마다의 관점에 따라 어떤 부호나 문자, 무늬처럼 보인다.

이 세상에 영원히 변하지 않는 사실이 하나 있는데 그것은 바로 모든 것은 변한다는 것이다. 사람들이 윤후의 이 표식을 기억하지 못하는 것은 매 순간 흐르는 시간을 따라 변하기 때문이다.

우리와 사람은 서로 다른 방식으로 시간을 헤아리며 살지만 결코 다른 시간을 사는 게 아니라 같은 시간을 함께 산다. 우리라고 시간을 뒤집어 과거로 되돌아가거나 미래로 앞서 나갈 수 없다. 우리도 사람처럼 오직 주어진 현재의 시간을 견뎌내야 한다. 다만 사람은 가고 우리는 남으니 그것이 늘 아쉬울 뿐이다.

공空에 관하여

공空은 비어 있음이니 무엇이든 들어갈 수 있습니다. 공空은 비어 있는 것처럼 보이지만 실은 공空으로 꽉 차 있습니다.

삶은 매순간의 치열함과 게으름과 고민과 애증으로 꽉 차 있으나 마지막에 이르렀을 때에는 지나온 그 모든 순간들이 공空으로 여겨 진다고 말하기도 합니다. 즉 공空이란 글자가 가지고 있는 의미 그대 로 사실이 아닌 것, 헛된 것처럼 여겨지는 것이지요. 실은 명백한 사 실이고 그 자체로 의미를 지녔는데도 말입니다.

사람은 행복할 때뿐 아니라 불행할 때에도 좋았던 시절의 추억을 떠올립니다. 그 위로의 매개는 함께 공유했던 어떤 것도 될 수 있을 것입니다. 우리가 잠시 잊고 있던 오래된 이야기와 오래된 사물들, 그 안에 담긴 고전적인 정서들. 이런 케케묵은 대상들로부터 살아 있는 위로를 얻을 수 있는 것은, 공이 있다고 하면 있는 것이고 없다고 하면 없는 것이기 때문은 아닐까 생각해봅니다.

느림이 필요할 때 지금 있는 시간과 장소 밖으로 눈을 돌려 오래된 것들을 뒤적여봅니다. 내 머릿속 한구석에 묻혀 있는 오래된 것들도 꺼내봅니다. 그 안에서 진실을 생각합니다.

변하지 않는 진실은 모든 것은 변한다는 것이니, 오래된 것이 새로운 것으로 둔갑해 있는 것을 발견하면 보물을 찾은 것입니다. 도개산 404번지 무덤 속에 숨겨진 공요후도 그렇게 찾았습니다.

사람은 그에게서 위로를 구하고 그는 사람에게서 위로를 구합니다. 공의 모든 것을 꺼낸 저의 손이 그렇게 따뜻한 손이기를 바랍니다.

이렇게 제가 가진 또 하나의 이야기가 세상으로 나올 수 있도록 애써 주신 모든 분께 감사드립니다.

조선희 드림

404번지 파란 무덤

ⓒ 조선희, 2013

초판 1쇄 인쇄일 | 2013년 7월 25일
초판 1쇄 발행일 | 2013년 8월 12일

지은이 | 조선희
펴낸이 | 정은영
책임편집 | 이수지
편 집 | 박소이 최민석
마케팅 | 박제연 전연교
제 작 | 이재욱

펴낸곳 | 네오북스
출판등록 | 2013년 4월 19일 제2013-000123호
주 소 | 121-840 서울시 마포구 서교동 396-33
전 화 | 편집부 (02)324-2347, 경영지원부 (02)325-6047
팩 스 | 편집부 (02)324-2348, 경영지원부 (02)2648-1311
E-mail | neofiction@jamobook.com
독자카페 | cafe.naver.com/jamoneofiction

ISBN 979-11-950379-4-0 (03810)

이 도서의 국립중앙도서관 출판시도서목록(CIP)은 서지정보유통지원시스템 홈페이지
(http://seoji.nl.go.kr)와 국가자료공동목록시스템(http://www.nl.go.kr/kolisnet)에서
이용하실 수 있습니다.(CIP제어번호: CIP2013009675)